SIEGFRIED SCHNEIDER

DER BANKER

DER MERAN-KRIMI

ERSTER FALL FÜR FARNER UND TERRANOSTRA

ATHESIA VERLAG

Oberhalb von Meran gibt es einen Platz, der den Beschreibungen des Himmels am nächsten kommt …

Die Schwärmerei hat Tradition, dachte Waldner und legte die vergilbte Postkarte auf den Nachttisch zurück. Stoddard, der amerikanische Reiseschriftsteller, fiel ihm ein, der etwas Ähnliches gesagt hatte. Rilke, Kafka, Stefan Zweig; alle haben Meran mit dem Paradies verglichen. Früher war ihm das viel zu pathetisch vorgekommen, aber jetzt spürte er selber diese Neigung zur Überschwänglichkeit.

Der warme Abendwind fing sich in den Fenstervorhängen und trug den Geruch frisch gepflückter Äpfel in Franziskas Schlafzimmer. Waldner atmete tief durch, als könne er das Glücksgefühl mit der Luft einsaugen und die Wärme und Leichtigkeit, die er empfand, für immer festhalten. In einem solchen Moment, ging es ihm durch den Kopf, verschwendet man keine Gedanken an regnerische Tage und fragt sich auch nicht, ob man mit 50 zu alt für die Liebe ist. Seine Liebe lag nackt und entspannt in seinen Armen und lächelte ihn an. Zärtlich strich er die blonde Haarsträhne aus ihrem Gesicht.

»Wer hat das geschrieben?«

»Du meinst, die Postkarte?«

»Ja.«

»Ein Freund meines Großvaters. Er hat ihn eingeladen, herzukommen.«

Sie lachte. »Hergelockt hat er ihn. Und einige Monate später hat mein Großvater dieses Haus gekauft.«

Waldner beugte sich über sie und küsste sie auf die Stirn.

»Das war sehr anständig von deinem Großvater. Sonst hätten wir uns wahrscheinlich nie kennengelernt.«

»Wer weiß«, lächelte sie. »Es heißt, Menschen, die füreinander bestimmt sind, begegnen sich auch. – Früher oder später.«

»Ein schönes Märchen.«

Er sah auf die Uhr. »Ich muss gehen.«

Vorsichtig zog er seinen Arm unter ihrem Kopf hervor, um aufzustehen. Er hatte ihr gesagt, dass er nicht die ganze Nacht bleiben könne. Sie hatte es mit einem leisen Schade hingenommen, ohne zu diskutieren. Sie fordert nichts, dachte Waldner, als er sich anzog. Das macht diese Beziehung so frei, so unkompliziert und so anders. Anders als alles, was er bisher mit Frauen erlebt hatte.

Die Nacht zum 22. September war wolkenlos und mild. Im Licht der Straßenlaterne tanzten die Mücken ihren letzten Sommertanz, und die Fledermäuse spielten wie übermütige Kinder Fang mich.

Waldner hielt die junge Frau, die ihn bis zur Straßenpforte begleitet hatte, fest im Arm. »Pass auf dich auf«, sagte sie, gab ihm einen Kuss und ging zum Haus zurück. Er schaute ihr nach, sah, wie sie sich auf der Treppe noch einmal umdrehte, ihm zuwinkte und dann im Haus verschwand.

Langsam löste er sich aus der Verzauberung und machte sich auf den Weg. Wie immer in den letzten Wochen, seit er zum ersten Mal hier heraufgekommen war, hatte er seinen Wagen in der Nähe der Zenoburg abgestellt und war die letzten 300 Meter bis zu ihrem Haus zu Fuß gegangen. Anfangs aus Vorsicht, um ihr Verhältnis nicht ins Gerede zu bringen. Inzwischen war es ihm nicht mehr so wichtig, was die Leute sahen und dachten. Er hatte sich längst entschieden, mit Franziska Dahlberg ein neues Leben anzufangen. Trotzdem war es dabei geblieben. Der kleine Fußmarsch zu ihr war zu einer Art Ritual geworden, das ihm half, den Stress des Tages abzuschütteln, bevor er sie in seine Arme schloss. Und der Rückweg ließ ihm Zeit, sich wieder den Unabänderlichkeiten des Alltags zu stellen.

Er dachte an Tessa, seine Frau, die in den nächsten Tagen Post von seinem Anwalt bekommen würde. An seine Tochter Leonie, die sich ihm immer mehr entzog und die er nach einem heftigen Streit, der schon einige Tage zurücklag, nicht mehr gesehen hatte. Und er dachte an den Mann, den er morgen in der Schweiz treffen würde. Wenn alles wie vereinbart über die Bühne ging, konnten sich einige Herrschaften hier auf ein paar schlaflose Nächte gefasst machen.

Waldner hatte seinen Wagen erreicht, blieb einen Moment stehen und blickte sich um. Er glaubte Schritte gehört zu haben und das Knacken eines trockenen Zweiges. Aber die Straße war leer. Da war nichts. Er öffnete die Zentralverriegelung und trat an den Wagen, um einzusteigen. Wieder war da ein Geräusch, diesmal hart und metallisch. Das war ... Plötzlich ging alles ganz schnell und ihm blieb keine Zeit mehr, die Ursache des Geräusches herauszufinden.

Waldner sah das Mündungsfeuer, bevor er den Schuss hörte. Instinktiv ließ er sich zu Boden fallen. Das Geschoss verfehlte ihn und schlug hinter ihm in einen Baum ein. Er hörte das Nachladegeräusch. Panik überfiel ihn. Er sprang auf und lief auf die Mauer zu, die die alte Burganlage umgab. Die Mauer war nicht hoch, aber darüber war ein Zaun. Seine Finger verkrallten sich im Maschendraht. Es gelang ihm, sich hochzuziehen und auf der anderen Seite fallen zu lassen. Er stürzte, rappelte sich wieder auf. Seine Hände bluteten. Keuchend rannte er weiter.

Der zweite Schuss streifte seinen Unterarm und fetzte ihm die Armbanduhr vom Handgelenk. Er stolperte, verlor einen Schuh, fing sich wieder und hastete durch das Unterholz eine kleine Anhöhe hinauf. Der dritte Schuss traf ihn in den Rücken. Der Schmerz breitete sich warm und weich wie eine Emulsion in seinem Körper aus. Das Gelände vor ihm fiel steil ab. Er taumelte, verlor den Boden unter den Füßen und stürzte in die Tiefe. Als sein Fall schon nach wenigen Metern von einem Strauch und zwei kleinen Erlenbäumen, die in der Felswand wuchsen, abgefangen wurde, war er nicht mehr am Leben.

Donnerstag, 24.9.

Früh aufstehen, den Tappeinerweg vom Pulverturm bis zum anderen Ende in Gratsch – je nachdem, wie er drauf war – ein- oder zweimal im Pfadfinderschritt* hin und zurück, eine halbe Stunde schwimmen, danach ein entspanntes Hotelfrühstück und ein kurzer Blick in die Zeitung, bevor er sich auf den Weg ins Kommissariat machte.

Eher unbewusst hatte sich Lukas Farner bei seiner Rückkehr nach Südtirol die alte Weisheit seines Großvaters zu eigen gemacht: Die Stunden, die man morgens verschläft, kann man den ganzen Tag über nicht mehr aufholen. Er genoss dieses Für-sich-Sein, wenn man den Gedanken noch freien Lauf lassen konnte, bevor sie von der Geschäftigkeit des Tages an die Leine genommen wurden.

An diesem Morgen hatte er zum ersten Mal nach längerer Zeit wieder an Liesbeth gedacht. Ausgelöst vermutlich durch das Paar, das beim Frühstück am Nebentisch gesessen hatte. Die beiden hatten vor zwei Tagen ihre Hochzeit in dem Hotel gefeiert. Und wie. Mit Verwandten und Freunden, mit Musik, Tanz, Konfettiregen und bunten Luftballons. Ein rauschendes Fest, das die ganze Nacht dauerte und an dem er, wohl oder übel, im Halbschlaf teilgenommen hatte. Der Anfang ist immer ein Fest, dachte Farner, und man schwört sich: Bis dass der Tod uns scheidet. Aber vor dem Tod scheidet meistens schon das Leben, und wenn so eine Beziehung dann vorzeitig zu Ende geht, steigen keine bunten Luftballons in den Himmel, und von der Hochzeitsgesellschaft ist auch keiner mehr dabei.

Liesbeth und er hatten nie über Heirat gesprochen. Sie hatten sich bei der Geburtstagsfeier eines holländischen Kollegen kennengelernt und wurden schon kurz darauf ein Paar. Liesbeth Matthijsen war die jüngste Professorin an der Amsterdamer Uni, und sein Vertrag als Europol-Liaison

Officer in Den Haag lief noch zweieinhalb Jahre. Es war von Anfang an eine Liebe auf Zeit. Sie wusste, dass er danach wieder nach Südtirol zurückgehen würde, und er wusste, dass es keine Option für sie war, mit ihm zu gehen. Und so war ihre Geschichte nach zwei Jahren ganz undramatisch zu Ende gegangen.

Seine Tage in dem Hotel in der Verdistraße, in dem er sich vorübergehend einquartiert hatte, waren gezählt. Gestern hatte ihn der Makler angerufen und ihm gesagt, dass er in der nächsten Woche in das Apartment im Steinach-Viertel einziehen könne.

Es gab nicht viel, an dem sein Herz hing. Die alte Truhe, das holländische Bett, ein paar alte Stiche, darunter die Romeinsche Hof-Gallery von 1788, die ihm Liesbeth zum Geburtstag geschenkt hatte, zwei antike Lampen, ein Dutzend Bücher und die CDs passten in einen Kleintransporter. Der Spediteur in Den Haag, bei dem er die Sachen eingelagert hatte, wartete auf seinen Anruf.

Als Lukas Farner das Polizeigebäude am Kornplatz betrat und den Jungen sah, der maulend hinter seiner Mutter herschlurfte, fiel ihm ein, dass er noch ein Geburtstagsgeschenk für Leo, den Sohn seines Bruders, besorgen musste. Im selben Moment meldete sich Eleanor Rigby, der Klingelton seines Handys. Auf dem Display sah er, dass es seine Mutter war, die anrief.

»Stör ich gerade?«

Das war reine Koketterie.

»Nein. Ich bin auf dem Weg ins Büro.«

Während er die Treppe zum ersten Stock hinaufging, erinnerte sie ihn daran, dass Leo am Sonntag Geburtstag hat.

»Er wird zehn.«

»Hat er gesagt, was er sich wünscht?«

»Ja. Ein Computerspiel. Eins mit schnellen Autos. Es heißt Speed oder so ähnlich.«

»Danke für den Tipp.«

Er wollte das Gespräch beenden, aber sie ließ ihn noch nicht los.

»Sonst alles in Ordnung? Ich bin ja so froh, dass du wieder im Lande bist. Was macht die Arbeit? Hast du dich schon eingelebt? Wenn du Hilfe brauchst bei der Einrichtung der Wohnung ...«

»... melde ich mich.«

»Das ist nicht nur so dahingesagt?«

»Nein. Wir sehn uns am Sonntag.«

»Lukas ...«

Ihre Stimme klang jetzt strenger, und Farner fühlte sich augenblicklich in alte Zeiten zurückversetzt, wenn sie genau in diesem Ton zu einer Strafpredigt ansetzte.

»Ja?«

»Hast du eigentlich jemanden, der sich um dich kümmert?«

»Was meinst du?«

»Ich meine, dass die meisten Männer in deinem Alter längst verheiratet sind.«

Und die meisten von ihnen können ihr Glück kaum fassen. Aber das sagte er nicht laut.

»Hör zu, ich muss Schluss machen. Wir reden ein andermal darüber. Mach's gut.«

Er drückte die Ausschalt-Taste und holte tief Luft.

Die Anrufe seiner Mutter waren jedes Mal ein Härtetest. Wenn er den bestanden hatte, konnte ihn so leicht nichts mehr aus der Fassung bringen.

Auf dem Flur wäre er beinahe mit Ivo Gebhard zusammengestoßen. Der Kollege mit dem Flinserl* im Ohr, der in seiner Freizeit in einer Schützenkapelle spielte, war mit einem randvollen Kaffeebecher unterwegs und konnte mit einem schwungvollen Side Step gerade noch ausweichen, wobei der Kaffee leicht überschwappte.

Gebhard beschwichtigte.

»Keine Sorge, ich weiß, wie man Kaffeeflecken wieder rauskriegt.«

»Mit der Schere.«

»Genau.«

Er nahm einen Schluck aus dem Becher und folgte Farner in dessen Büro am Ende des Flurs. Farner zog sein Jackett aus, öffnete das Fenster und drehte sich zu Ivo Gebhard um, der in der Nähe der Tür stehen geblieben war.

»Fällt dir was auf?«

»Du hast den Schreibtisch umgestellt.«

»Ein Schreibtisch gehört ans Fenster und nicht an die Wand.«

»Feng Shui?«

»Raumästhetik. Was ist daran komisch?«

»Dein Vorgänger, der Frühpensionist, hatte dieselbe Macke. Nur andersherum. Er hat den Schreibtisch vom Fenster an die Wand gestellt.«

Farner nahm eine Mappe vom Schreibtisch und blätterte darin.

Die Stimmung schlug von einer Sekunde zur anderen um.

»Ein verdammtes Armutszeugnis ist das. Da bringt sich einer um, und wir sind nicht in der Lage, herauszufinden, warum er es getan hat.«

»Es gibt viele Gründe, warum sich Menschen das Leben nehmen«, warf Gebhard ein.

»Was du nicht sagst.« Farner legte die Mappe zurück und setzte sich. »Uns interessiert aber nur das Motiv von Stöckl.«

»Ist mir klar. Aber solange die Frau nicht vernehmungsfähig ist, kommen wir nicht weiter. Wenn sie's überhaupt überlebt.«

Das Drama auf dem Stöckl-Hof lag drei Tage zurück. Hubert Stöckl, ein Bergbauer aus dem Passeier, hatte in der Nacht zum Dienstag seinen Hof angezündet und sich an einem Balken in der Küche des Hauses erhängt. Eine Tragödie, die überall große Bestürzung und Anteilnahme ausgelöst hatte. Es gab keinen Abschiedsbrief, nur eine SMS auf dem Handy seiner Frau, die an diesem Tag mit den beiden Kindern zu einem Besuch bei ihrer Schwester ins Pustertal gefahren war. Aber auch daraus ging nicht hervor, was den 40-jährigen Familienvater zu dieser Verzweiflungstat getrieben hatte.

›Es gibt keinen anderen Ausweg. Gott beschütze Dich und die Kinder.‹

Stöckl galt als introvertiert und verschlossen; ein Mann, der offenbar mit niemandem über seine Probleme gesprochen hatte. Und so gab es auch in seinem engsten Umfeld nur Vermutungen, wie es zu diesem Unglück hatte kommen können.

Franz Reisinger, der Dienstälteste in Farners Team, hatte Stöckls finanzielle Verhältnisse unter die Lupe genommen, weil er dies für die wahrscheinlichste Erklärung hielt. Aber seine Nachforschungen hatten nichts Auffälliges ergeben. Kein Darlehen, keine Hypotheken, keine größeren Schulden, von einem Minus auf seinem Konto bei der Sparkasse abgesehen, das gerade mal 2000 Euro betrug. Deshalb bringt man sich doch nicht um.

Elisabeth Stöckl hatte versucht, ihren Mann aus dem brennenden Haus zu retten, und dabei schwerste Verletzungen erlitten. Wahrscheinlich war sie die Einzige, die ihnen sagen konnte, was zu dieser unfassbaren Tat geführt hatte.

Ivo Gebhard trank den Rest Kaffee aus seinem Becher. »Und nun?«

»Hoffen wir auf die göttliche Eingebung.«

»Du hast bestimmt einen Plan B.«

Der Spott in Gebhards Stimme war unüberhörbar. Aber Farner ließ sich nicht provozieren.

»Ist in Arbeit.«

Er hatte keine Lust, mit Gebhard noch mal darüber zu diskutieren, warum sie den Fall nicht einfach ad acta legen konnten.

Unten, zwischen den Verkaufsständen auf dem Kornplatz, war es in den letzten Minuten immer lauter geworden. Farner stand auf und schloss das Fenster.

»Wo ist Reisinger?«

»Mit Furlan im Vernehmungszimmer. Sie haben den Barmann am Wickel, der dem Albaner geholfen hat, den Koks zu verkaufen. Wenn du mich fragst, es sind immer nur die kleinen Fische, die hier ins Netz gehen ...«

Er brach ab, weil in diesem Moment Hans Eller seinen Kopf zur Tür reinsteckte. Eller – Ende 20, aus dem oberen Vinschgau – war vor einem halben Jahr vom Streifendienst zur Kripo gewechselt. Ein aufgeweckter junger Kollege, der sich mit Reisinger nebenan ein Büro teilte.

»Ich hab hier was für euch.«

Er reichte Farner einen Zettel, auf dem ein Name und eine Telefonnummer standen.

»Rudi Steinhauer. Wer ist das?«

»Ein Cousin von Stöckl. Er ist Fitnesstrainer in der Therme und hatte angeblich engen Kontakt zu Hubert Stöckl.«

»Woher hast du das?«

»Reiner Zufall. Kennst du die Cortina-Bar in der Romstraße?«

»Noch nicht.«

»Wir haben da ab und zu 'n Kaffee getrunken, als ich noch bei der Streife war. Vorhin hab ich den Wirt auf der Straße getroffen. Wir reden über dies und das, und das Gespräch kommt auch auf Hubert Stöckl. Er sagt, wenn einer den Stöckl gekannt hat, dann der Steinhauer. Die beiden hätten sich in seinem Lokal mit zwei, drei anderen regelmäßig zum Watten getroffen.«

Farner gab den Zettel an Gebhard weiter. »Dann ruf da mal an. Er soll herkommen, sobald er kann.«

»Aye, aye, Sir.« Gebhard beförderte den leeren Kaffeebecher in den Papierkorb und zog ab.

Eller war noch nicht fertig.

»Das Krankenhaus hat angerufen. Elisabeth Stöckl ist immer noch bewusstlos. Allerdings ...«

»Ja?«

»Der Arzt sagt, es gibt Anzeichen für eine Rückbildung des Komas.«

»Das heißt was?«

»Dass sie in zwei, drei Tagen ansprechbar sein könnte. Könnte. Die Ärzte lassen sich ja immer ein Türchen offen.«

»Hast du rausgefunden, ob Stöckl eine Lebensversicherung hatte?«

»Ich bin da noch dran.«

»Wär ja nicht das erste Mal, dass sich einer umbringt, nachdem er eine Lebensversicherung abgeschlossen hat, um seine Familie abzusichern.«

»Aber es darf nicht nach Selbstmord aussehen.«

»Du sagst es. Sonst noch was?«

»Ja. Dieser Dr. Beermann, der Arzt aus dem Krankenhaus ...«

Er schaute sich kurz um, als Gebhard wieder hereinkam.

»Red weiter.«

»Dieser Doktor Beermann hat gesagt, dass sich noch jemand nach dem Zustand von Elisabeth Stöckl erkundigt hat.«

»Wer?«

»Das weiß er nicht. Eine Frau hat eine der Schwestern und ihn nach Frau Stöckl gefragt.«

»Eine Verwandte?«

»Vielleicht.«

»Da gibt's doch Überwachungskameras. Bleib da mal dran.

»Mach ich.«

Nebenan klingelte das Telefon, und Eller ging in sein Büro zurück.

»Du hast Verspätung«, sagte Gebhard und riss das obere Kalenderblatt von dem Wandkalender ab, der neben der Tür hing.

»Wusstest du, dass er Vater wird?«

»Eller?«

»Ja. Seine Verlobte ist im fünften Monat.«

»Ich wusste gar nicht, dass er verlobt ist.«

»Eine Walsche*. Er hat deshalb eine Menge Ärger zu Hause.«

»So was gibt's noch? Ich dachte, die Zeiten sind vorbei.«

»Du warst lange weg.«

»Erzähl. Was ist mit Stöckls Cousin?«

»Ich hab ihn nicht erreicht. Dauernd besetzt.«

»Dann fahrn wir da mal hin. Du kommst mit.«

»Wann?«

»Jetzt gleich.«

»Das geht nicht. Ich muss um zehn beim Zahnarzt sein.«

»Verschieb es.«

»Würde ich ja machen, wenn ich deine Zähne hätte. Nein, im Ernst, ich hab den Termin schon zweimal verschoben. Wenn ich noch mal absage, kann ich mir einen neuen Zahnarzt suchen.«

Er überlegte. »Du könntest mich da absetzen. Das ist ganz in der Nähe. Ich komm dann nach.«

Seit sie in den Wagen gestiegen waren, kämpfte Lukas Farner mit einer dicken Hummel, die es abwechselnd auf den ledernen Lenkradbezug und auf seine Haare abgesehen hatte.

»Die hat einen Narren an dir gefressen«, grinste Ivo Gebhard, der neben ihm auf dem Beifahrersitz saß und in einem Geo-Magazin blätterte.

Aus dem Radio drang eine Kastratenstimme, die in einem weinerlichen Sprechgesang einer verlorenen Liebe nachtrauerte. Gebhard stellte den Ton lauter. Augenblicklich gab die Hummel auf und flog durch das halb geöffnete Fenster ins Freie.

»Siehst du, so wird das gemacht.«

»Zufall«, sagte Farner, der jetzt auch schmunzeln musste. Er schaltete das Radio aus. »Das ist keine Musik, das ist Körperverletzung.«

Gebhard nickte. »Ich hör auch lieber die Spitzbuam.«

Er schlug das Heft zu und verstaute es in der Seitenablage. »Wusstest du, dass die Bienen ...«

»Das war eine Hummel«, unterbrach ihn Farner.

»Egal. Wissenschaftler haben prophezeit, wenn die Bienen sterben, sterben auch die Menschen. Keine Bienen, keine Bestäubung. Keine Bestäubung, keine Nahrung. Keine Nahrung, keine ...« Weiter kam er nicht.

Der Radfahrer, mit dem sie fast auf gleicher Höhe waren, zog plötzlich ohne Vorwarnung nach links, direkt vor ihren Wagen. Lukas Farner reagierte blitzschnell. Er riss das Steuer herum und trat voll auf die Bremse. Gebhard presste es neben ihm in den Gurt.

»Mein lieber Mann, das war knapp.«

Sie sahen, dass der Mann auf dem Fahrrad keinerlei Notiz von dem Beinahe-Crash nahm und, ohne sich auch nur einmal umzudrehen, seine Fahrt fortsetzte.

»Und dieser Scheißkerl fährt einfach weiter«, schimpfte Gebhard, während Farner den Wagen wieder in Fahrtrichtung brachte.

»Deine Reflexe sind jedenfalls in Ordnung«, stellte Gebhard sachlich fest. »Reisinger hat schon gesagt, dass du ein guter Autofahrer bist.«

»Er übertreibt.«

Farner hielt an der nächsten Ampel.

»Er hat erzählt, dass du ihn neulich nachts vom Weintal nach Hause gefahren hast.«

»Das hat er doch gar nicht mitgekriegt. Er hat den ganzen Weg geschlafen.«

»Du kennst ihn nicht. Er schläft nicht, wenn er schläft. Er tut nur so, damit er nicht reden muss.«

»Genial.«

Die Ampel sprang auf Grün.

Hundert Meter nach der Kreuzung zeigte Gebhard auf das Haus, in dem er seinen Zahnarzttermin hatte. »Da vorn ist es.«

»Das kurze Stück hättest du auch zu Fuß gehen können.«

»Wir wollten doch sowieso in die Therme.«

Lukas Farner hielt vor einer Ausfahrt. Ivo Gebhard öffnete den Gurt und hob das Geo-Heft auf, das bei dem Bremsmanöver aus der Ablage gefallen war. Farner konnte sich die Bemerkung nicht verkneifen, dass diese schlauen Zeitschriften stapelweise in den Wartezimmern der Ärzte ausliegen.

»Was glaubst du, wo ich das Heft herhabe. Als ich das letzte Mal hier war, habe ich angefangen, darin zu lesen. Und weil ich nicht fertig geworden bin, hab ich das Heft mit nach Hause genommen und dort zu Ende gelesen. Und nun bring ich es zurück. Ist das okay?«

»Das musst du den Zahnarzt fragen.«

Gebhard öffnete die Beifahrertür und stieg aus.

»Beeil dich«, rief Farner ihm nach.

»Das musst du dem Zahnarzt sagen.«

Er parkte den Wagen in einer Seitenstraße und machte sich auf den Weg zur Therme.

Die Suche nach dem Motiv. Farner war sich dessen bewusst, dass dieser Aspekt bei ihm in den letzten Jahren keine große Rolle gespielt hatte. Wer den internationalen Terrorismus und das grenzüberschreitende, organisierte Verbrechen, illegalen Waffenhandel, Kinderpornografie und Geldwäsche bekämpft, muss nicht lange nach den Motiven der Täter fragen.

»Vergessen Sie Ihre Arbeit bei Europol«, hatte Reno Martell, der Staatsanwalt in Bozen, gesagt, bei dem er in der vergangenen Woche seinen Antrittsbesuch gemacht hatte. »Hier geht es nicht um Statistiken, Analysen und Trends, sondern um kriminalistische Arbeit vor Ort, um die Fälle von nebenan und um eine gründliche Aufklärung. Aber wem sag ich das. Sie kennen sich ja hier aus. Betrachten Sie das also nicht als Belehrung, sondern«, er zögerte einen Moment, »als kleine Orientierungshilfe für unsere Zusammenarbeit.«

Und als Lukas Farner schon beim Hinausgehen war, hatte Martell ihm noch ein freundliches »Schön, Sie wieder bei uns zu haben« nachgerufen.

Er bezweifelte, dass Reno Martell schon mal in Den Haag war und wusste, wie die Europol arbeitete. Aber er hatte recht. Das war ein himmelweiter Unterschied.

Er überquerte die Piavestraße und ging an der Passer entlang in Richtung Thermenplatz. Von dieser Seite hatte man einen malerischen Blick auf das Kurhaus und den Turm der Pfarrkirche, auf die Villen am Hang des Küchelbergs und auf den Pulverturm, an dem die Südtiroler Fahne aufgezogen war. Und irgendwo da oben verlief der Tappeinerweg, den er heute Morgen schon gelaufen war.

An der Fußgängerbrücke, die über die Passer zur Promenade hinüberführte, gab sich ein Straßenmusikant mit seiner Geige alle Mühe, die untergegangene Welt der Operette wieder auferstehen zu lassen, was vor allem die älteren Passanten entzückte. *Schenkt man sich Rosen in Tirol, Steig in die Gondel, Freunde, das Leben ist lebenswert,* bei *Immer nur lächeln* wurde sogar geklatscht. Der Mann genoss den Applaus und bedankte sich für die Münzen, die in dem offenen Geigenkasten vor seinen Füßen landeten.

Farner steuerte auf den Thermeneingang zu und musste sich einen Weg durch eine lärmende Schulklasse bahnen, die ins Freie drängte.

Innen war alles groß und hell. Er blieb in der Nähe der Tür stehen, um sich zu orientieren. Er sah das Hinweisschild mit der Aufschrift Fitnesscenter und folgte dem Pfeil. Der Gang führte an einer langen Glaswand vorbei, durch die man auf eine Poollandschaft runterschauen konnte, die in den Sommermonaten bis in den Thermenpark hinausging. Die großen bunten Ringe und Ballons, die unter der hohen Decke hingen, verbreiteten eine heitere Stimmung.

Am Eingang zum Fitnessbereich saß ein Rocky-Balboa-Typ im Turnhemd an der Rezeption und telefonierte. Jemand erkundigte sich nach den Öffnungszeiten und den Preisen. Farner hörte unfreiwillig mit und erfuhr, dass man hier zwischen 9 und 22 Uhr trainieren konnte, dienstags und donnerstags sogar schon ab 6, dass ein Jahresabo 82 Euro kostete und dass es einen Kinderhort gab, in dem man seine Kinder abgeben konnte. Kostenlos. Dann legte der Mann auf, und Farner fragte nach Rudi Steinhauer.

»Der hat sich einen Tag freigenommen.«

»Hat er kein Handy?«

Der Mann drehte sich um und griff in ein Regalfach.

»Hat er hier liegen lassen. Soll ich ihm was ausrichten?«

»Nicht nötig. Danke.«

Langsam schlenderte er zum Ausgang zurück. Es war erst kurz nach zehn, und er beschloss, draußen an einem der Tische, die zu dem Thermen-Café gehörten, auf Gebhard zu warten.

Es war voller geworden auf dem Platz vor der Therme. Die Menschen genossen den schönen Spätsommertag. Im Radio hatten sie 26 Grad vorhergesagt. Die Sonne spiegelte sich in den Fenstern des Cafés, und über dem Penegal verzogen sich die letzten kleinen Wolken. Farner fand einen freien Tisch und setzte sich so hin, dass er von seinem Platz aus sehen konnte, wenn Gebhard auftauchte.

Bei der Bedienung, einem jungen Mädchen mit einer grünen Haarsträhne im Gesicht und einem T-Shirt, bei dem der Stoff nur für eine Schulter gereicht hatte, bestellte er einen Espresso.

Die Enttäuschung, dass er Steinhauer nicht angetroffen hatte, hielt nicht lange an. Seine Gedanken machten sich auf die Suche nach einem anderen Anhaltspunkt. Irgendetwas an dieser Geschichte ließ ihn nicht los.

Hubert Stöckl hatte sich umgebracht. Daran bestand kein Zweifel. Aber es wäre nicht das erste Mal, dass ein Mensch in den Selbstmord getrieben wurde. In Innsbruck hatte es vor einigen Jahren einen ganz abscheulichen Fall gegeben. Ein

Apotheker war von einer Angestellten wegen Vergewaltigung angezeigt worden. Der Mann hatte seine Unschuld beteuert, aber niemand glaubte ihm. Die Zeitungen fielen über ihn her. Er verlor den Pachtvertrag für die Apotheke, seine Verlobung ging in die Brüche, und seine Eltern trauten sich nicht mehr auf die Straße. Einen Tag nachdem ihn das Gericht zu einer längeren Haftstrafe verurteilt hatte, brachte er sich in seiner Gefängniszelle um. Und dann der Hammer. Monate später stellte sich heraus, dass die Frau alles erfunden hatte.

Gab es auch im Fall Stöckl einen Schuldigen? Er ermahnte sich, sich nicht zu verzetteln.

Die Kellnerin brachte den Espresso, und Farner zahlte gleich.

Es gab Hinweise in den Zeitungen – Gerüchte über jahrelange Streitereien zwischen Stöckl und seinem Schwiegervater Johann Gottwald. Um einen versetzten Grenzstein, um eine Schafweide, die beide für sich beanspruchten, um gefällte Bäume und, und, und. Und all das habe schließlich zu dem Drama geführt. Im Konjunktiv natürlich. »Heißt es«, »sagt man«, »sagt einer, der nicht genannt werden will« – was Journalisten so schreiben, wenn sie im Nebel herumstochern und Gerüchte, schlecht oder gar nicht recherchiert, als Tatsachen verkaufen. Tatsache war, dass man nicht alles, was in den Zeitungen stand, auf die Goldwaage legen durfte.

Sie hatten den Schwiegervater am Morgen nach der Brandnacht als einen der Ersten befragt, aber dabei war nicht viel herausgekommen.

Johann Gottwald war ein mürrischer alter Mann, der unweit von den Stöckls, noch um einiges höher gelegen, seinen eigenen Hof bewirtschaftete, so gut oder so schlecht das ein Mann in seinem Alter – Farner schätzte ihn auf Anfang 70 – noch bewerkstelligen konnte, und den das Leben auf 1000 Metern Höhe im Laufe der Jahre unfreundlich und wortkarg gemacht hatte.

Gottwald hatte eingeräumt, dass er mit seinem Schwiegersohn, den er für einen Versager hielt, seit Jahren über Kreuz war und deshalb schon lange keinen Kontakt mehr zu der Familie seiner Tochter hatte. Sie hatten es, so kurz nach dem tragischen Geschehen, dabei bewenden lassen. Farner glaubte nicht, dass Gottwald etwas mit dem Tod seines Schwiegersohns zu tun hatte, aber er konnte auch nicht ausschließen, dass der alte Sonderling mehr wusste, als er ihnen gesagt hatte. Sein Entschluss stand fest. Sie würden noch mal zu Gottwald fahren und ihn erneut befragen.

Als Ivo Gebhard kurz darauf um die Thermenecke bog, stand er auf und machte sich mit einem Pfiff auf zwei Fingern bemerkbar. Gebhard reagierte sofort und schaute zu ihm herüber. Farner steckte das Restgeld ein, das noch auf dem Tisch lag, und ging auf ihn zu. Mit einem Blick erkannte er, dass dem Kollegen die gute Laune von vorhin abhandengekommen war.

»Eigentlich höre ich nicht darauf, wenn jemand pfeift«, sagte er mit einem Gesicht, mit dem man kleine Kinder erschrecken konnte.

»Eigentlich pfeif ich auch nicht. Aber bevor ich dich in die Irre laufen lasse … Komm, gehen wir.«

Sie machten sich auf den Weg zurück zum Wagen.

»Was ist passiert?«

»Scheiße ist passiert«, polterte es aus Gebhard heraus. »Du gehst zum Zahnarzt und denkst, in einer halben Stunde ist alles erledigt. Und dann erzählt dir dieser Typ ganz nebenbei, dass es Zwei-Acht nicht mehr lange macht. Du weißt, wer Zwei-Acht ist?«

»Ich vermute, die Bezeichnung für einen Zahn.«

»Linker oberer Backenzahn, auch Mahlzahn oder Weisheitszahn genannt.«

Farner hielt sich zurück. Jetzt nur keine anzügliche Bemerkung, sonst explodiert er.

»Und der Eins-Sechs gefällt ihm auch nicht.«

»Hast du Schmerzen?«

»Nein. Die kommen über Nacht, hat dieser Zahnklempner gesagt.«

»Dann schieb das nicht auf die lange Bank. Kollegen mit Zahnschmerzen sind der Horror.«

»Was hat der Fitnesstrainer gesagt?«

»Nichts. Er war nicht da. Wir können ihn erst morgen erreichen.«

»Was hast du jetzt vor?«

»Wir fahren noch mal zu Gottwald.«

Farner sah die Unmutsfalte auf Gebhards Stirn. »Ist das dein Ernst? Das bringt doch nichts.«

»Wir werden sehen.«

Eine Weile gingen sie wortlos nebeneinanderher. Als sie an dem Busparkplatz vorbeikamen, stieß Gebhard gegen eine Abfalltonne, murmelte etwas, das sich anhörte, als entschuldige er sich bei der Mülltonne, und trat noch mal nach.

»Die ganze Geschichte ist Müll. Wem nutzt es was, wenn wir herausfinden, warum sich der Mann umgebracht hat. Dieses ganze Geschwätz vom öffentlichen Interesse ist doch nur vorgeschoben. Das ist nichts anderes als Sensationsgier und Heuchelei. Und wir bedienen das auch noch. Wir quälen die Angehörigen, die lieber nicht darüber reden, weil sie es als Schmach empfinden, dass sich jemand aus ihrer Familie umgebracht hat. Und der Selbstmörder? Kriegt der posthum mildernde Umstände, wenn wir herausgefunden haben, warum er sich umgebracht hat? Das ist doch lächerlich.«

Farner wollte einwerfen, dass man in so einem Fall ermittelt, um einen Mord, ein Gewaltverbrechen auszuschließen. Aber das sollte Gebhard eigentlich selber wissen.

»Bist du fertig?«

»Ja.«

»Dann ruf Reisinger an und sag ihm Bescheid.«

Gebhard wollte protestieren, beließ es aber bei einem Achselzucken. Er holte sein Handy heraus, blieb ein paar Schritte zurück und telefonierte.

Farner hatte ihn ausreden lassen.

Mit einigem, was Gebhard rausgelassen hatte, gab er ihm sogar recht. Aber diese Skrupel halfen ihnen nicht bei der Aufklärung des Falles.

Während er darauf wartete, dass Gebhard sein Telefonat beendete, wurde er auf eine Frau aufmerksam, die die Straße überquerte und auf ihn zukam. Groß, schlank, leger gekleidet. Alter ungewiss. Die große Sonnenbrille verbarg ihren Jahrgang. Farner glaubte ein Lächeln auf ihrem Gesicht gesehen zu haben, als sie an ihm vorbeiging. Die weiße Sporttasche ließ vermuten, dass sie auf dem Weg in die Therme war.

Er schaute ihr nach. Sie ging, wie Frauen gehen, die wissen, dass man ihnen nachschaut. Plötzlich blieb sie stehen und drehte sich zu ihm um.

»Lukas Farner?«

»Ja.«

Sie schob die Sonnenbrille über die Haare und kam zurück.

»Hab ich mich doch nicht getäuscht.«

Er war sich sicher, dass er die Frau nicht kannte.

»Ariane. Ariane Falk. Erinnerst du dich nicht? Ich war mit meinem Vater einige Male in den Ferien bei euch auf dem Ritten. Das ist lange her.«

Er kramte in seiner Erinnerung. Und auf einmal dämmerte es ihm.

Er sah das Mädchen von damals, eine hübsche Göre in seinem Alter, die schon auf erwachsen machte. Lorenz und er hatten sich beide in sie verknallt. Aber gegen seinen zwei Jahre älteren Bruder hatte er keine Chance.

»Du bist die Kleine, die meinen Bruder verführt hat.«

Gebhard war inzwischen dazugekommen. Er schien sich beruhigt zu haben. Ariane Falk nickte ihm kurz zu. Dann sah sie Farner an und lachte.

»Hat er das erzählt?«

»Nein. Ich habe euch gehört. In dem hinteren Stadel. Du hast geschrien wie ein ...« Er suchte nach einem passenden Vergleich, ohne gemein zu sein. »Wie ein Marderweibchen.«

Gebhard grinste. Ariane Falk war kein bisschen verlegen.

»Nun übertreib mal nicht.«

Sie trat einen Schritt zurück, musterte ihn.

»In natura siehst du schmaler aus. Ich hab ein Bild von dir in der Zeitung gesehen, von deiner Einführung als Inspektor.«

»Chefinspektor«, korrigierte Gebhard.

»Verzeihung, Chefinspektor.« Der leise Spott in ihrer Stimme verriet, dass sie es mit Titeln nicht so genau nahm. »Du warst lange im Ausland, hab ich gelesen.«

»Ja. Fünf Jahre.«

»Und wie geht's deinem Bruder?«

»Er hat das Hotel übernommen. Meine Eltern mischen zwar noch mit, aber Lorenz hat jetzt das Sagen.«

»Bist du verheiratet?«

»Nein. Du?«

Sie schüttelte den Kopf. »Ich hab's ein paarmal versucht, aber es hat nicht geklappt.«

Gebhard stand daneben und zeigte, dass er sich langweilte. Farner wollte nicht unhöflich sein.

»Dein Vater war Tierarzt, glaube ich. Praktiziert er noch?«

»Oh ja. Zurzeit ist er im Urlaub.«

Sie sah auf ihre Armbanduhr.

»Ich muss los. Mein Trainer sucht sich sonst eine andere, die er quälen kann. Wir sollten uns mal auf einen Kaffee treffen.«

»Das machen wir.«

Sie gab erst ihm die Hand und dann Gebhard.

»Auf Wiedersehen, Herr ...?«

»Gebhard.«

»Ich habe eine Patientin, die so heißt. Gudrun Gebhard.«

»Das ist meine Mutter.«

»Grüßen Sie sie von mir.«

Sie schob die Sonnenbrille wieder auf die Nase und entfernte sich rasch.

Farner deutete mit dem Kopf in Richtung der kleinen Seitenstraße, in der er den Wagen abgestellt hatte.

»Wir müssen da rüber.«

Gebhard schaute sich noch mal um. »Wie findest du sie?«

»Nicht übel.«

»Sie hat eine Praxis in der Sparkassenstraße. Wenn du mal eine Gynäkologin brauchst.«

Das kam locker, und Farner war froh, dass Gebhard seinen Humor wieder gefunden hatte.

»Hast du mit Reisinger gesprochen?«

»Ja.« Gebhard ließ den Motorradfahrer vorbei, der vor ihnen in eine Hofeinfahrt fuhr.

»Er hat gemeint, dass es keine schlechte Idee ist, bei dem schönen Wetter auf den Berg zu fahren. Aber er bezweifelt, dass du, dass wir einen Passeirer Bergbauern zum Reden kriegen, wenn der nicht will.«

»Sonst noch was?«

»Ein Vermisstenfall. Furlan und Eller sind da dran. Hast du was dagegen, wenn ich fahre?«

»Eins nach dem anderen. Wer wird vermisst?«

»Ein Mann namens Wallner oder Waldner. Sein Wagen hat mehrere Tage oben an der Zenoburg gestanden. Unverschlossen. Und von dem Fahrer keine Spur. Wie gesagt, Eller und Furlan kümmern sich darum.«

Sie hatten jetzt den Wagen erreicht. Farner gab Gebhard den Autoschlüssel.

»Pass auf die Radfahrer auf.«

»Und auf niedrig fliegende Hubschrauber, die von rechts kommen«, witzelte Gebhard und öffnete den Wagen.

Farner zog sein Jackett aus und machte es sich auf dem Beifahrersitz bequem, während Gebhard den Rückspiegel verstellte und den Fahrersitz ein Stück nach vorn rückte, weil er ein paar Zentimeter kleiner war als Farner.

Sie fuhren über die Romstraße bis zur Post und dann rechts ab in die Cavourstraße Richtung Obermais. Der Verkehr war um diese Zeit schon am Anschlag. Als sie am Hotel Palace vorbeikamen, trat Gebhard kurz auf die Bremse und tippte sich an die Stirn.

»Hast du was vergessen?«

»Ja. Das kommt davon, wenn man sich nicht für Fußball interessiert.«

Farner ließ ihn weiterreden, obwohl er nicht wusste, was Gebhard damit meinte.

»Mein Vater hat gelesen, dass Maradona in Meran ist, und ich sollte ihm ein Autogramm besorgen.«

»Dann bist du zu spät. Er ist gestern wieder abgereist.«

»Das ist ja der Mist. Die Finanzwache hat seine Ohrringe konfisziert, weil er Steuerschulden in Italien hat. Angeblich über 30 Millionen. Hast du das mitgekriegt?«

»Dann pass mal auf deinen Ohrstecker auf.«

Gebhard griff sich ans linke Ohrläppchen.

»Es heißt, dass Männer, die einen Ohrring tragen, damit signalisieren, ob sie schwul oder hetero sind. Links hetero, rechts schwul. Und an beiden Ohren?«

Als keine Antwort von Farner kam, legte er nach: »Bi natürlich. Lass dir mal von Reisinger erzählen, wie Oswald von Wolkenstein zu seinem Ohrring gekommen ist.«

Farner war in Gedanken noch bei dem Autogramm von Maradona. Und bei einer Geschichte aus seiner Schulzeit, die sich fest in sein Gedächtnis eingeprägt hatte. Untrennbar mit dem Namen Terranostra verbunden. Giovanni Terranostra, der Typ aus seiner Klasse, mit dem er ständig im Clinch gelegen hatte. Auch damals war es um ein Autogramm des argentinischen Fußballstars gegangen. Bei der WM 1990, ein Jahr vor ihrer Matura, als Giovanni vor dem Achtelfinalspiel in Turin zum Quartier der argentinischen

Nationalmannschaft gefahren war. Sie hatten gewettet, und zwei Tage später hatte ihm der Angeber triumphierend das Autogramm von Diego Maradona unter die Nase gehalten. Er hatte eine Flasche Rotwein verloren, aber Giovanni hatte den Blauburgunder aus dem Vinschgau, den er ihm auf seinen Platz gestellt hatte, demonstrativ in den Papierkorb geworfen.

Mein lieber Giovanni. Seine Großeltern waren in den 1930er-Jahren aus Kalabrien nach Bozen gekommen. Sein Vater, ein Ingenieur bei der italienischen Eisenbahn, hatte seinen Sohn, der kein Südtiroler sein wollte, in eine deutsche Schule geschickt. Vom ersten Tag an waren sie aneinandergeraten, hatten Streit gesucht, solange er zurückdenken konnte. Sie hatten sich beleidigt, provoziert und geprügelt. Keiner war dem anderen eine Gemeinheit schuldig geblieben. Es ging immer darum, der Stärkere zu sein.

Giovanni war nach der Schule zu den Carabinieri gegangen und er zur Staatspolizei. Sie hatten sich nicht mehr so oft gesehen, aber jedes Mal, wenn sie aufeinandergetroffen waren, hatte es gleich wieder gekracht. Seit dem letzten Zusammenstoß waren Jahre vergangen. Terranostra, der sich für unwiderstehlich hielt, war damals mit einer jungen Frau befreundet. Sie hieß Anne Felderer und hatte einen Buchladen am Bozner Obstmarkt, ein attraktiver Blaustrumpf mit einer Vorliebe für Lakritzschnecken und einem Faible für französische Chansons. Ihn hatte der Teufel geritten. Eher um Giovanni zu ärgern als aus eigener Verliebtheit, hatte er Anne Felderer zu einem Ausflug nach Bardolino eingeladen. Passiert war so gut wie nichts. Ein- oder zweimal geküsst, mehr nicht. Als sie zurückkamen, stand Giovanni vor ihrem Haus und ging gleich in Kampfposition. Sie hatten sich wie zwei Boxer gegenübergestanden. Anne Felderer war dazwischengegangen und hatte einen blutigen K. o. verhindert.

Aber jetzt könnte alles wieder aufflammen.

Seit zwei Jahren war Giovanni Terranostra Vizekommandant bei den Carabinieri in Meran. Früher oder später würden sie sich über den Weg laufen.

Die Autoschlange, die ihnen auf der Jaufenstraße entgegenkam, reichte bis hinter die Abzweigung nach Dorf Tirol.

»Sieh dir das an. Jetzt weißt du, was uns auf der Rückfahrt erwartet«, nörgelte Ivo Gebhard, der zum wiederholten Mal versuchte, einen Traktor zu überholen, was bei dem Gegenverkehr ziemlich aussichtslos war. Der Bauer vor ihm hatte schließlich ein Einsehen und bog rechts in einen Konsortialweg ein.

»Na endlich.« Wie befreit stieg Gebhard auf das Gaspedal, und Farner drückte es in die Rückenlehne.

Schenna lag rechts oben am Berg, das Mausoleum von Erzherzog Johann war weithin sichtbar.

»Glaubst du an Vorahnungen?«

»Ja, aber erst, nachdem sie eingetroffen sind.«

»Ich frage mich, warum Stöckls Frau mitten in der Nacht zurückgefahren ist, obwohl sie mit den Kindern zwei Tage bei ihrer Schwester im Pustertal bleiben wollte.«

»Die SMS auf ihrem Handy.«

»Nein. Da war sie schon unterwegs. Ihre Schwester hat ausgesagt, dass Elisabeth Stöckl von einer plötzlichen Unruhe ergriffen worden sei. Sie müsse gespürt haben, dass zu Hause etwas nicht in Ordnung ist.«

»An so viel Übersinnlichkeit glaub ich nicht. Außerdem hat das ja auch nichts gebracht. Sie ist zu spät gekommen.«

»Ja.«

Die Apfelernte war in vollem Gange. Vor ihnen tuckerte der nächste Traktor mit einer Ladung Golden Delicious auf dem Anhänger. Diesmal konnte Gebhard auf einem geraden Straßenstück zügig überholen.

Einige Kilometer weiter, an einer Bushaltestelle, bogen sie von der Hauptstraße ab. Von hier aus waren es noch mal rund 20 Minuten bis zu Gottwalds Hof. Eine schmale

Asphaltstraße führte in Serpentinen den Berg hinauf, bis sie hinter einer Kuppe verschwand. Das letzte Stück, erinnerte sich Farner, war nicht mehr asphaltiert, sondern ein unbefestigter Schotterweg.

Zuerst ging es durch Apfelplantagen, an einer Pferdekoppel vorbei über eine Brücke, die einen ausgetrockneten Bachlauf überquerte. Im Frühjahr, wenn die Schneeschmelze eingesetzt hatte, und bei starken Regenfällen kam hier viel Wasser den Berg herunter und floss in die Passer ab. Nach dem ersten leichten Anstieg fuhren sie durch einen dichten Mischwald, der kaum Sonnenlicht durchließ. Gebhard nutzte die Gelegenheit. In einer Kehre, in der die Straße breiter wurde, hielt er an, stieg aus und verschwand hinter einem Baum.

Danach wurde es steiler. Je höher sie kamen, desto enger wurden die Kurven, und mit jeder Richtungsänderung bot sich ihnen ein neuer großartiger Ausblick. Wanderer kamen ihnen entgegen und ab und zu ein Auto. An Felswänden vorbei, die, in engmaschige Drahtnetze gepackt, die Straße vor Steinschlag schützten, durch Galerien, die den Blick ins Tal freigaben. Unten war die Welt wie ein Spielzeugland.

Wer die Stille der Berge sucht. Weiter oben gabelte sich die Straße. Links, nach Westen hin, ging es leicht bergab, um eine Bergnase herum zu dem kleinen Plateau, auf dem der Stöckl-Hof lag, der nur noch Schutt und Asche war. Farners Blick blieb an dem holzüberdachten Kruzifix hängen, das einige Meter oberhalb der Abzweigung stand, eingerahmt von zwei Birken, und daneben eine Bank, die die Wanderer zur Rast einlud. Idylle pur. Wie oft mochte Hubert Stöckl, den alle als frommen Menschen beschrieben hatten, hier wohl angehalten und ein stilles Gebet gesprochen haben, wenn ihn etwas bedrückte. Einer, der die Madonna aus der Stube nach draußen in Sicherheit bringt, bevor er sein Haus anzündet, fährt auch an einem Kruzifix nicht einfach so vorbei.

Gebhard hielt sich rechts. Vor ihnen hoben sich die Gipfel der Texelgruppe gegen den stahlblauen Himmel ab. Die Straße wurde flacher und führte an einem Gasthof vorbei, der auf einer außen angebrachten Schiefertafel in Großbuchstaben Lammkeule, Forellen und Bergkäse anpries. Hinter der nächsten Biegung begann der Schotterweg. Ivo Gebhard drosselte das Tempo und versuchte, so gut es ging, die Schlaglöcher zu umfahren. Was ihm einen anerkennenden Blick von Farner eintrug.

Der Hof von Johann Gottwald war schon von Weitem auszumachen. Er lag abseits der Straße, unterhalb eines kleinen Lärchenwaldes, an einem Steilhang. Der Zufahrtsweg verlief quer zum Hang, an einem Gatter vorbei, und war einigermaßen eben. Einige der Schafe, die unterhalb des Hofes weideten, hatten eine blaue Markierung auf dem Fell, was bedeutete, dass sie von der Sommerweide im Ötztal zurück waren.

An der Einfahrt kam ihnen schwanzwedelnd ein Berner Sennenhund entgegen und lief neben ihrem Wagen her, bis Gebhard vor der Auffahrt zu einem Stadel stehen blieb und den Motor abstellte. Als sie ausstiegen, sprang der Hund an Gebhard hoch, als hätte er ihn schon lange erwartet.

Farner stellte sich an die Mauer, die den Hof umgab, und blickte ins Tal. Je höher man kommt, desto mehr schwindet das Zugehörigkeitsgefühl zu der Welt da unten, kam es ihm vor und er fragte sich, ob es den Menschen, die immer hier oben leben, auch so geht.

Er angelte sein Jackett vom Rücksitz und ging langsam über den Hof auf das Wohnhaus zu, aus dem lautes Hämmern zu hören war.

Gebhard, der die stürmische Begrüßung durch den Hund ohne Kratzer überlebt hatte, zeigte auf den Fiat 128, der vor dem Geräteschuppen stand.

»Baujahr 1983. Oben liegende Nockenwelle und Einzelradaufhängung. Einer der Letzten, die in Turin vom Band gelaufen sind. – Frag mal, ob sie ihn verkauft.«

Der Wagen gehörte Maria Stadler, Gottwalds Schwester, die unten im Dorf wohnte und zwei-, dreimal in der Woche heraufkam, um sich um den Haushalt ihres Bruders zu kümmern. Die Frau war um einiges jünger als Gottwald und hatte sich, im Gegensatz zu ihrem verstockten Bruder, bei der ersten Befragung alle Mühe gegeben, eine Erklärung für das Geschehen auf dem Stöckl-Hof zu finden; auch wenn am Ende nicht viel dabei herausgekommen war.

Die Haustür stand offen. Auf dem Balkon hing Wäsche zum Trocknen. Und aus dem Schornstein stieg blassblauer Rauch in den Himmel. Farner vermutete, dass Maria Stadler in der Küche war und das Mittagessen für ihren Bruder zubereitete. Aber dann hörten sie, wie hinter ihnen ein Tor in den Angeln quietschte und jemand laut Hallo rief.

Es war Maria Stadler, die mit einer Schüssel unter dem Arm aus dem Garten kam. Farner und Gebhard gingen ihr entgegen. Sie stellte die Schüssel auf den Brunnenrand, wischte sich die Hände an ihrer Schürze ab und erkundigte sich, kaum dass sie die beiden begrüßt hatte, nach Elisabeth Stöckl.

Gebhards Handy klingelte, und er setzte sich, ein paar Meter entfernt, auf eine Bank, die nicht so aussah, als ob sie es noch lange machen würde.

»Wie geht es ihr? Die Ärzte haben uns gesagt, dass wir sie nicht besuchen können.«

Farner überlegte sich jedes Wort, um keine falschen Hoffnungen zu wecken.

»Sie ist immer noch bewusstlos. Aber es gibt Anzeichen einer leichten Besserung. Die nächsten Tage sind entscheidend.«

Maria Stadler nickte gottergeben und schaute zu dem Haus hinüber, wo weiter kräftig gehämmert und gebohrt wurde.

»Wir unterhalten uns besser hier draußen. Mein Bruder ist dabei, eine Kammer für die beiden Mädchen herzurichten. Die Gitschen* müssen ja irgendwo bleiben. Und für die Lissi ist da auch noch Platz, hat er gesagt.«

Sie sah Farners überraschten Blick, und für einen Moment war ein Anflug eines Lächelns auf ihrem Gesicht.

»Ich hab's auch nicht glauben können. Vielleicht will er etwas gutmachen.«

Sie bückte sich und hob ein welkes Blatt auf.

»Johann ist nicht so, wie er sich gibt. Ich bin hier geboren, wir waren sieben Geschwister. Johann war der Älteste und hat den Hof übernommen, und er hatte immer ein großes Verantwortungsgefühl für uns Jüngere.«

Farner war von der Ernsthaftigkeit beeindruckt, mit der sie ihren Bruder in Schutz nahm.

Sie begann, den Salat und die Kräuter, die sie aus dem Garten geholt hatte, zu waschen.

Farner blieb in ihrer Nähe. Plötzlich ereiferte sie sich.

»Haben Sie gelesen, was in den Zeitungen stand?«

»Ja.«

»Ich möchte wissen, wer sich so was ausdenkt. Das ist alles erfunden. Johann und der Hubert haben sich nicht verstanden, das stimmt. Aber es hat keinen jahrelangen Streit zwischen ihnen gegeben. Sie haben gar nicht streiten können, weil sie überhaupt nicht miteinander geredet haben.«

»Seit wann?«

Sie zuckte einigermaßen hilflos mit den Schultern. »Seit wann? Er war dagegen, dass die Lissi den Hubert heiratet. Er war nicht mal bei ihrer Hochzeit dabei.«

»Was hatte er gegen Hubert Stöckl?«

»Ich weiß es nicht. Ich weiß nur, dass die Lissi immer wieder versucht hat, die beiden zu versöhnen. Aber er wollte es nicht.«

»Wovon haben die Stöckls gelebt?«

»Von dem, was der Hof hergab. Der Hubert war ein fleißiger Mann, und die Lissi hat die Sachen auf dem Markt verkauft: Obst, Gemüse, Eier, Butter und Käse. Auf dem Bauernmarkt in Meran oder in St. Martin. Sie hatten ihr Auskommen.«

Ohne dass er es gleich gemerkt hatte, war es im Haus still geworden.

Maria Stadler nahm die Schüssel und wandte sich zum Gehen.

»Ich muss in die Küche«, sagte sie. »Sie wollen doch mit meinem Bruder sprechen. Kommen Sie.«

Gebhard hatte inzwischen sein Telefonat beendet. »Sorry. Das war unser Kapellmeister. Wir haben am Sonntag ein Konzert ...«

»Schon gut. Bei Gelegenheit erklärst du mir mal, warum ein Flügelhorn keine Flügel hat.«

»Muss ich jetzt lachen?«

»Ich bitte darum.«

Sie stiegen die Treppe hinauf und betraten hinter Maria Stadler das Haus.

Farner kam sich vor wie in einer bäuerlichen Komödie, als sie wenig später einem mürrischen Johann Gottwald gegenübersaßen. Die Kulisse war perfekt, eine Südtiroler Bauernstube wie aus dem Bilderbuch. Aber die Handlung hakte, weil der Hauptdarsteller keinen Text hatte.

Gottwald verweigerte sich.

»Was wollen Sie? Ich habe Ihnen alles gesagt«, brummte er und zündete sich eine selbst gedrehte Zigarette an.

Farner gab nicht nach. Er sah, dass der alte Mann, der da am anderen Ende des Tisches saß und sich an seinem Rotweinglas festhielt, etwas loswerden wollte und dass es nur eine Frage der Zeit war, bis er es rausließ.

»Sie haben beim letzten Mal erwähnt, dass es Spannungen zwischen Ihnen und Hubert Stöckl gegeben hat. Sie können nicht darüber sprechen, weil Sie glauben, dass Sie an seinem Tod schuld sind. Ist es so?«

Gottwald drückte seine Zigarette im Aschenbecher aus, stand auf und ging wortlos hinaus.

Ivo Gebhard hatte wieder sein Unmutsgesicht aufgesetzt und wollte ebenfalls gehen. Farner hielt ihn zurück.

Kurz darauf kam Gottwald mit einer zusammengefalteten Zeitung und warf sie auf den Tisch.

»Da, lesen Sie. Die wissen längst, warum er sich umgebracht hat.«

Farner schob die Zeitung, ohne sie aufzuschlagen, zur Seite.

»Hab ich gelesen. Ich halte das für einen ausgemachten Blödsinn.«

Gottwald scheuchte die Katze weg, die es sich auf seinem Stuhl bequem gemacht hatte, und setzte sich wieder. Er fuhr sich mit der Hand durch das struppige Haar und kratzte sich den Schädel.

»Ich sag es noch mal, ich weiß nicht, warum er sich umgebracht hat.«

»Hatte er finanzielle Probleme?«

»Wir sind hier oben alle nicht auf Rosen gebettet.«

Er nahm einen Schluck aus seinem Glas.

»Vor einigen Jahren gab es ein Gerücht, dass den Stöckls das Geld ausgegangen ist. Damals hat Erwin Stöckl noch gelebt, der Vater von Hubert Stöckl.«

»Waren Sie deshalb dagegen, dass Ihre Tochter auf den Stöckl-Hof heiratet?«

Gottwald wischte die Frage mit einer unwilligen Handbewegung weg.

»Nach seinem Tod hat man nichts mehr davon gehört.«

Gebhard machte sich Notizen.

»Wann haben Sie Ihren Schwiegersohn zum letzten Mal gesehen?«

Farner sah sofort, dass er Gottwald an einer empfindlichen Stelle getroffen hatte. Als hätte man ihn in seinem Versteck aufgespürt.

Jammer und Wut wechselten sich in seinem Gesicht ab. Es dauerte, bis er sich zu einer Antwort entschloss.

»Vor drei Tagen.«

»Sie meinen, an dem Tag ...«

»Am Montag«, unterbrach ihn Gottwald schroff und goss den Rest der Flasche in sein Glas.

»Es war spät. Ich hab schon geschlafen. Der Hund hat angeschlagen. Ich bin aufgestanden und ans Fenster gegangen. Und da stand er auf dem Hof.«

»Was wollte er?«

»Mit mir reden.«

Gottwald machte eine längere Pause. Farner ließ ihm Zeit.

»Ich hab das Fenster aufgemacht und gesagt, er soll sich zum Teufel scheren.«

»Und dann ist er gegangen?«

Gottwald schloss die Augen und nickte.

»Und dann ist er gegangen und hat sich umgebracht.«

Er stand auf, trat ans Fenster und starrte hinaus.

»Und dann ist er gegangen und hat sich umgebracht.«

Als Farner und Gebhard das Haus verließen, sahen sie Maria Stadler im Gespräch mit einem Mann, der neben einem Motorroller stand und in seiner neongelben Weste unschwer als Briefträger auszumachen war.

»Das ist Herbert Schaller, unser Briefträger«, sagte sie, nachdem sie die beiden Polizisten vorgestellt hatte.

»Er sagt, dass er an dem Nachmittag mit Hubert nach Meran gefahren ist.«

Farner zeigte sich interessiert, obwohl sie vor ein paar Minuten erfahren hatten, dass Gottwald vermutlich der Letzte war, der Hubert Stöckl lebend gesehen hatte.

»Erzählen Sie mal.«

»Also, das war so. Der Hubert ... Er hat an der Bushaltestelle gestanden und wollte nach Meran. Und weil ich sowieso auf dem Weg war, hab ich gesagt, er soll aufsteigen, und hab ihn auf dem Scooter mitgenommen.«

Gebhard ging die umständliche Art, wie der Mann seine Begegnung mit Hubert Stöckl schilderte, auf den Geist, mischte sich aber nicht ein.

»Ich hab ihn gefragt, was mit seinem Auto ist«, fuhr der Briefträger fort. »Er hat gesagt, dass die Lissi den Wagen hat und mit den Kindern zu ihrer Schwester ins Pustertal gefahren ist. Er hatte eine Aktentasche dabei.«

»Hat er gesagt, wo er hinwollte?«

»Nein. An der Postbrücke hab ich ihn abgesetzt. Ich habe noch gesehen, dass er in Richtung Sandplatz gegangen ist. Mehr weiß ich nicht.«

»Was für einen Eindruck hat er auf Sie gemacht?«

»Er war sehr ruhig. Die meiste Zeit hat er nichts gesagt. Man unterhält sich ja auch nicht so wirklich während der Fahrt. Keine Ahnung, wie er wieder nach Hause gekommen ist. Ich nehme an, mit dem Bus.«

Farner bedankte sich bei dem Briefträger. Nachdem sie sich auch von Maria Stadler verabschiedet hatten, gingen sie zu ihrem Wagen, jeder mit seinen eigenen Gedanken beschäftigt.

Bevor sie einstiegen, drehte sich Farner noch mal zu dem Haus um. Gottwald tat ihm leid. Man konnte ihm nur wünschen, dass er seinen Frieden wiederfand.

»Und? Sind wir jetzt schlauer?«, lästerte Gebhard

»Wir sammeln Informationen. Was dagegen?«

»Nein. Aber der Alte hat uns nicht viel weitergebracht.«

»Du hast recht. Wir haben mit Zitronen gehandelt, und du hast die ganze Zeit das passende Gesicht dazu gemacht.«

»Ich hab nur das eine«, erwiderte Gebhard, jetzt besser gelaunt, klappte die Sonnenblende herunter und fuhr los. »Ich guck mal, ob ich über diesen Erwin Stöckl was herausfinde.«

In einer lang gestreckten Linkskurve, kurz bevor es wieder in das Waldstück ging, sahen sie einen Wagen, der mit dem rechten Vorderrad im Graben hing. Zwei Männer mühten sich, den Pkw, einen grauen Volvo S 80 mit Münchner Kennzeichen, wieder auf die Straße zu heben.

»Die packen das nicht«, sagte Gebhard und hielt an.

Sie stiegen aus und fassten, ohne lange zu fragen, mit an. Nach wenigen Minuten hatten sie den Wagen wieder in der Spur.

»Die Sonne hat mich geblendet«, erklärte der Jüngere der beiden, der einen gepflegten Dreitagebart hatte, das Malheur, während der andere wortlos eine Packung Papiertaschentücher aus dem Handschuhfach holte.

»Sie haben saumäßiges Glück gehabt«, stellte Gebhard fest und wischte sich die Hände ab. »Hundert Meter weiter oben, und Sie hätten den Abflug gemacht.«

»Dürfen wir Sie auf irgendetwas einladen?«, fragte der Jüngere.

»Das passt schon«, sagte Farner und wollte zum Auto zurück.

»Sekunde.« Der Ältere fingerte in seiner Brieftasche. Er reichte Farner eine Visitenkarte.

»Rufen Sie an, falls Sie in München mal von der Straße abkommen«, sagte er augenzwinkernd. »Dann revanchieren wir uns.«

Farner warf einen kurzen Blick auf die Karte und steckte sie ein.

»Das machen wir.«

Es war kurz nach eins, als sie ins Kommissariat zurückkamen.

»Ich muss erst mal was essen«, knurrte Gebhard und verschwand gleich wieder. »Wenn du mich brauchst, ich bin drüben im Blauen Schiff.«

Farner holte sich einen Kaffee aus dem Automaten. Auf dem Flur traf er die junge Telefonistin, von der er wusste, dass sie Nina hieß und ein Auge auf Furlan geworfen hatte.

»Da waren einige Anrufe für Sie. Ich habe sie zu Ihrem Kollegen Reisinger durchgestellt.«

»Danke.«

Er betrat sein Büro, stellte den Kaffeebecher auf dem Schreibtisch ab und öffnete das Fenster. Dann setzte er sich, trank einen Schluck aus dem Becher und nahm sich die Liste der Anrufer vor, die ihm Reisinger auf den Tisch gelegt hatte. Der Makler, die Tischlerei, die ihm die Einbauschränke für die neue Wohnung anfertigen sollte, eine Frau Weinberger, die er nicht kannte, noch ein Handwerker, das Katasteramt und seine Mutter noch mal. Wahrscheinlich hatte sie wieder eine neue Idee für die Einrichtung seines Apartments.

Reisinger kam herein.

»Hast du schon gegessen?«

»Nein.«

»Eller hat eine Pizza geholt. Da ist noch ein Stück übrig. Wenn du möchtest.«

»Danke, nein. Mir reicht der Kaffee.«

Franz Reisinger war ein erfahrener Polizist und obendrein so etwas wie das Rückgrat der Abteilung, einer, der die jüngeren Kollegen motivieren, bremsen oder, wenn's angebracht war, auch mal zurechtstutzen konnte. Mit seiner Unterstützung war es Farner nicht schwergefallen, sich in den neuen Job einzuarbeiten. Er stand auf, nahm seinen Becher und folgte Reisinger, der an dem Besprechungstisch Platz genommen hatte.

»Da hat noch jemand angerufen. Ich hab's nicht aufgeschrieben, weil sie gesagt hat, sie meldet sich noch mal. Eine Frau Doktor Falk.«

Farner schluckte laut.

»Oha.«

»Was Unangenehmes?«

»Nein, nein. Eine alte Bekannte, die ich heute Morgen wieder getroffen habe.«

Reisinger nahm die Zeitungen vom Tisch und legte sie neben sich auf den Stuhl.

»Hast du das gelesen? Schutzschild für Bilanzfälscher. Fluchtgeld-Amnestie. Die Regierung in Rom glaubt, dass sich die Millionen, die im Laufe der Jahre an der Steuer vorbeigeschleust worden sind und schwarz im Ausland liegen, jetzt aus dem Exil wieder auf den Heimweg machen und blütenweiß hier ankommen.«

Farner gab ihm zu verstehen, dass ihn das nicht besonders interessierte. »Besprich das mit dem Berlusconi. Was ist mit diesem Koks-Dealer? Habt ihr ihn geknackt?«

»Er will kooperieren. Aber der Mann hat mehr Angst vor den Albanern als vor der Polizei.«

»Das versteh ich sogar.«

»Wir haben abgemacht, dass er uns informiert, wenn er eine neue Lieferung kriegt, und wir haben ihm versprochen, dass er bei der Übergabe festgenommen wird, damit kein Verdacht auf ihn fällt.«

»Und du glaubst, das funktioniert?«

»Ja.«

Gianni Furlan kam herein und setzte sich zu ihnen. Reisinger begann ohne Umschweife, über den Vermisstenfall zu berichten, der sie seit dem Vormittag beschäftigte.

»Eine Frau hat uns heute Morgen angerufen und einen Wagen gemeldet, der seit drei Tagen bei der Zenoburg gestanden hat. Unverschlossen, wie sich inzwischen herausgestellt hat, und von dem Fahrer keine Spur.«

»Ein Audi A8«, ergänzte Furlan. »Da siehst du's mal. In Meran kannst du so eine Karosse tagelang unverschlossen stehen lassen, ohne dass sie gestohlen wird.«

Reisinger fuhr fort.

»Die Anruferin hat gesagt, dass sie den Wagen in letzter Zeit häufiger da oben gesehen hat, meistens abends.« Nach einer kurzen Pause fügte er hinzu: »Den Halter haben wir schnell ermittelt. Der Mann heißt Hermann Waldner, 49 Jahre alt, wohnhaft im Winkelweg. Ihm gehört eine Privatbank in der Freiheitsstraße.«

»Und den hat keiner vermisst?«

»Offenbar nicht.«

Das Foto, das Furlan ihm rüberschob, zeigte einen jovial lächelnden Mann mit vollem Haar, leicht ergrauten

Schläfen, schmalen Augenbrauen und einem energischen Kinn.

»Sieht aus wie ein Ehrenmann«, frotzelte Reisinger. »Ich möchte nicht wissen, wie viele der schon übers Ohr gehauen hat.«

Farner überging die Bemerkung und wandte sich an Furlan.

»Woher hast du das Foto?«

»Von seiner Frau. Eller und ich waren am Vormittag bei ihr. Natürlich haben wir sie gefragt, warum sie keine Vermisstenanzeige aufgegeben hat. Sie hat gesagt, das sei nichts Ungewöhnliches, wenn ihr Mann ein paar Tage nicht nach Hause kommt. Er sei viel unterwegs, und über geschäftliche Dinge habe er ohnehin nie mit ihr geredet. Außerdem habe er noch eine Wohnung in der Stadt, in der er ab und zu übernachte. In demselben Haus, in dem die Bank ist. Wie der Wagen ihres Mannes zur Zenoburg gekommen ist, kann sie sich nicht erklären. Sie kenne niemanden, der da wohnt.«

»Sie vielleicht nicht«, warf Farner ein, »aber wenn er da häufiger gesehen worden ist, kennt er vermutlich jemanden, der da wohnt.«

Reisinger klopfte mit den Fingern auf der Tischplatte. »Wir werden das herausfinden. Ich schick zwei von unseren Männern zum Klinkenputzen. Gianni macht Kopien von dem Foto, damit die Leute wissen, nach wem wir suchen.«

Furlan nahm das Foto wieder an sich.

»In der Bank waren wir noch nicht.«

»Das machen wir anschließend. Was ist mit dem Wagen?«

»Ist noch bei der Spurensicherung. Alles deutet darauf hin, dass der Mann verreisen wollte; voller Tank, ein gepackter Koffer, Golfbag, Regencape, Bergschuhe ...«

»Hört sich eher nach Urlaub an als nach einer Geschäftsreise«, unterbrach ihn Farner. »Ich nehme an, die Leute in der Bank können uns das erklären. Wenn seine Frau schon nichts weiß. War's das?«

Reisinger war noch nicht fertig.

»Du hast noch nichts von eurem Ritt in die Berge erzählt.«

»Da ist auch nicht viel zu erzählen. Stöckl hat Selbstmord begangen. Viel mehr wissen wir immer noch nicht. Der Alte spricht nicht viel. Seine Schwester sagt, er kommt mit den Viechern besser aus als mit den Menschen, seit ihn seine Frau vor 15 Jahren verlassen hat.«

»Gestorben?«

»Nein, abgehauen. Sie hat's da oben nicht mehr ausgehalten. Abgesehen davon glaube ich nicht, dass Gottwald weiß, warum sich sein Schwiegersohn umgebracht hat. Könnte aber sein, dass es einen neuen Ansatz gibt, hat mit dem Vater von Hubert Stöckl zu tun. Gebhard ist da dran.«

Reisinger stand auf und schob seinen Stuhl unter den Tisch.

»Nach dem Mondkalender ist heute ein guter Tag, um sich auszusprechen. Wenn einer von euch einen Groll gegen mich hat, nur zu, ich stehe zur Verfügung.«

»Ich auch«, grinste Furlan, der schon an der Tür war. »Wann gehen wir?«

»In zehn Minuten. Ich muss vorher noch ein paar Anrufe erledigen.«

»D'accordo.«

Gianni Furlan, Vize-Inspektor und seit drei Jahren in Meran, stammte aus der Gegend von Padua. Sein Vater war Italiener, seine Mutter Deutsche. Er war ein guter Fußballspieler und kickte in einem Meraner Amateurligaverein in der ersten Mannschaft, zusammen mit seinem Freund Sandro Valetta, der aus demselben Ort stammte und Brigadiere bei den Carabinieri war. Auf diese Weise gab es einen kurzen Draht zu den Kollegen in der Petrarcastraße, der sich schon einige Male als sehr nützlich erwiesen hatte. Radio Scarpa, nannten sie das.

Kaum dass Reisinger und Furlan gegangen waren, läutete das Telefon.

Es war Ariane Falk. Farner fragte sich, wie er sich ihr gegenüber verhalten sollte.

»Ich hab schon mal angerufen«, sagte sie.

»Ist mir ausgerichtet worden.«

»Hast du einen Moment Zeit?«

»Eigentlich nicht. Worum geht's?«

»Ich habe zwei Konzertkarten für heute Abend im Kurhaus. Eine Freundin hat mich sitzen lassen. Hättest du Lust, mitzukommen?

»Eigentlich ...«

»Das ist ein bisschen kurzfristig, ich weiß; aber sie hat mich heute Mittag erst angerufen. Und da habe ich gleich an dich gedacht. Weil wir uns ja sowieso mal treffen wollten.«

Farner überlegte, wie er da wieder rauskam, ohne sie zu kränken. Seine Begeisterung für Konzertbesuche hielt sich in Grenzen. Liesbeth hatte ihn einige Male ins berühmte Concertgebouw in Amsterdam geschleppt und auch nach Rotterdam in das Konzerthaus De Doelen, wo das Rotterdam Philharmonic Orchestra zu Hause war. Und er hatte diese Konzerte immer mehr erduldet als genossen. Nicht wegen der Musik, er mochte Musik und kannte sich auch ganz gut aus, sondern weil es ihm schwerfiel, zweieinhalb oder drei Stunden in einem voll besetzten Konzertsaal durchzuhalten. Einmal hatte es zwischen Liesbeth und ihm sogar einen richtigen Streit gegeben, weil er nach der Pause nicht zurückgekommen war. Sie hatte ihm Respektlosigkeit vorgeworfen, gegenüber der Musik, gegenüber den Interpreten und gegenüber ihr selber. Recht hatte sie, und mit Ariane Falk würde es ihm nicht besser ergehen. Aber die ließ nicht locker.

»Bist du noch dran?«

»Ja.«

»Es ist ein fabelhaftes Programm. Du magst doch sicher Gershwin. Ein Amerikaner in Paris.«

»Ja.«

»Und Leonard Bernstein?«
»Auch.«
»Siehst du. Und dazu ein weltbekannter Pianist. Wenn ich dir den Namen Fazil Say sage ...«
»Hab ich schon mal gehört.«
»Ein einmaliger Typ. Du wirst es nicht bereuen.«
Nach fünf Minuten gab er auf.
»Also gut, ich komme mit. Soll ich dich abholen?«
»Nein. Wir treffen uns am oberen Eingang auf der Promenadenseite. Sagen wir, um acht.«

Farner und Furlan machten sich zu Fuß auf den Weg zur Bank. Auf dem Rennweg kam ihnen Nina, die Telefonistin, entgegen und schaute verschämt zur Seite. Furlan grüßte freundlich, was die junge Frau noch mehr verwirrte.
»Sie ist rot geworden«, stänkerte Farner.
»Das kann man ihr nicht verbieten«, lachte Furlan. »Weißt du, die Frauen in Meran sind in zwei Lager gespalten. Die eine Hälfte schwärmt für George Clooney und die andere Hälfte für Gianni Furlan.«
»Aber seine Gage ist höher.«
»Glaubst du?«
An der Ecke spendierte Farner ein Eis.
»Valetta und ich waren gestern nach dem Training im Dopolavoro und haben den Maresciallo getroffen.«
»Terranostra?«
»Ja.«
»Ich denk, der ist im Urlaub.«
»Er ist ab Montag wieder im Dienst. Ihr kennt euch.«
»Ja.«
»Wir haben über dich gesprochen.«
»Und? Was hat er gesagt?«
»Er kann es gar nicht erwarten, dich wiederzusehen.«
»Das hat er gesagt?«
»Nicht direkt. Er hat gesagt, du wärst die Strafe Gottes.«

Farner nickte, und Furlan wusste nicht, was er davon zu halten hatte.

»Das scheint dich nicht zu stören.«

»Nein. So ist er. Das darf man nicht zu ernst nehmen. Es hätte mich mehr überrascht, wenn er was Freundliches gesagt hätte.«

»Was ist da zwischen euch?«

»Das ist eine längere Geschichte. Die erzählt man nicht an der Straßenecke.«

»Hauptsache, ihr schlagt euch nicht die Schädel ein.«

Das haben wir schon hinter uns, dachte er und erinnerte sich an die Schlägerei auf dem Schulhof, bei der sie sich, angefeuert von den johlenden Klassenkameraden, beide die Fresse poliert und blutige Nasen geholt hatten. Auslöser war die Stichelei eines Lehrers, der Probleme mit den Walschen hatte und sich für keine Gemeinheit zu schade war.

Giovanni war damals ganz neu in der Klasse. Statt Terranostra hatte der Pauker ihn Terranova genannt. Und das war kein Versprecher, sondern eine bewusste Provokation. Einer, der aus Süditalien kommt, hat er gemeint, kann in Südtirol nicht Terranostra heißen. Alle hatten gelacht. In der Pause, auf dem Schulhof, hatte sich Giovanni dann ausgerechnet ihn, Lukas Farner, ausgesucht, um sich für diesen Schmäh zu rächen. Genutzt hatte es ihm nichts. Von da an klebte während der ganzen Schulzeit der Name Terranova an ihm.

Das Büro von Natascha Rieger lag im ersten Stock. Die junge Frau, um die 30, gepflegt frisiert und gekleidet, die sich ein paar Minuten vorher noch locker und selbstbewusst als Waldners rechte Hand vorgestellt hatte, stand blass und ausdruckslos hinter ihrem Schreibtisch und brauchte eine Weile, bis sie ihre Sprache wiederfand.

»Das kann gar nicht sein. Herr Waldner ist seit drei Tagen auf einer Geschäftsreise. Bestimmt handelt es sich um eine Verwechslung.«

Farner, der in der Nähe des Fensters neben einem Aquarium stand, schüttelte den Kopf.

»Keine Verwechslung. Herr Waldner hat seine Geschäftsreise nicht angetreten. Jedenfalls nicht mit seinem Wagen.«

Natascha Rieger griff zum Telefon.

»Barbara, ich bin's. Können Sie Doktor Koeberlin bitten, rüberzukommen. Danke.«

Die Frau hatte sich jetzt wieder unter Kontrolle.

»Wenn Sie möchten, lasse ich Ihnen einen Kaffee bringen.«

Furlan winkte ab, und Farner gab ihr auch einen Korb.

»Erzählen Sie mal, was Sie wissen.«

Natascha Rieger nahm einen Terminkalender, der auf dem Schreibtisch lag, und blätterte darin.

»Er hatte am Dienstag einen Geschäftstermin in der Schweiz, in St. Moritz, um genau zu sein, und er wollte noch ein, zwei Tage dranhängen, golfen, wandern, ausspannen. Wir haben ihn nicht vor morgen zurückerwartet.«

Es klopfte an der Tür. Der Mann, der im selben Moment hereinkam, hatte die Frage schon auf den Lippen.

»Ist was passiert?«

Dann erst nahm er Notiz von den beiden Besuchern und grüßte mit einem kurzen Kopfnicken.

»Guten Tag.«

Natascha Rieger stellte sie vor.

»Das ist Doktor Koeberlin, der Juniorpartner von Herrn Waldner. Die Herren sind von der Polizei. Sie sagen, Waldner wird vermisst.«

Koeberlin, ein blässlicher Typ mit Harry-Potter-Brille und leicht schütterem Haar, schien irritiert.

»Was heißt vermisst? Er ist in der Schweiz.«

»Das haben wir angenommen«, sagte Natascha Rieger und legte den Terminkalender wieder zur Seite. »Aber man hat seinen Wagen hier in Meran verlassen aufgefunden. Und von ihm selber keine Spur.«

Koeberlin ging zu dem schwarzen Ledersofa, das vis-à-vis von Natascha Riegers Schreibtisch stand, nahm seine Brille ab und setzte sich.

»Er ist also gar nicht weg gewesen?«

»So ist es«, sagte Furlan, »der Wagen stand da seit Montagabend. Kennen Sie jemanden, der am Zenoberg wohnt?«

»Nein.« Er holte sein Handy aus der Tasche und drückte eine Kurzwahl. Ein Anruf ins Leere.

»Er meldet sich nicht«, stellte er achselzuckend fest und reichte das Handy an Furlan weiter.

»Der gewünschte Teilnehmer ist zurzeit nicht erreichbar«, wiederholte Furlan die Telefonansage. Er notierte sich Waldners Nummer und gab das Handy zurück.

Farner übernahm wieder die Befragung. »Haben Sie es vorher schon mal versucht?«

»Nein, dazu gab es keinen Anlass«, sagte Koeberlin und begann, seine Brille zu putzen.

»Mit wem war er verabredet?«

Farner fiel auf, dass der Mann vor jeder Antwort den Blickkontakt mit Natascha Rieger suchte.

»Das weiß ich nicht.«

»Und Ihnen hat er es auch nicht gesagt?«, wandte er sich an die Frau.

»Nein.«

»Das ist schwer zu verstehen. Vorhin haben Sie gesagt, Sie seien Waldners rechte Hand, und Sie wissen nicht, wen er in St. Moritz treffen wollte.«

»Es ist aber so.«

Koeberlin kam ihr zu Hilfe.

»Es ging um eine Transaktion, mehr hat er nicht gesagt. Er spricht nur ungern über ungelegte Eier.«

»Und was ist das, eine Transaktion?«

Koeberlin konnte sich ein abschätziges Naserümpfen nicht verkneifen.

»Das kann vieles heißen. Ein Bankgeschäft eben.«

Furlan war kurz davor, zu explodieren. Farner beschwichtigte mit einer Handbewegung. Die galt auch seinem eigenen Unmut.

»Und es gab danach keinen Kontakt zwischen Ihnen? Ein Anruf? Eine SMS?«

Diesmal war es Natascha Rieger, die antwortete.

»Nein.«

»Waren Sie nicht beunruhigt, dass er sich nicht gemeldet hat?«

»Nein. Das war auch nicht vorgesehen und geschah nur selten, wenn er nicht im Haus war.«

»Wissen Sie, wo er absteigen wollte?«

Und wieder der Blickwechsel zwischen ihr und Koeberlin.

»Im Suvretta House.«

Furlan machte sich eine Notiz, und Farner ließ sich von Natascha Rieger noch mal den Terminkalender geben.

»Hier ist für morgen Nachmittag, 15 Uhr, ein Termin mit einem gewissen T. eingetragen. Wer ist T.?«

»Keine Ahnung. Den hat er wohl selber eingetragen.«

Er sah ihr an, dass sie log. Geschenkt. Er gab ihr den Terminkalender zurück und wandte sich noch mal an Koeberlin.

»Wann haben Sie Herrn Waldner zum letzten Mal gesehen?«

Koeberlin dachte nach.

»Am Montagabend. Ich bin gegen 20 Uhr aus der Bank gekommen, in der Garage habe ich ihn getroffen, als er seinen Koffer eingeladen hat. Ich habe ihm eine gute Reise gewünscht, und er hat gesagt, er fährt morgen ganz früh los.«

Er stand auf. »Wenn Sie mich jetzt entschuldigen. In meinem Büro sitzt ein Kunde.«

»Lassen Sie sich nicht aufhalten.«

Nach dem Abgang von Koeberlin wollte Farner die Sache zügig zu Ende bringen.

»Waldner hat eine Wohnung hier im Haus, die hätten wir uns gern mal angesehen. Eventuell finden wir dort einen Anhaltspunkt.«

»Ich werde den Hausmeister anrufen, damit er uns aufsperrt«, zeigte sich Natascha Rieger bereitwillig.

»Hat sonst noch jemand einen Schlüssel?«

»Nur der Hausmeister. Und Herr Waldner natürlich.«

»Wie viele Leute arbeiten in der Bank?«

Sie begann an den Fingern abzuzählen. »Ein Dutzend, sag ich mal. Haben Sie schon mit seiner Frau gesprochen?«

»Ja. Die weiß noch weniger als Sie.«

Während Natascha Rieger telefonierte, blätterte Farner in einer Broschüre über Anlageobjekte auf dem österreichischen Immobilienmarkt, und Furlan ergänzte seine Notizen.

»Er wird gleich hier sein«, sagte Natascha Rieger, nachdem sie ihr Telefonat beendet hatte. Sie trank den Rest aus ihrem Wasserglas, das sie die ganze Zeit nicht angerührt hatte. Farner sah, dass sie zitterte. Aber ihre Stimme klang beherrscht.

»Glauben Sie, dass er entführt worden ist?«

»Wer weiß. Vielleicht ist er auch nur untergetaucht. Es wäre ja nicht das erste Mal, dass sich ein Banker verzockt hat und dann auf Nimmerwiedersehen verschwindet.«

Sie sah ihn an, als hätte er ihr einen unsittlichen Antrag gemacht.

»Manche bringen sich sogar um.«

»Waldner? Niemals. Sie kennen ihn nicht. Außerdem hätte er gar keine Veranlassung dazu. Der Bank geht's gut.«

»Na schön«, brach er das Gespräch ab, als der Hausmeister auftauchte.

Waldners Apartment im obersten Stock, das durch einen Seiteneingang über ein separates Treppenhaus zu erreichen war, bestand aus einem großen Wohnstudio, Schlafzimmer, Küche und Bad. Die Einrichtung war komfortabel, aber nicht luxuriös. Von hier oben hatte man einen grandiosen Panoramablick. Im Schlafzimmerschrank fanden sie einen gepackten Kleidersack und im Bad eine Toilettentasche und einen Elektrorasierer, was darauf schließen ließ, dass

Waldner vor seiner Abreise noch mal herkommen wollte. Sonst keinerlei Hinweise, die sein Verschwinden erklärt hätten. Wobei sich Farner eingestand, dass sie nicht genau wussten, was sie eigentlich zu finden hofften.

20 Minuten später waren sie wieder auf der Straße. Vom Vinschgau wehte ein leichter Wind herüber. Dicht über ihnen ratterte ein Rettungshubschrauber im Landeanflug auf das Krankenhaus, und noch weiter oben, in 10.000 Metern Höhe, malten die Jets mit ihren Kondensstreifen geometrische Muster in den Himmel.

Kaum dass sie einige Schritte gegangen waren, hielt Furlan wieder an.

»Glaubst du, dass sie was mit Waldner hat?«

»Wie kommst du da drauf?«

»Mir ist aufgefallen, wie gut sie sich in der Wohnung auskannte. Als ob sie da selber zu Hause wäre.«

»Hast du was von ihr gefunden, Dessous, Kosmetik, Kleidungsstücke?«

»Nein. Aber das muss nichts heißen.«

»Nein, muss es nicht. Du kannst das ja mal im Auge behalten.«

»Eins versteh ich nicht. Wenn Waldner mit jemandem verabredet war und nicht gekommen ist, dann muss der andere doch versucht haben, ihn zu erreichen.«

»Wir haben ihn ja auch nicht erreicht.«

»Soll'n wir 'ne Suchmeldung rausgeben?«

»Erst mal nicht. Kann ja sein, dass er wieder auftaucht.«

Auf dem Rückweg ins Kommissariat kamen sie an einem Laden vorbei, in dem es Computerspiele gab, und Farner fand das Geschenk für seinen Neffen Leo, das ihm seine Mutter am Telefon beschrieben hatte.

Furlan hängte sich bei ihrer Rückkehr gleich ans Telefon, um Waldners Buchung im Suvretta House zu checken. Farner verstaute das Computerspiel in seinem Schreibtisch und überflog die Notizen, die ihm Gebhard auf den Tisch gelegt hatte, die Zusammenfassung ihres Gesprächs mit Johann Gottwald. Gebhards Schreibe war vorbildlich, sachlich, klar, schnörkellos, kein Vergleich mit der unbeholfenen und verquasten Ausdrucksweise, wie man sie aus vielen Polizeiprotokollen kennt. Er setzte sein Namenskürzel darunter und legte den Bericht in der Ermittlungsakte ab. Ehrlich gesagt beschäftigte ihn der Fall Stöckl mehr als der verschwundene Banker. Andererseits hatte er das sichere Gefühl, dass die zwei in der Bank nicht mit offenen Karten spielten. Irgendwas an der Geschichte war faul.

Nebenan gab es einen dumpfen Knall, und wenig später stand Reisinger in der Tür und fluchte.

»Gefällt dir dein Büro nicht mehr?«

»Ich hab mir das Knie an Ellers Schreibtisch gestoßen.«

»Müssen wir einen Arzt rufen?«

»Geht schon.«

Tarner ging an den Schrank und holte einen DIN-A5-Umschlag heraus.

»Bevor ich es wieder vergesse. Die Fotos von der Einweihung der Rittnerbahn ...«

»Das ist 100 Jahre her.«

»August 1907. Steht hinten drauf.«

Reisinger nahm die Fotos aus dem Umschlag. Sein Gesicht verriet, dass die alten Aufnahmen ein Volltreffer waren.

»Wo hast du die her?«

»Die hat mein Urgroßvater gemacht. Eine Vergrößerung hängt noch in der Rezeption des Hotels. Ich denke, bei dir sind sie besser aufgehoben, bei uns verrotten sie nur im Keller.«

Franz Reisinger war einer, der seine Freizeit mit Vorliebe in der Vergangenheit verbrachte. Er sammelte alles, was mit Südtiroler Geschichte zu tun hatte, speziell Zeitdokumente aus dem vorigen Jahrhundert, alte Postkarten, Fahrpläne, Plakate, Zeitungsartikel, Karten mit historischen Flurnamen und, und, und.

Er dachte an den Abend im Gasthof Mondschein, Reisingers Stammlokal in der Untermaiser Pfarrgasse, als der Kollege, angestachelt von mehreren Lagreinern, über sein ausgefallenes Hobby gesprochen hatte.

»Hast du mal daran gedacht, ein Buch daraus zu machen?«, hatte er ihn gefragt. Reisinger hatte den Kopf geschüttelt.

»Noch 'ne Schwarte, die keiner kauft? Nee, Kamerad. Es gibt mittlerweile immer mehr Bücher und immer weniger Leser. Ich mach das, weil es mir Spaß macht.«

Reisinger steckte die Fotos wieder in den Umschlag.

»Wusstest du, dass die Rittnerbahn ursprünglich am Waltherplatz anfing?«

»Nein.«

»Auf dem ersten Abschnitt durch die Stadt als Straßenbahn. Dann als Zahnradbahn bis Maria Himmelfahrt. Dort wurde die Zahnradlokomotive abgekoppelt ... Aber das ist Schnee von gestern ...«

Er räusperte sich, als müsse er sich selber zur Ordnung rufen.

»Erzähl mal, was war in der Bank?«

Farner ging an seinen Schreibtisch zurück.

»Du kennst diese Banken, die ihre Geschäfte nicht mehr in der Schalterhalle machen, sondern im ersten Stock, unsichtbar, hinter verschlossenen Türen. Und genauso verschlossen sind auch die Leute, die da arbeiten. Eher kriegst du einen Trappisten zum Reden als diese Bank-Yuppies. Wenn du sie fragst, wo oben und unten ist, müssen sie erst dreimal überlegen, ob sie ein Bankgeheimnis verraten. Sag mal, willst du die ganze Zeit stehen?«

Reisinger zog sich einen Stuhl heran. »Ich kann ja nicht wissen, wie lange dein Vortrag dauert.«

»Waldner ist angeblich auf einer Geschäftsreise in der Schweiz und wird erst morgen zurückerwartet. Niemand hat ihn vermisst. Was er da wollte und ob er mit jemandem verabredet war, wissen sie nicht. Aber das nehm ich ihnen nicht ab. Und dass sein Wagen hier gefunden wurde, können sie sich nicht erklären. Die Geschichte stinkt, sag ich dir.«

»Was hast du vor?«

»Versuch mal, was über die Bank rauszukriegen, Gesellschafter, Vermögenslage, Geschäftsfelder, Zahl der Mitarbeiter et cetera.«

Reisinger rieb sich das Kinn.

»Das sagst du so einfach. Das geht nur über die Banca d'Italia in Rom, und dazu brauchen wir ein Dekret der Staatsanwaltschaft. Das dauert, wenn wir den offiziellen Weg gehen.«

»Du kennst bestimmt eine Abkürzung.«

»Lass mich nachdenken. Ja, ich glaub, ich weiß, wie wir an Informationen kommen.«

»Okay. Außerdem will ich alles über diese beiden Pappnasen wissen, die in Waldners Abwesenheit in der Bank das Sagen haben. Sekunde.«

Er zog den Zettel aus seiner Tasche, auf dem er sich die Namen notiert hatte.

»Franz-Josef Koeberlin, der Partner von Waldner, und Natascha Rieger, nach eigener Aussage Waldners rechte Hand.«

»Du bist wütend.«

»Nein. Aber ich lass mich nicht gern von solchen Klugscheißern an der Nase rumführen.«

Reisinger nahm den Zettel.

»Koeberlin. Den Namen hab ich schon mal gehört. Wenn ich mich nicht irre, haben die ein Haus in der Katzensteinstraße.«

»Irgendwas Auffälliges in Waldners Wagen? Außer den Sachen im Kofferraum?«

»Eher nicht. Autokarten, das Serviceheft einer Bozner Werkstatt, eine Sonnenbrille, ein Brillenetui, Pfefferminzbonbons, eine Haarspange, eine Taschenlampe, Musikkassetten.«

»Kein Handy?«

»Nein.«

»Dann ist jetzt unser IT-Experte an der Reihe. Wo ist Gebhard?«

»Er telefoniert.«

Gianni Furlan kam herein. »Seid ihr bei der Bank?«

»Ja.«

»Ich hab mit dem Hotel in St. Moritz gesprochen. Die haben Waldners Buchung bestätigt. Vom 22. bis 25.9., das ist morgen. Aber er ist da nicht aufgekreuzt. Sie haben ein paarmal versucht, ihn unter der von ihm angegebenen Handynummer zu erreichen. Ohne Erfolg.«

»Hat jemand nach ihm gefragt?«

»Sie sagen, nein.«

»Weil der Mensch, mit dem er verabredet war, vielleicht nicht gewusst hat, wo Waldner absteigen wollte«, vermutete Reisinger.

»Möglich.«

Für Farner stand fest, dass Waldner nicht freiwillig die Verbindung zu sich abgebrochen hatte.

Furlan hatte es eilig. »Liegt sonst noch was an?« Er schaute auf seine Uhr. »Ich muss zum Schießtraining.«

»Blamier uns nicht«, gab ihm Reisinger mit auf den Weg.

»Keine Sorge, ich mach das wie der italienische Scharfschütze.«

»Du meinst den texanischen Scharfschützen«, mischte Farner sich ein.

»Die Geschichte ist wahrscheinlich dieselbe. Der Typ ballert auf ein Scheunentor und malt anschließend die Zielscheibe um die Einschusslöcher.«

»Lass die Handynummer von Waldner da.«

Furlan legte das Blatt Papier, auf dem er sich in der Bank die Telefonnummer aufgeschrieben hatte, auf Farners Schreibtisch.

»Noch was.« Seine Stimme klang plötzlich belegt. »Valetta hat vorhin angerufen. Die Carabinieri haben unseren Barmann aus dem Verkehr gezogen.«

»Verdammter Mist«, entfuhr es Reisinger.

»Damit ist euer ausgefuchster Plan, die albanischen Koksdealer in flagranti hochzunehmen, wohl gestorben«, kommentierte Farner das Dilemma ohne eine Spur von Häme.

Furlan sah ihn an. »Kriegst du das wieder hin? Du könntest den Maresciallo anrufen …«

»Schlag dir das aus dem Kopf«, unterbrach er ihn. »Außerdem ist er noch im Urlaub, hast du gesagt.«

»Ich mach das«, beendete Reisinger kurzerhand das Thema.

Furlan verschwand und Reisinger erhob sich von seinem Platz.

»Bevor du gehst … hast du herausgefunden, wer diese Frau Weinberger ist?«

»Nein, sie hat gesagt, sie will dich sprechen. Ich habe angenommen, du kennst sie.«

»Nein.«

»Wenn du Lust hast, im ›Mondschein‹ gibt's heute Abend Schöpsernes*.«

»Geht nicht. Ich hab schon eine Verabredung.«

»Da verpasst du was.«

Farner spürte, wie ihn ein heftiges Hungergefühl überkam, und ihm wurde schlagartig bewusst, dass er seit dem Frühstück nichts mehr gegessen hatte.

»Lammbraten mit Erdäpfeln, Knödeln oder Polenta, Karotten, Knoblauchzehen und Salbeiblättern«, fuhr Reisinger ungerührt fort.

»Hör auf, sonst lass ich mich noch überreden.«

Einige Sekunden lang spielte er mit dem Gedanken, Ariane Falk abzusagen. Aber das wäre schäbig gewesen.

Beide hatten das Klopfen an der Tür nicht gehört. Ivo Gebhard kam herein.

»Den brauch ich auch nicht zu fragen, der ist Vegetarier.«

»Vielleicht reichen ihm die Beilagen.«

»Sprecht ihr von mir?«

»Siehst du hier sonst noch jemanden, dem die Karotten aus den Ohren wachsen«, spottete Reisinger und ließ die beiden allein.

Gebhard quittierte die Anzüglichkeit mit einem nachsichtigen Schmunzeln.

»Setz dich. Der Stuhl ist noch warm.«

»Danke, ich steh lieber.«

Farner schob ihm den Zettel mit Waldners Telefonnummer hin.

»Was ist das?«

»Schwer zu sagen. Ich vermute, eine Telefonnummer. Spaß beiseite. Du weißt, dass dieser Banker vermisst wird. Und auf seinem Handy ist er nicht zu erreichen. Über den Provider ...«

»Schon verstanden. Das Handy führt uns auf die Spur von Waldner. Im Idealfall. Er könnte es aber auch verloren haben. Oder es wurde ihm gestohlen.«

»Alles möglich. Häng dich da rein. Außerdem interessiert mich, mit wem er vor und nach seinem Verschwinden telefoniert hat.«

»Capito.«

»Und jetzt du.«

»Der alte Gottwald hat gesagt, dass den Stöckls das Geld ausgegangen ist. Erwin Stöckl, der Vater von Hubert Stöckl, ist vor zweieinhalb Jahren gestorben.«

Während Gebhard redete, räumte Farner mit ein paar Handgriffen seinen Schreibtisch auf.

»Hörst du mir zu?«

»Ja, erzähl weiter.«

»Zwei Wochen vor seinem Tod hatte er noch 200.000 Miese auf dem Konto. Und dann ein überraschender Geldsegen. Was soll ich dir sagen, Erwin Stöckl verließ diese Welt mit plus/minus null.«

»Von wem kam das Geld?«

»So weit bin ich noch nicht. Morgen erfahr ich mehr.«

Farner stand auf und zog sein Jackett an.

»Noch was?«

»Ja. Hubert Stöckl hat bis zuletzt eine Vollmacht für das Konto seines Vaters gehabt. Nach dem Tod von Erwin Stöckl wurde das Konto aufgelöst.«

»Dann muss Hubert Stöckl was über die Herkunft des Geldes gewusst haben.«

»Aber das kann er uns leider nicht mehr sagen.«

»Ich bin spät dran. Fährst du zufällig an der Verdistraße vorbei?«

»Du brauchst einen Chauffeur.«

»Ja.«

»Was ist mit deinem Spider?«

»Der steht in der Hotelgarage.«

»Da gehört er auch hin«, frotzelte Gebhard, »wenn man sein Schätzchen nicht den alltäglichen Gefahren des Straßenverkehrs aussetzen will. Dazu deine angeborene Bescheidenheit. Du willst nicht, dass die Leute dich für einen Angeber halten.«

»An dir ist ein Psychologe verloren gegangen.«

»Du hast ein supergeiles Auto und fährst nicht damit.«

»Doch, schon. Aber am liebsten längere Strecken. Sobald ich mal Zeit dafür habe. Die Fahrt vom Hotel ins Kommissariat ist zu kurz. Bevor ich in den dritten Gang schalte, bin ich schon da.«

»Hast du mal dran gedacht, ihn zu verkaufen?«

»Nein.«

»Alfa Romeo. 2600. Touring Spider. Baujahr 1965.«

»64.«

»Noch besser. Ich hab mal in einem Internetportal nachgeschaut. Du glaubst ja nicht, was die Leute für alte Autos hinblättern. Für deinen Oldie kriegst du satte 100.000 Euro. Mindestens.«

»Noch mal zum Mitschreiben. Der Wagen ist unverkäuflich.«

Nachdem Gebhard ihn am Hotel abgesetzt hatte, machte Farner einen Abstecher an die Bar und gönnte sich auf die Schnelle einen Espresso. Duschen, umziehen, eine Kleinigkeit essen, mehr Zeit blieb nicht bis zu seiner Verabredung, die ihm wie ein Stein im Magen lag.

An der Rezeption ließ er sich von Antonella, der jungen Praktikantin, den Schlüssel geben und bestellte einen Thunfischsalat und zwei Scheiben Toast aufs Zimmer.

»Verzeih'n Sie, Dottore. Gehen Sie heute Abend noch mal aus?«

»Ja, hab ich vor.«

»Dann ist es wohl besser, wenn wir den Thunfischsalat ohne Zwiebeln und Bohnen nehmen«, sagte sie augenzwinkernd und machte sich eine Notiz.

»Danke, sehr aufmerksam.«

An der Treppe drehte er sich noch mal zu ihr um. Alles im Leben gleicht sich aus. Dieses Mädchen mit dem schönen Namen Antonella, lustig, freundlich, aufgeweckt. Bei der Vergabe der äußerlichen Vorzüge hatte sie garantiert nicht in der ersten Reihe gestanden. Dafür war sie mit Eigenschaften ausgestattet, die bei vielen Schönheiten auf der Mängelliste standen.

Krawatte, ja oder nein? Anzug oder Kombination? Mit oder ohne Einstecktuch? Seriös oder lässig?

Zieh dich anständig an, hörte er seine Mutter sagen, wenn er in jungen Jahren ausgehen wollte oder wenn er ihr später – als er längst aus dem Haus war – am Telefon erzählte, dass er irgendwo eingeladen war.

Farner tat sich immer noch schwer. Diese Unentschlossenheit vor dem Kleiderschrank sagte man zu Unrecht nur den Frauen nach. Er entschied sich schließlich für eine leichte anthrazitfarbene Sommerhose und den dunklen Blazer, den er sich in Den Haag gekauft hatte. Sicherheitshalber steckte er eine Krawatte in die Jackentasche.

Das Timing stimmte. Kaum war die Kleiderfrage gelöst, meldete sich der Zimmerkellner mit dem Thunfischsalat.

»Tut mir leid, hat etwas länger gedauert. In der Küche ist gerade Hochbetrieb. Das Abendessen, Sie verstehen.«

Farner nahm ihm das Tablett ab.

»Bestellen Sie mir bitte ein Taxi.«

»Jetzt gleich?«

»Nein. Lassen Sie mir ein bisschen Zeit fürs Essen. Sagen wir, in 20 Minuten.«

»Geht in Ordnung.«

Er stellte das Tablett ab und holte sich einen Grapefruitsaft aus der Minibar.

Die kleine Zwischenmahlzeit war genau das, was er gebraucht hatte, und er spürte, wie sich sein Magen für die längst überfällige Nahrungsaufnahme bedankte.

Danach fühlte er sich besser.

Er schob das Tablett mit dem leeren Teller zur Seite, trank einen Schluck und stand auf, um noch mal ins Bad zu gehen.

Der Anruf auf dem Handy kam ungelegen. Die Nummer auf dem Display kannte er nicht. Er ließ es ein paarmal klingeln, bevor er sich meldete.

»Ja, Farner.«

»Hallo, Lukas.«

Er hatte ihre Stimme sofort erkannt. Es war Liesbeth. Für einen Moment verschlug es ihm die Sprache.

»Lukas, bist du noch da?«

»Hallo, Liesbeth.«

»Bist du überrascht?«

»Ja. Was ist das für eine Nummer?«

»Ich rufe vom Handy einer Freundin an. Ich hab meins zu Hause liegen lassen. Wir sind für zwei Tage in Zandvoort, in demselben Hotel, in dem wir auch mal waren. Erinnerst du dich?«

»Nein. Ja.«

»Ich wollte nur mal hören, wie es dir geht.«

Er glaubte ein leichtes Vibrieren in ihrer Stimme gehört zu haben.

»Danke, gut. Und dir?«

»Auch. Dass wir nicht mehr zusammen sind, muss ja nicht heißen, dass wir nicht ab und zu mal telefonieren.«

»Nein, muss es nicht.«

»Ich hab gedacht ...«

Sie zögerte.

»Ja?«

»... ich könnte mir in der nächsten Woche ein paar Tage freinehmen und dich besuchen kommen. Wenn es dir passt.«

Stille auf beiden Seiten.

Wie sollte er ihr sagen, dass es ihm absolut nicht passte.

»Du sagst ja nichts.«

»Weißt du, ich bin ...« Er stotterte. »Es ist ... Können wir das vielleicht verschieben? Ich hab mich noch nicht eingelebt. Verstehst du? Ich wohne noch im Hotel. Ich lebe sozusagen aus dem Koffer. Außerdem stecke ich gerade in einem komplizierten Fall. Ich könnte mich gar nicht um dich kümmern.«

»War nur so eine Idee.«

»Schon gut.«

»Lukas?«

»Ja.«

»Ich vermisse dich.«

Jetzt erschlug es ihn. Sie hatten doch alles geklärt. Einen sauberen Schlussstrich gezogen. Die Trennung war schließlich ihre Idee gewesen.

»Hör zu. Mein Taxi wartet. Lass uns ein anderes Mal darüber sprechen. Ich ruf dich an, sobald ich mit dem Fall hier durch bin.«

»Versprochen?«

»Ja.«

»Mach's gut.«

»Du auch.«

Farner ahnte, dass ihn dieser Anruf nicht so schnell loslassen würde. Liesbeth hatte ihm mehr oder weniger deutlich zu verstehen gegeben, dass sie die Trennung bereute. Sie waren aufeinander geflogen, hatten ihre gegenseitige Anziehungskraft genossen und viele gemeinsame Interessen entdeckt. Aber sie waren sich auch darin einig gewesen, dass es eine Beziehung auf Zeit sein würde. Eine Liaison. Keine Liebesbeteuerungen, keine Treueschwüre und keine gemeinsamen Zukunftspläne. Ein Arrangement, das einem wie ihm, der unter notorischen Bindungsängsten litt, entgegenkam. Sie hatten sich beide an diese Vereinbarung gehalten. Und jetzt, im Nachhinein, stellte sich heraus, dass Liesbeth ihre wahren Gefühle vor ihm verborgen hatte. Die Frage war, was er, abgesehen von den Schuldgefühlen, die ihn auf einmal plagten, noch für sie empfand. Fest stand, dass er sich auf diese neue Situation einstellen musste und den Anruf von Liesbeth nicht einfach ignorieren konnte.

Es war kurz vor acht, als Fanner an der oberen Freiheitsstraße aus dem Taxi stieg. Er ging die Treppe hinauf zur Promenade und weiter, an dem Übertragungswagen des Bayerischen Rundfunks vorbei, der das Konzert aufzeichnete, in Richtung Kurhaus. Es war die letzte Veranstaltung der diesjährigen Meraner Musikwochen.

Vor dem Eingang drängten sich die Konzertbesucher, und er hatte Mühe, Ariane Falk ausfindig zu machen.

Er entdeckte sie an einem der Stehtische auf der Restaurantterrasse, im Gespräch mit einer Frau, die lächelnd zuhörte und mit ihrem Trinkhalm nebenbei ein imaginäres Orchester dirigierte.

Ariane trug einen lässig eleganten schwarzen Hosenanzug, mit dem sie auch auf die Croisette in Cannes gepasst hätte. Die Frau neben ihr war das totale Kontrastprogramm, Jeanskleid, eine weiße Strickjacke über die Schultern geworfen und Turnschuhe. Beiden sah man an, dass sie kurz vorher noch eine Verabredung mit ihrem Friseur hatten.

»Schön, dass du gekommen bist«, sagte Ariane, als er an ihren Tisch trat, und begrüßte ihn mit zwei Wangenküssen. »Das ist Brigitte Debus, meine Sprechstundenhilfe. Ich hab ihr schon von dir erzählt.«

»Angenehm.«

Ariane reichte ihm wortlos ein Papiertaschentuch, damit er sich die Kussspuren, die sie in seinem Gesicht hinterlassen hatte, abwischen konnte.

Er zeigte auf die leeren Gläser, die die beiden vor sich stehen hatten.

»Was war das?«

»Prosecco. Willst du auch einen?«

»Ich glaube, dazu reicht die Zeit nicht mehr.«

Brigitte Debus bückte sich nach ihrer Handtasche.

»Wir sehn uns.«

Sie ging und verschwand in der Schlange, die sich auf den Eingang zubewegte.

»Ist das immer so voll?«

»Ja. Die Leute kommen ja nicht nur wegen der Musik, sie wollen sich auch zeigen und gesehen werden. Das ist jedes Mal ein Schaulaufen, und ich schließ mich da nicht aus.«

Sie nahm das Programmheft, das vor ihr auf dem Tisch lag.

»Gehn wir.«

Im Foyer standen die Konzertbesucher eng beieinander und tauschten die neuesten Klatschgeschichten aus. Farner kam sich vor, als sei er in eine Kolonie schnatternder Pinguine geraten.

Ariane war sofort in ihrem Element. Sie stellte ihm eine Reihe von Leuten vor, deren Namen er gleich wieder vergaß. Einen Hotelier, der nebenbei in der Landespolitik mitmischte, den Präsidenten der Kurverwaltung, den Primar des Städtischen Krankenhauses, den Gemeinderat Hecke oder Hacke, einen schwergewichtigen Bauunternehmer, dessen Händedruck man auch als Nötigung auslegen konnte.

Die Schlipsträger, stellte er fest, waren in der Überzahl. Wenn die Krawatte, die er vorsorglich eingesteckt hatte, einen Sinn haben sollte, müsste er jetzt auf die Toilette gehen und sie sich umbinden. Aber da zog ihn Ariane schon wieder am Ärmel, um ihn mit dem nächsten wichtigen Menschen bekanntzumachen.

Irgendwann war es ihm zu viel. »Lass es lieber. Ich kann mir doch nicht alle merken.«

»Das sind wichtige Leute. Wenn du zum Beispiel mal einen Hydrauliker brauchst …«

»Dann kommt er schneller, weil ich seinen Chef hier getroffen habe.«

»Nein, er kommt überhaupt.« Und als er darauf nicht reagierte, knuffte sie ihn in die Seite. »Das war ein Scherz. Aber schaden kann es nicht, wenn du den einen oder anderen hier kennenlernst.«

»Kennst du den Bankier Waldner?«

»Ja. Der Mann, mit dem die meisten hier ihre Geschäfte machen. Klar kenn ich den.« Sie schaute sich um. »Der müsste hier auch irgendwo sein. Seine Frau hab ich schon gesehen. Ihn noch nicht.«

Nach dem zweiten Läuten gingen die meisten zu ihren Plätzen. Ariane und er saßen in einer der vorderen Reihen. Aber Farner hatte die bessere Sicht auf die Bühne.

»Wollen wir tauschen?«

»Nein, nein. Ich seh genug.«

Entspannt lehnte er sich in seinem Stuhl zurück, warf einen Blick in das Programmheft, das ihm Ariane gereicht hatte, bevor die Musiker des Münchner Rundfunkorchesters, begleitet vom freundlichen Applaus des Publikums, die Bühne betraten.

Farner war sich sicher, dass ihm dieser Abend lange in Erinnerung bleiben würde. Die Musik hatte ihn in eine beschwingte Stimmung versetzt. I Got Rhythm. Gershwin,

Bernstein, der türkische Marsch von Mozart. Dazu dieser abgefahrene Pianist, der eine Show für sich war. Die zweieinhalb Stunden waren wie im Flug vergangen. Im Nachhinein war er froh, dass er sich von Ariane hatte überreden lassen, mitzugehen.

Aber der Abend war noch nicht zu Ende. Beim Hinausgehen schaltete er sein Handy ein und las die SMS von Furlan.

»Waldner ist wieder aufgetaucht. Tot in der Passer, auf der Höhe der evangelischen Kirche. Du wirst gebraucht.«

Die Nachricht war zwei Stunden alt und die Kollegen waren sehr wahrscheinlich noch vor Ort.

Ariane, die zwei Schritte vor ihm war, blieb stehen. »Was ist los?«

»Schlechte Nachrichten. Die Kollegen rufen nach mir.«

»Was denn? Jetzt noch?«

»Ja, leider.«

»Schade.«

»Wir telefonieren.«

Vom Kurhaus bis zum Fundort der Leiche waren es keine 800 Meter. Nicht lang genug, um aus der Magie der Musik in den prosaischen Alltag zurückzufinden. Aber es half ja nichts. Man kann sich die Distanz für einen passenden Übergang vom Leben zum Tod nicht aussuchen. Auf halbem Weg sah er den Leichenwagen über die Theaterbrücke wegfahren und wie sich der Pulk der Schaulustigen, die von der Brücke aus die Bergung des Toten verfolgt hatten, allmählich auflöste. Die Carabinieri hatten beide Ufer der Passer abgesperrt. Hinter der Absperrung kam ihm der Staatsanwalt Martell entgegen.

»Gut, dass ich Sie noch treffe. Sie wissen Bescheid?«

»Ja. Der Tote ist der Bankier Waldner, hat mein Kollege gesagt.«

»Daran besteht kein Zweifel.«

Martell schien zu überlegen, ob er das weiter ausführen sollte.

»Ich war ...« Er zögerte. »Mit ihm befreundet, wäre zu viel gesagt, wir haben uns gut gekannt. Sie haben schon eine Akte zu Waldner, hab ich gehört.«

»Ja. Aber bisher war es nur ein Vermisstenfall.«

»Und jetzt ist es Mord.«

»Nehmen Sie an?«

»Sagt der Doktor. Waldner ist von hinten erschossen worden und hat vermutlich einige Tage im Wasser gelegen.«

Martell hüstelte geziert wie eine Gouvernante, bevor er weitersprach. »Waldner war nicht irgendjemand in Meran, sondern eine bekannte Persönlichkeit. Die Geschichte wird viel Staub aufwirbeln. Und entsprechend groß wird der Druck auf Sie sein, diesen Mord schnell und lückenlos aufzuklären.«

Farner behielt für sich, was es dazu zu sagen gab. Dass jeder Mord eine rasche Aufklärung verlangt, egal ob das Opfer prominent oder irgendjemand ist, und dass kein Druck höher ist als der, den sich die Ermittler selber machen.

Martell räusperte sich, und seine Stimme klang noch eine Spur dienstlicher. »Ich habe es Ihren Kollegen bereits gesagt. Die Carabinieri werden Sie bei den Ermittlungen unterstützen. Setzen Sie sich mit dem Maresciallo Terranostra in Verbindung und besprechen Sie mit ihm das weitere Vorgehen. Ich erwarte eine effektive Zusammenarbeit.«

Das hatte noch gefehlt. Giovanni und er als Gespann. Das war keine gute Idee.

»Was ist mit Ihnen? Haben Sie Bauchschmerzen?«

»Soviel ich weiß, ist Terranostra im Urlaub.«

»Ich habe vorhin mit ihm telefoniert. Er wird seinen Urlaub abbrechen.«

Martell verabschiedete sich mit Handschlag.

»Sie halten mich auf dem Laufenden.«

Er stieg in sein Auto, das in der Nähe stand, und fuhr davon.

Der Mann versteht seinen Job, dachte Farner, als er dem Wagen nachschaute. Die Leichtigkeit und die beschwingte Stimmung, in der er das Konzert verlassen hatte, waren dahin und hatten einer grimmigen Spottlust Platz gemacht. Martell hatte gleich mal für klare Verhältnisse gesorgt und den Druck, den er von oben bekam, wenn's nicht lief, vorsorglich nach unten weitergegeben.

Wenn es hakt, haben wir es verbockt, sinnierte Farner weiter, aber wenn ein Fall innerhalb weniger Tage aufgeklärt wird, klopfen sich Leute wie er auf die eigene Schulter und beanspruchen den Erfolg für sich. Männer mit Rückgrat und Charakter, die auch Misserfolge auf ihre Kappe nehmen, sind selten geworden. Nicht nur bei der Polizei.

Aber das war nicht der Punkt, gestand er sich ein. In Wahrheit nahm er es diesem smarten Staatsanwalt übel, dass er Giovanni Terranostra und ihn vor denselben Karren gespannt hatte.

Farner ging weiter und hielt nach seinen Leuten Ausschau. Im nächsten Moment wurde der Flutlichtstrahler der Feuerwehr, der die Einsatzstelle taghell beleuchtet hatte, ausgeschaltet, und es dauerte ein paar Sekunden, bis sich seine Augen auf die dunkleren Lichtverhältnisse eingestellt hatten. Alles sah nach Aufbruch aus. In Höhe eines Streifenwagens der Carabinieri, der nur einen schmalen Durchgang zuließ, stieß er auf Elmar Gilli, den Leiter der Spurensicherung, den sie Fässchen nannten; ein Typ wie Danny de Vito, klein, rundlich und immer gut drauf.

Farner trat einen Schritt zur Seite, um Gilli und die beiden Männer, die bei ihm waren, durchzulassen.

»Du bist spät dran, Commissario.«

»Ja, und ihr seid schon fertig …«

»Ich sag's mal so: Nächtlich an der Passer verliert sich jede Spur im Wasser. Im Ernst, da war nicht mehr viel. Reisinger meint …«

Farner ließ ihn nicht aussprechen. »Wo ist er?«

Gilli zeigte in Richtung Christuskirche. »Da drüben, bei den Feuerwehrleuten.«

»Dann wünsch ich eine geruhsame Nacht.«

Gilli wehrte ab.

»Das fehlte noch.« Lässig legte er die Hand zum Gruß an die Stirn und folgte seinen Leuten, die schon vorausgegangen waren.

Reisinger hatte Farner bereits entdeckt und kam auf ihn zu.

»Wo hast du gesteckt? Wir haben versucht dich zu erreichen.«

»Ich war im Konzert, im Kurhaus. Hab ich das nicht gesagt?«

»Nein.«

»Und dich haben sie aus dem Gasthaus geholt?«

Reisinger nickte bekümmert.

»Und das Lamm?«

»Wir haben uns verpasst.«

»Das holen wir nach.«

»Worauf du dich verlassen kannst.«

Farner stützte seine Hände auf das Geländer, das die Promenade an der steil abfallenden Uferböschung sicherte, und sah die Farbmarkierung auf dem großen Stein in der Passer, an dem Waldners Leiche hängen geblieben war. Er wiederholte, was Martell ihm gerade gesagt hatte.

»Der Mann ist von hinten erschossen worden und hat mehrere Tage im Wasser gelegen.«

Reisinger trat neben ihn. »Woher weißt du das?«

»Ich hab den Staatsanwalt getroffen.«

»So. Dann hat er dir sicher auch gesagt, dass uns die Carabinieri bei den Ermittlungen unterstützen werden.«

»Ja. Was hältst du davon?«

»Was soll ich davon halten? So oft ist das ja noch nicht passiert. Zuletzt bei einem Raubüberfall in Sinich vor zweieinhalb Jahren hat es ganz gut funktioniert.«

»Diesmal wird es nicht funktionieren.«

Farner wollte es bei dieser Bemerkung bewenden lassen, aber Reisinger hakte nach.

»Hat das was mit dir und dem Maresciallo zu tun? Furlan hat so was angedeutet. Erzähl mal.«

Farner bezweifelte, dass dies der passende Ort war, mit Reisinger darüber zu sprechen.

»Du willst nicht darüber reden?«

»Nicht so gern.«

Aber er konnte Reisinger auch nicht im Unklaren darüber lassen, dass es zwischen ihm und Giovanni Unstimmigkeiten gab, die die Ermittlungsarbeit erheblich belasten würden.

»Da gibt's nicht viel zu erzählen. Zwischen Terranostra und mir besteht eine, sagen wir mal, persönliche Unverträglichkeit.«

»Was heißt das?«

»Wir mögen uns nicht. Wir finden uns gegenseitig zum Kotzen.«

Reisinger kratzte sich am Kopf.

»Das kann ja heiter werden. Woher kennt ihr euch?«

»Aus der Schule. Wir sind in dieselbe Klasse gegangen.«

»Ich nehme an, ihr seid inzwischen erwachsen. Vielleicht solltet ihr mal ...«

»Miteinander reden? Verlorene Liebesmüh.«

»Ich meine ...«

Farner wollte das nicht weiter diskutieren. »Lass uns mal zur Sache kommen. Was hat der Doc gesagt?«

Reisinger schnaufte kurz durch. »Das Wichtigste weißt du ja bereits. Todesursache ist ein Schuss in den Rücken. Durchschuss. Wahrscheinlich aus einem Gewehr. Aber ...«

Er wartete, bis der wegfahrende Feuerwehrwagen hinter ihnen leiser geworden war.

»Auf Waldner ist mehr als einmal geschossen worden. Der Schuss in den Rücken und ein Streifschuss, der ihn am linken Unterarm getroffen hat. Außerdem hatte er eine schwere

Kopfverletzung. Postmortal, sagt der Doc, was auf einen Sturz aus großer Höhe schließen lässt.«

»Und was schließt du daraus?«

»Es gibt eigentlich nur eine Stelle hier in der Nähe, an der man tief fallen kann. An der Gilf, an der Felswand unterhalb der Zenoburg.«

»Also etwa da, wo Waldners Wagen gestanden hat.«

»Ja. Irgendwo da oben muss es ihn erwischt haben. Ich hab das mit Gilli schon besprochen, er und seine Leute werden dort gleich bei Tagesanbruch mit der Spurensicherung weitermachen.«

»Hoffen wir mal, dass es da noch Spuren gibt. Zum Glück hat es in den letzten Tagen nicht geregnet. Habt ihr sonst noch was gefunden? Papiere, persönliche Gegenstände, sein Handy?«

Reisinger schüttelte den Kopf.

»Drei Tage im Wasser. Bei der Strömung. Was willst du da finden? Der Mann hat jeden Stein in der Passer mitgenommen. Und ich sag dir, so sah er auch aus. Von der Kleidung war nicht mehr viel übrig. Nein, nichts, was uns helfen würde.«

Farner versuchte sich vorzustellen, was passiert sein könnte. Aber solange sie keine weiteren Anhaltspunkte hatten, war alles nur Spekulation.

Ihm fiel wieder ein, was Martell über den öffentlichen Druck gesagt hatte, der auf ihnen lasten würde.

»Hast du jemanden von der Presse gesehen?«

»Einige. Die war'n schneller da als wir. Ich möchte mal wissen, wer die immer informiert. Der Staatsanwalt hat mit ihnen gesprochen.«

»Das wollen wir auch so beibehalten. Wenn jemand anruft, sag ihnen, sie sollen sich an das Büro von Martell wenden. Wir wissen einstweilen gar nichts. «

Reisinger klatschte sich mit der flachen Hand auf die Wange und erlegte eine Mücke.

»Vergiss nicht, dass du auch die Carabinieri an die Leine nehmen musst.«

»Das kann ich gar nicht vergessen. Wo ist Furlan?«

»Er benachrichtigt die Angehörigen.«

Er sah Farner an. »Alles in Ordnung mit dir?«

»Fast alles. Findest du nicht, dass wir unterbesetzt sind? Der Staatsanwalt sieht das offenbar auch so. Sonst hätte er die Carabinieri nicht mit eingespannt.«

»Ach was. Mach dir keine Gedanken. Mit dem Fall Stöckl sind wir bald durch. Gebhard und Eller bleiben da dran. Und wenn Hallmeier nächste Woche aus dem Urlaub zurück ist …«

Farner sah auf seine Uhr. »Furlan wird die Frau wahrscheinlich nicht antreffen.«

»Wie kommst du da drauf?«

»Sie war auch im Kurhaus, in dem Konzert. Und wenn sie nicht gleich nach Hause gegangen ist …«

Reisinger konnte seine Überraschung nicht verbergen.

»Kennst du sie?«

»Nein, aber ich war mit jemandem da, der sie kennt und da gesehen hat. Komm, gehn wir. Ich hab nicht vor, die ganze Nacht hier zu verbringen.«

Es war halb zwölf. Die Absperrungen waren inzwischen aufgehoben und es waren nur noch wenige Menschen auf der Straße.

Als sie um die Ecke zum Theaterplatz bogen, wurden sie auf einen groß gewachsenen Mann aufmerksam, der vor dem Theater aus seinem Wagen stieg, einen Motorradfahrer vorbeiließ und dann, quer über die Straße, direkt auf sie zukam.

Selbst aus der Entfernung hatte Farner ihn sofort erkannt, an der Statur, an dem federnden Gang, die eine Hand lässig in der Hosentasche, an der Kopfhaltung, leicht nach links geneigt, als wollte er die Welt von der Seite ansehen, was ihn schon in der Schulzeit immer an einen Raubvogel erinnert hatte. Das war, unverwechselbar, Giovanni Terranostra. Und augenblicklich spürte er wieder die Herausforderung, die von diesem Scheißkerl ausging. Das ist verrückt. Wir haben uns acht Jahre nicht gesehen, und von einer Sekunde zur anderen ist diese alte Säuernis wieder da.

Mit einem rauflustigen Grinsen blieb Giovanni vor ihnen stehen.

»Sieh an, der berühmte Herr Farner. Willkommen zurück in der Heimat.«

So, wie Giovanni – der sich hier nie zu Hause gefühlt hatte – das Wort Heimat in den Mund nahm, klang das wie ausgespuckt und Farner fühlte sich sofort getroffen. Wie damit umgehen? Giovanni Terranostra ließ ihm nicht die Zeit, um darüber nachzudenken.

»Ich hab gehört, du brauchst Hilfe.«

»Warten wir's ab.«

»Du hast keine Zeit, abzuwarten. Der Staatsanwalt drängt auf eine schnelle Aufklärung. Rapidamente, hast du verstanden?«

»Wir melden uns, wenn wir deine Hilfe brauchen.«

Giovannis Gesichtsausdruck wurde noch eine Spur herablassender.

»So läuft das nicht.«

Er musterte Farner von oben bis unten. Es war, als würden sie nahtlos da weitermachen, wo sie vor Jahren aufgehört hatten.

Reisinger mischte sich ein. »Sie wissen Bescheid?«

Giovanni nickte. »Ich bin informiert.« Und zu Farner: »Was hast du vor? Vielleicht sollten wir das mal besprechen.«

Es kam ihm gerade recht, dass sein Handy klingelte und er nicht gleich darauf eingehen musste.

»Sekunde.«

Er entfernte sich ein paar Schritte. Es war Furlan.

»Wo bist du?«

»Noch im Winkelweg.«

»Hast du mit Waldners Frau gesprochen?«

»Nein. Außer der Haushälterin ist hier niemand. Sie sagt, Monica Waldner ist in einem Konzert.«

»Das ist längst zu Ende. Sieh zu, dass du nach Hause kommst. Wir verschieben das auf morgen. Du hängst dich gleich in der Früh an die Kollegen von der Spurensicherung.«

»Und wo?«

»Am Zenoberg. Da, wo Waldners Wagen gestanden hat.«

»Hab ich mir schon gedacht. Geht klar. Schönen Abend noch.«

»Gute Nacht.«

Er steckte das Handy wieder ein und ging zu den beiden zurück.

Giovanni wurde lauter, herrischer.

»Was ist jetzt? Red endlich.«

Farner musste sich entscheiden, ob er Giovanni bei den Ermittlungen einstweilen außen vor ließ, wie es ihm am liebsten gewesen wäre, oder ob er ihn und die Carabinieri von Anfang an mit einband.

Er schob die leere Cola-Dose, die vor ihm lag, mit einem leichten Schubser in Richtung Terranostra, der sie postwendend zurückstieß. Ein lächerliches Spiel.

»Okay, wir fangen mit der Frau an. Gib ihm Waldners Adresse«, wandte er sich an Reisinger.

Giovanni grunzte abfällig. »Ich kenn die Adresse.«

»Umso besser. Wir treffen uns da. Morgen früh um neun.«

»Was ist mit der Bank?«

»Eins nach dem anderen. Und keine Alleingänge. Hast du kapiert?«

»Stronzo.« Giovannis ausgestreckten Mittelfinger bekam er als Zugabe obendrauf.

Ohne weitere Sympathiebekundungen räumte der Maresciallo das Feld und ging zu seinem Wagen.

Farner gab der Cola-Dose, die immer noch vor ihm lag, einen heftigen Tritt.

»Teufel auch. Jetzt hast du gesehen, wie das zwischen uns läuft.«

»Dafür zahlen andere Leute Eintritt.« Reisinger schien eher belustigt als besorgt. »Keine Sorge, wir kriegen das schon hin. Soll ich dich ins Hotel bringen?«

»Nein, ich geh zu Fuß.«

»Dann bis morgen.«

Auf dem Weg ins Hotel versuchte er die Bilder des Tages, die sich in seinem Kopf angesammelt hatten, zu sortieren. Der grantige alte Gottwald, das Konzerterlebnis im Kurhaus, der arrogante Auftritt von Giovanni Terranostra, die kokette Ariane Falk, der Anruf von Liesbeth und – nicht zuletzt – der Mord an dem Banker, den es aufzuklären galt, ausgerechnet mit Giovannis Unterstützung.

Beim Vinschger Tor kam ihm ein Mann entgegen, der einen Handkarren hinter sich herzog. Farner kannte ihn. Der Mann hieß Carducci und war einer der uniformierten Beamten, die hinter der Glasscheibe am Eingang zum Kommissariat den Wachdienst versahen. Farner grüßte ihn, wollte weitergehen, blieb dann aber stehen, als er sah, was der Mann auf seinem Wägelchen geladen hatte; eine Reisetasche, einen Gitarrenkoffer, einige Bücher und einen großen Käfig, in dem ein Papagei, teilnahmslos wie eine Porzellanfigur, auf seiner Stange saß.

»Was ist mit dem Vogel?«

»Er steht unter Schock.«

»Was ist passiert?«

Ein säuerliches Lächeln machte sich auf Carduccis Gesicht breit.

»Meine Frau hat mich rausgeschmissen. ›Und nimm deinen Scheißvogel mit‹, hat sie gesagt. Das hat den armen Pavarotti tief getroffen.«

»Der Vogel heißt Pavarotti?«

»Ja. Sie müssten ihn mal singen hören. Seine Lieblingsarie ist *Nessun dorma,* und wenn er gut drauf ist und *O sole mio* singt, schmelzen Sie dahin. Ein herrlicher Vogel, sag ich Ihnen.«

»Was haben Sie vor?«

»Meine Mutter wohnt hier in der Nähe. Ich hoffe, dass sie uns bei sich aufnimmt. Sie liebt meinen gefiederten Pavarotti.«

»Viel Glück.«

Nach diesem bizarren Intermezzo fühlte sich Lukas Farner besser. Der Schlechte-Laune-Schleier, der sich nach der Begegnung mit Terranostra auf ihn gelegt hatte, war weg.

»Eine schlimme Geschichte«, sagte der Nachtportier, als er ihm den Zimmerschlüssel reichte. Der Mann wusste, dass er bei der Polizei war.

»Ich hab's in den Abendnachrichten gesehen ...«

Farner versuchte durch eiliges Abdrehen dem Redebedürfnis des Portiers zu entkommen.

»Sie dürfen nichts sagen.«

»So ist es«, sagte er, schon fast auf der Treppe, ohne sich umzudrehen.

Das »Gute Nacht« erreichte ihn noch. Dann war er in Sicherheit.

Aber der Tag war noch nicht zu Ende. Er lag im Bett und konnte nicht abschalten. In seinem Kopf ging es zu wie in einem Kramladen. Der geschniegelte Staatsanwalt war plötzlich wieder da, die Gesichter der Konzertbesucher, die ihm Ariane Falk vorgestellt hatte, das Auto im Graben, die Leute in der Bank, die mehr wussten, als sie gesagt hatten, da war er sich ganz sicher, und immer wieder Giovanni, der sich einen Spaß daraus machte ihn zu provozieren.

Das letzte Bild, das ihn in den Schlaf begleitete, war Liesbeth. Oder war das schon der erste Traum? Sie saß auf ihm, kerzengerade, nackt, mit geschlossenen Augen. Dazu Gershwins *Rhapsody in Blue*. War das die Antwort auf die Frage, ob sie ihm noch was bedeutet? Wohl nicht, denn im nächsten Moment hatte die Frau, die ihm lustvoll die Eier quetschte, das Gesicht von Ariane Falk.

Freitag, 25.9.

Aufgeweckt wurde er von einem lauten Stoß gegen die Zimmertür.

»Entschuldigung«, kam es von einer Frauenstimme auf dem Flur.

Es war das Zimmermädchen, das mit dem Servierwagen gegen die Tür geknallt war. Farner schaute auf seine Uhr. Er hatte verschlafen. Fast war er versucht, sich für den ungebetenen Weckdienst zu bedanken. Es war höchste Zeit, in die Gänge zu kommen und die Herausforderungen des Tages anzugehen. Schließlich galt es, einen Mord aufzuklären, mit einem unberechenbaren Giovanni Terranostra an der Seite und einem ehrgeizigen Staatsanwalt im Nacken.

Dann eben keinen Frühsport heute, entschied er unter der Dusche, und nicht per pedes, sondern mit dem Wagen ins Kommissariat.

Drei Wochen lang hatte die schöne Karre unbenutzt in der Hotelgarage gestanden. Das hatte der Spider nicht verdient.

Er staunte über sich selbst, wie entspannt er mit der Verspätung umging. Und selbst den Gedanken, dass es mit Terranostra Probleme geben könnte, wischte er gleich wieder weg. Als hätte ihm ein guter Geist für alles, was heute auf ihn zukommen würde, ein dickes Fell verpasst.

Im Frühstücksraum war noch wenig Betrieb. Die meisten Hotelgäste waren Touristen, und die hatten, von einigen frühen Wanderern abgesehen, keine Eile, aus dem Bett zu kommen. Die Bedienung brachte ihm die Zeitung an den Tisch.

Farner überflog die lokalen Meldungen und Schlagzeilen: Bauarbeiten am Falschauer Bachbett in Lana, fünf Fälle von Schweinegrippe in Südtirol, Beginn der Weinlese rund um Terlan, Weißburgunder, Gewürztraminer und Müller-Thurgau in den höheren Lagen, Ankündigung eines Konzerts von Rondo Veneziano im Kursaal und eine Schmunzelgeschichte, an der er etwas länger hängen blieb. Über einen Rentner, der auf einem Rasenmäher auf dem Weg zu seiner Freundin war und von der Polizei aus dem Verkehr gezogen wurde. Der lakonische Kommentar: 2,3 Promille sind außerhalb des Gartens nicht erlaubt. Und auch nicht gesund.

Er blätterte weiter und fand, während ihm die Serviererin Kaffee und frisch gepressten Orangensaft brachte, im überregionalen Teil der Zeitung den Bericht, nach dem er gesucht hatte, einen kurzen Zweispalter mit der Schlagzeile:

Mord in Meran. Vermisster Bankier tot aufgefunden. Die Polizei geht von einem Kapitalverbrechen aus. Der seit einigen Tagen vermisste Meraner Bankier Hermann Waldner (50) wurde gestern Abend …

Weiter kam er nicht. Am Nebentisch stritt ein älteres Ehepaar, theatralisch wie in einer schlechten Komödie – sie zickig, er muffig –, als es plötzlich knallte. Sie hatte ihm eine schallende Ohrfeige verpasst, der Mann kippte mit dem Stuhl nach hinten, und Farner konnte ihn gerade noch festhalten. Die Frau sprang auf und rannte hinaus. Von einem Tisch am Fenster, an dem drei junge Frauen in Radlerkleidung saßen, kam Beifall. Der Mann entschuldigte sich bei Farner.

»Tut mir leid. Ich hätte es wissen müssen.«

Früher in Deckung gehen, lag Farner auf der Zunge. Aber er besänftigte.

»Schon gut. Ist ja nichts passiert.«

»Das sagen Sie so«, maulte der Mann und rieb sich die Wange. »Wenn ich Ihnen erzähle, wie es angefangen hat …«

Als Farner sah, dass er sich an seinen Tisch setzen wollte, signalisierte er mit einem Blick auf seine Uhr, dass er keine Zeit hatte, sich die ganze Geschichte anzuhören. Und der Mann – das musste man ihm lassen – kapierte sofort.

»Sie haben es eilig?«

»Ja.«

»Dann wünsche ich einen schönen Tag.«

»Gleichfalls.«

Er trank seinen Kaffee aus, vergewisserte sich, dass er die Autoschlüssel eingesteckt hatte und wandte sich zum Gehen.

Der Mann legte eine Hand auf seinen Arm.

»Eine Frage noch. Sind Sie verheiratet?«

»Nein.«

»Gratuliere.«

Das war krass. Im Moment fiel ihm keine passende Antwort darauf ein. Er sagte Servus und ging. Und seine Mutter sorgte sich, weil er noch nicht verheiratet war. Schade, dass sie das nicht mitgekriegt hat, dachte er.

Ob-la-di, ob-la-da, life goes on bra … Auf dem Weg in die Hotelgarage kam ihm der alte Beatles-Song in den Sinn, und der passte haargenau zu seiner aufgekratzten Stimmung.

Bis zum Kornplatz ließ ihn der Ohrwurm nicht mehr los. Dass er so gut drauf war, hatte auch mit diesem gedemütigten Ehekrüppel am Frühstückstisch zu tun. Wie man sich darüber freut, dass einem das nicht selber passiert ist. Keine Schadenfreude, eher ein Gefühl der Erleichterung. Wie früher in der Schule, wenn der Nebenmann die Schelte abbekam und man selber ungeschoren blieb.

Dazu kam das Glücksgefühl, das ihn jedes Mal überkam, wenn er am Lenkrad des Spider saß. Die wenigen Kilometer bis ins Kommissariat hatten bei ihm die Lust auf eine längere Tour geweckt. Eine Dolomiten-Runde, bis Alta Badia oder Corvara und über Canazei und Predazzo wieder zurück, die Serpentinen rauf und runter, eine Zuckerstrecke für den 2600er. Oder eine Spritztour nach Verona, in den Antiquitätengeschäften stöbern und in dem kleinen Café im Vicolo Cavalletto, hinter der Piazza delle Erbe, ein Tiramisu genießen. Aber das war noch nicht an der Reihe. Sein Zieh mich hoch* war jetzt erst mal die Aufklärung dieses Mordfalls, die größte Herausforderung, seit er seinen Dienst bei der Meraner Kriminalpolizei angetreten hatte.

Er stellte seinen Wagen neben dem Aufgang zum Kommissariat ab und bat Carducci, der Dienst in der Wachstube hatte, ihn im Auge zu behalten.

»Wie geht's dem Vogel?«

»Benissimo. Meine Mutter hat ihn wieder zum Singen gebracht.«

»Na prima.«

Reisinger war der Erste, der an Farners guter Laune kratzte. Er hatte kaum den Stuhl von seinem Schreibtisch abgerückt, um sich zu setzen, da stand der Kollege schon in der Tür und ließ Dampf ab.

Reisinger war nicht der Mann, der so leicht aus der Ruhe zu bringen war. Aber jetzt war er richtig angefressen.

»Dieser Staatsanwalt hat doch nicht alle Tassen im Schrank. Hast du gelesen, was er der Presse gesagt hat?«

»Nein, hab ich nicht.«

Reisinger trat näher heran und warf die zusammengefaltete Zeitung, die er in der Hand hatte, auf Farners Schreibtisch.

»Er hat versprochen, dass der Fall schnell und lückenlos aufgeklärt wird. Hast du gehört? Versprochen hat er das. Als hätten wir es hier mit einem Karnickeldiebstahl zu tun. Wir haben mit den Ermittlungen ja noch nicht mal angefangen. Das ist … idiotisch und unprofessionell. Jetzt weißt du, wer hier Druck macht.«

Gestern hatte Farner noch selber auf Martell geschimpft, heute war ihm das egal.

»So reden Staatsanwälte nun mal, wenn man ihnen ein Mikrofon hinhält.«

»Der hat doch nur seine Karriere im Kopf.«

Gebhard war inzwischen dazugekommen und hatte damit begonnen, Reisingers Empörung in eine Art Gebärdensprache zu übersetzen, was diesen sichtlich amüsierte. Farner schloss daraus, dass der Kollege bereit war, sich wieder zu beruhigen.

»Ganz gleich, ob wir es für die Karriere des Staatsanwalts tun, für unsere eigene oder im Interesse der Öffentlichkeit, es ist unser Job, und deshalb sollten wir uns jetzt nicht länger mit der Vorrede aufhalten. Also ran an die Arbeit. Wo ist Eller?«

»Telefoniert nebenan.«

»Wir brauchen eine Liste mit allen Leuten, die in letzter Zeit mit Waldner zu tun hatten. Waldner war kein Zufallsopfer, davon gehen wir mal aus.«

Reisinger runzelte die Stirn. »Ziemlich gewagt.«

»Mag sein. Aber wir sind ja flexibel. Sobald wir sehen, dass die Hinweise und Indizien in eine andere Richtung gehen, schalten wir um.«

Reisinger nahm die Zeitung wieder an sich, und Farner fuhr fort.

»Natürlich müssen wir die Obduktion abwarten und den Bericht der Spurensicherung, aber bis dahin können wir nicht hier rumsitzen und hoffen, dass sich von alleine was tut. Noch mal, wenn Waldner nicht zufällig erschossen wurde – eine Hypothese, geb ich zu –, dann muss es jemanden geben, der ein Motiv hatte, ihn umzubringen. Geschäftlich oder privat. Wir müssen das gesamte Umfeld des Toten unter die Lupe nehmen, die Familie, die Bank, Freunde, Vereine, Nachbarn, Frauengeschichten ...«

»Wir tun uns leichter, wenn wir die Verbindungsdaten von Waldners Handy haben«, merkte Gebhard an.

»Und wann kriegst du die?«

»Im Laufe des Tages.« Er strich sich mit der Hand über die Stirn, als wollte er einen neuen Gedanken nachschieben.

»Von Waldners Handy gibt es noch keine Spur. Aber wir wissen jetzt, wann und wo er zuletzt damit telefoniert hat. Am Montagabend um 21:10 Uhr war er in der Funkzelle am Segenbühel eingeloggt, das ist oberhalb der Zenobergstraße, nicht weit von der Stelle, wo sein Wagen gestanden hat. Schau's dir an.«

Er ging zu dem Stadtplan, der an der Wand neben der Tür hing. Farner stand auf und stellte sich neben ihn.

»Die Mobilfunkzelle am Segenbühel, das ist hier. Und hier hat sein Wagen gestanden. Wie gesagt, sein Handy war da eingeloggt. Das heißt nicht, dass er selber damit telefoniert hat. Es kann ihm auch gestohlen worden sein.«

»Nun mach's mal nicht komplizierter als nötig«, moserte Reisinger in ihrem Rücken.

»Schon gut.«

Gebhard zog einen Zettel aus seiner Jackentasche und wandte sich wieder an Farner.

»Erwin Stöckl, der Vater von Hubert Stöckl.«

»Was ist mit ihm?«

»Du wolltest wissen, woher die 200.000 Euro kamen, die kurz vor seinem Tod auf sein Konto bei der Sparkasse eingezahlt wurden. Die Zahlung kam von einem gewissen Holzmann, überwiesen von der ESB-Bank. Also von der Bank, die eurem Waldner gehört.«

»Wofür? Wofür bekommt der Bauer Erwin Stöckl 200.000 Euro überwiesen? Und hat das was mit dem Selbstmord seines Sohnes zu tun?«

»Das kann uns wahrscheinlich nur Herr Holzmann beantworten.«

»Dann müssen wir herausfinden, wer dieser Holzmann ist. Aber kümmere dich erst mal um die Handyverbindungen von Waldner.«

Nebenan hatte Eller zu Ende telefoniert und betrat mit einem »Hallo« den Raum. Er hatte eine Kassette in der Hand und blieb in der Nähe der Tür stehen.

»Ich hab hier die Aufzeichnung von der Überwachungskamera im Krankenhaus. Wenn du mal Zeit hast ...«

»Später. Wie du vielleicht mitgekriegt hast, haben wir inzwischen einen Mord.«

Doch den Fall Stöckl einfach zu den Akten zu legen, ging auch nicht.

»Ich sag dir Bescheid.«

Währenddessen hatte Reisinger einen Schreibblock aus seinem Büro geholt. Er setzte sich an den Besprechungstisch und machte sich Notizen.

Gebhard sah ihm über die Schulter. »Was wird das?«

»Ich versuch mal, ein bisschen System in die Sache zu bringen. Das geht mir alles zu hopplahopp. Zu unübersichtlich und zu wild durcheinander.«

»Du kannst nicht aus deiner Haut«, sagte Farner.

»Was meinst du?«

»Die Dinge müssen ihre Ordnung haben. Und wenn du etwas nicht von Anfang an unter Kontrolle hast, macht's dir keinen Spaß. Oder?«

»Ich mag's gern ordentlich – und der Reihe nach.«

»Deswegen hat dich auch geärgert, was der Staatsanwalt gesagt hat.«

Reisinger ging nicht darauf ein, sondern zeigte auf seine Uhr. »Du hast gleich 'ne Verabredung mit dem Maresciallo.«

»Den hat er uns auch eingebrockt.«

»Denk dran, locker bleiben.«

»Sowieso. Und bei Gelegenheit sagst du mir mal, was du über die Bank erfahren hast.«

»Heute Mittag weiß ich mehr.«

Farner stand auf. »Ich muss los. Wir sollten uns die Sachen aus Waldners Wagen noch mal anschauen. Kann ja sein, dass wir da noch Hinweise finden. Jetzt, wo wir wissen, dass der Vermisste tot ist. Eller, dein Job. Du hast die beste Witterung von uns allen.«

Gebhard klopfte dem Kollegen auf die Schulter. »Ein echter Edelvinschger.«

»Danke für die Blumen.«

Farner war noch nicht fertig mit ihm. »Furlan und du, ihr wart gestern bei der Frau von Waldner. Was ist sie für eine Frau?«

Eller sah ihn an, als hätte er ihn nach dem Satz des Euklid gefragt. »Du fragst mich Sachen. Ich glaube, man braucht mehr Zeit, um Frauen richtig einzuschätzen.«

»Wem sagst du das.«

»Sie ist Italienerin. Nur so zur Info.«

Er schob seine Nasenspitze mit dem Zeigefinger nach oben.

»Hochnäsig?«

»Ja. Ein bisschen. Und ich hatte den Eindruck, dass sie es nicht besonders interessierte, was mit ihrem Mann passiert sein könnte.«

Reisinger wünschte ihm viel Glück. »Willst du nicht jemanden mitnehmen?«

»Nein. Terranostra ist ja dabei.«

»Eben.«

»Ich versteh. Sei unbesorgt. Übrigens, Karnickeldiebe sind schwerer zu fassen als Gewalttäter.«

»Lernt man das in Den Haag?«

»Ja, und auf jeder Polizeischule.«

Reisinger seufzte. »Das ist schon so lange her.«

»Die nehmen auch Ältere. Bis nachher.«

Eller ging mit ihm hinaus.

»Ich hab noch nicht gefrühstückt. Die Adresse hast du?«

»Ja.«

»Neben dem Haus ist eine Einfahrt mit zwei großen Libanon-Zedern. Du kannst es nicht verfehlen.«

Farner kämpfte sich durch den morgendlichen Stadtverkehr in Richtung Obermais. Das nahe Wochenende, das schöne Wetter, die Anziehungskraft dieser Stadt. Wenn alles zusammenkommt, wird es eng. Caravans, Wohnwagengespanne, große und kleine Busse, dazu die Biker, die am liebsten in Kolonne fahren – die Stadt platzte schon am Vormittag aus allen Nähten. Die Sonne, sagt man hier, ist eine Einheimische. Das hatte sich jemand ausgedacht, um die Touristen herzulocken. Jetzt sind sie da und verstopfen die Straßen. Und die Saison ging ja noch eine Weile.

Oberhalb der Maria-Trost-Kirche wurde es stadtauswärts etwas ruhiger. Als er von der Schafferstraße abbog, musste er hart auf die Bremse steigen, weil ihm eine junge Mutter mit Kinderwagen beinahe vors Auto gelaufen wäre. Im letzten Moment zog sie den Kinderwagen zurück und schimpfte, während sie sich die Handy-Stöpsel aus den Ohren zog, auf die rücksichtslosen Autofahrer.

300 Meter weiter, hinter einer Kurve, sah er die beiden hohen Zedern und dahinter das Haus mit den Erkern und Türmchen in einem großen, parkähnlichen Garten – eine dieser herrschaftlichen Villen, die Ende des 19. Jahrhunderts gebaut worden waren und noch heute das Stadtbild von Meran prägen.

Aber die Pracht war in Gefahr. Der Makler hatte ihm erzählt, dass in den letzten Jahren einige dieser schönen alten Häuser abgerissen worden waren, um schmucklosen Mietskasernen Platz zu machen. Über die Gründe müsse man nicht lange nachdenken, hatte er gesagt. Die alten Häuser kosten Geld, viel Geld, und die neuen bringen Geld. Selbstredend auch den Maklern. Es gab eine Initiative von besorgten Bürgern, um diese Auswüchse zu stoppen, bisher ohne Erfolg.

Farner hielt neben der Einfahrt, die durch ein schmiedeeisernes Tor versperrt war. Die schmale überdachte Eingangspforte daneben und die lange halbhohe Mauer aus Naturstein, die das Grundstück zur Straßenseite abschloss, verstärkten den Eindruck von Exklusivität. So wohnen Leute, die sich für was Besseres halten. Farner ermahnte sich, keine voreiligen Schlüsse zu ziehen.

Jede Voreingenommenheit erschwert die Ermittlungen. Auch das hatte er auf der Polizeischule gelernt und gehört ja wohl auch zu den Lebensweisheiten, die man sich im Laufe der Zeit aneignet. Nichtsdestotrotz sollte man Instinkt und erste Eindrücke, Intuition und Bauchgefühl nicht unterschätzen und einfach so abtun. Vielleicht ist es das, was einen guten Polizisten ausmacht, die richtige Balance zwischen Eingebung und Denkarbeit. Menschenkenntnis und eine gute Beobachtungsgabe nicht zu vergessen.

Er stieg aus und spähte nach allen Seiten. Von Terranostra keine Spur. Auf der anderen Straßenseite stand ein Toyota mit Innsbrucker Kennzeichen, in dem zwei Männer saßen, die zu ihm herübersahen. Ein Dritter mit Kamera und ausgefahrenem Teleobjektiv stand, halb verdeckt, hinter dem Wagen. Pressefotografen, die für einen Schnappschuss von der Frau des ermordeten Bankiers auf der Lauer lagen. Fotoreporter, die notfalls auch auf Bäume steigen oder sich als Paketboten oder Müllmänner ausgeben, um zu ihren Fotos zu kommen. Darin musste er dem Staatsanwalt recht geben. Es macht einen Unterschied, ob ein Prominenter oder ein Irgendjemand, wie er sich ausdrückte, umgebracht wird. Die Geier sind sofort da.

Dürfen die das?, überlegte Farner. Darf die Frau eines Mordopfers, ob prominent oder nicht, heimlich und gegen ihren Willen fotografiert werden? Das Informationsbedürfnis der Öffentlichkeit gegen den Schutz der Privatsphäre und das Recht am eigenen Bild. Was wiegt schwerer? Farner musste sich keine weiteren Gedanken machen, ob das erlaubt oder verboten oder nur pietätlos ist, weil eine Streife der Stadtpolizei auftauchte wie gerufen und sich neben den Toyota stellte. Zwei Polizisten stiegen aus und nahmen sich die Paparazzi zur Brust.

In den letzten Minuten hatte der Straßenverkehr zugenommen. Aber Terranostra war noch nicht aufgetaucht. Farner entschloss sich, diese Hängepartie zu beenden und allein weiterzumachen. Wenigstens anrufen hätte er können, dieser Eumel. Oder hatte sich Giovanni klammheimlich aus den gemeinsamen Ermittlungen ausgeklinkt? Er war schon an der Pforte, um zu läuten, als er hinter sich Reifen quietschen hörte. Ein Wagen hielt in der zweiten Reihe. Auf der Beifahrerseite stieg der Maresciallo aus.

Farner sah, dass er kurz mit dem Brigadiere sprach, der ihn hergefahren hatte. Dann fuhr der Wagen weiter. Giovanni kam auf ihn zu. Langsam, provozierend langsam. An der Art, wie er sich bewegte, wie er im Vorbeigehen mit dem Fuß verächtlich gegen das Hinterrad des Spiders trat, glaubte er zu erkennen, dass Giovanni die verabredete Zeit absichtlich nicht eingehalten hatte, um zu zeigen, dass er in eigener Regie unterwegs war. Trotz und Eigensinn waren da im Anmarsch, und er machte sich auf einen ruppigen Vormittag gefasst. Locker bleiben, hatte Reisinger ihm geraten.

Er atmete ein paarmal tief durch, um die Anspannung aus seinem Körper herauszulassen und zu der guten Laune zurückzufinden, mit der er den Tag begonnen hatte.

Die Begrüßung war eher sparsam. Farner hob die Hand zum Gruß. Terranostra antwortete mit einem beiläufigen Nicken.

»Hast du geläutet?«

»Noch nicht.«

»Die Frau ist Italienerin.«

»Ach ja?« Mehr wollte er dazu nicht sagen. Was sollte das? Eller vorhin im Kommissariat, jetzt Terranostra. Jeder scheint hier jedem ein Zettelchen anzuheften, ein Etikett mit der Herkunft drauf, wenn es am Namen nicht gleich erkennbar war. Man wird, je nachdem, gewarnt oder beruhigt, bevor man sich ein eigenes Bild machen kann, als reiche das eigene Urteilsvermögen nicht aus. Es ist doch absurd, dass die Menschen hier nach fast 100 Jahren immer noch nicht aufgehört haben, sich voneinander abzugrenzen. Als wollte man auf beiden Seiten verhindern, dass die Gräben zwischen Deutschen und Italienern versanden, zuwachsen und jahrzehntelang gepflegte Vorurteile nicht mehr gelten. Und auf diesem Boden gedieh dann auch so manches Unkraut. Stichwort Tolomei*. Oder Gamper*.

Früher war ihm das nicht so aufgefallen, aber jetzt stank es ihm. Er hatte versucht, mit Reisinger darüber zu reden. Der hatte abgewinkt und gemeint, dass man das nicht gut finden muss, aber auch nicht allzu ernst nehmen sollte. Mit Terranostra darüber zu diskutieren, war von vornherein sinnlos, nicht mit einem, der die Südtiroler verächtlich Crucchi* nannte und dem schon in der Schulzeit die Trennungslinie nicht scharf genug sein konnte.

Als sie jetzt so dicht nebeneinander vor der kleinen Pforte standen, kam es zu einer kurzen unabsichtlichen Berührung an den Schultern, worauf sich der Maresciallo mit der Hand den Ärmel abwischte.

Farner zeigte ihm den Vogel, was Giovanni mit einem verächtlichen »Se stesso« zurückgab.

Im Haus rührte sich nichts.

»Du hättest anrufen sollen«, maulte Giovanni.

Erst nach dem dritten Läuten meldete sich eine unfreundliche Frauenstimme über die Gegensprechanlage.

»Wer ist da?«

Farner wollte antworten. Terranostra kam ihm zuvor.

»Polizia. Per favore apra.«

Die Haustür wurde geöffnet, eine ältere Frau trat heraus, sah zu ihnen herüber und kam ohne Eile auf sie zu.

Bevor sie öffnete, warf sie einen misstrauischen Blick auf den Toyota, wo die beiden Stadtpolizisten immer noch bei der Kontrolle der Paparazzi waren.

»Haben die Sie belästigt?«

»Sì.«

»Keine Sorge, die verschwinden gleich.«

Farner zeigte seinen Dienstausweis. »Ich bin Kommissar Farner, das ist Maresciallo Terranostra. Wir möchten zu Frau Waldner.«

Die Frau öffnete die Pforte und ließ sie eintreten.

»Kommen Sie. Ich werde Sie anmelden.«

»Sagen Sie uns noch, wer Sie sind?«

»Die Haushälterin.«

»Senza nome?«

Sie stutzte und neigte den Kopf ein wenig zur Seite, brach aber die Freundlichkeit, die sich auf ihrem Gesicht angedeutet hatte, sofort wieder ab.

»No. Mi chiamo Camilla.«

Sie folgten ihr ins Haus. In der Eingangshalle forderte sie sie auf, sich zu setzen, und verschwand hinter einer der Türen. Farner schaute sich um. Ein Raum, groß genug, um darin eine mittlere Schulklasse unterzubringen, getäfelte Wände, zur Straßenseite ein riesiges Fenster mit bemalten Butzenscheiben, die nur ein diffuses Licht durchließen und dem Raum einen beinahe sakralen Anstrich gaben. Altmodisch und düster, wie aus einer anderen Zeit. Vor 100 Jahren muss das die Menschen sehr beeindruckt haben.

Nach zwei Minuten kam die Haushälterin zurück.

»Die Signora lässt bitten.«

Die Frau führte sie in den Wintergarten. Monica Waldner hatte offenbar gerade ihr Frühstück beendet und schob einen Dessertteller mit Krümelresten zur Seite.

Nachdem Farner Terranostra und sich vorgestellt und sein Beileid bekundet hatte, forderte sie die beiden Polizisten mit einer Handbewegung auf, Platz zu nehmen.

Er setzte sich an den Tisch, Terranostra blieb in der Nähe der Tür stehen, was Monica Waldner mit einem leichten Naserümpfen quittierte.

Farner schätzte sie auf Mitte bis Ende vierzig, vermutlich mit Altersverhinderungsprogramm. Sie trug eine hochgeschlossene cremefarbene Bluse und eine hellbraune Lederweste. Das Auffälligste an ihr waren die kastanienbraunen Haare mit rötlichem Schimmer. Ihr Gesicht und der lange Hals erinnerten ihn an die Frauenbilder von Modigliani.

»Möchten Sie einen Kaffee?«

Beide lehnten ab.

»Ich habe Sie erwartet. Camilla hat mir gesagt, dass ein Kollege von Ihnen gestern Abend hier war.«

Das klang alles sehr ruhig und beherrscht. Eine Frau, die um ihren Mann trauert, ist aufgewühlter, sollte man meinen. Aber das war schon wieder so ein Vorurteil, dem er nicht nachgeben wollte. Es gibt keinen einheitlichen Ausdruck von Gefühlen und keine Vorschrift, den einzuhalten. Jeder trauert, ärgert oder freut sich auf seine Weise.

Sie trank aus ihrer Kaffeetasse und tupfte sich mit einer Serviette die Mundwinkel ab.

»Er ist erschossen worden?«

»Ja. Wie haben Sie davon erfahren?«

»Auf der Straße. Vor dem Kurhaus. Ich war mit einer Freundin im Konzert. Als wir rauskamen, standen die Leute auf der Straße und sprachen darüber.«

Sie zog an ihrer Weste, und auf einmal flossen die Tränen.

»Ich brauchte jemanden, mit dem ich reden konnte. Meine Freundin hat mich mit zu sich genommen. Später hat sie mich nach Hause gefahren.«

Monica Waldner hatte sich schnell wieder gefasst. Ihr Blick ging an Farner vorbei zu Terranostra, der immer noch neben der Tür stand. Wie ein Oberschiedsrichter, der darauf achtete, dass die Spielregeln eingehalten werden.

»Würden Sie sich bitte setzen. Es macht mich nervös, wenn Sie da so rumstehen.«

»Scusa.« Der Maresciallo ließ sich nicht lange bitten und setzte sich ans andere Ende des Tisches.

»Wir gehen davon aus, dass die Tat schon einige Tage zurückliegt«, fuhr Farner fort. »Wann haben Sie Ihren Mann zum letzten Mal gesehen?«

»Am vorigen Freitag.«

»Hat er mit Ihnen über seine Reise in die Schweiz gesprochen?«

»Nein, zum Kuckuck. Das hab ich Ihren Kollegen gestern doch schon gesagt.«

Er sah das hämische Grinsen von Giovanni, den die patzige Antwort offensichtlich amüsierte. Fehlt nur noch, dass er ihr applaudiert, dachte Farner, ließ sich aber von seiner Linie nicht abbringen.

»Wie war Ihre Ehe?«

»Warum wollen Sie das wissen?«

»Weil uns alles interessiert, was mit dem Tod Ihres Mannes zusammenhängen könnte.«

»Da gibt es keinen Zusammenhang.« Und nach einer kleinen Pause. »Wir haben uns gut verstanden.«

»Dass er eine eigene Wohnung hatte, hat Sie nicht gestört?«

»Das war nur geschäftlich. Zu Hause war er hier.«

Zu seinem Erstaunen hatte Terranostra, der sich bisher nicht an dem Gespräch beteiligt hatte, einen Spiralblock rausgeholt und begonnen, sich Notizen zu machen.

»Haben Sie Kinder?«

»Eine Tochter. Leonie.«

»Wohnt sie hier?«

»Normalerweise schon. Aber zurzeit ist sie im Kloster Marienberg.«

»Wie das?«

Monica Waldner schien zu überlegen, ob sie darauf antworten sollte. »Ist das wichtig?«

»Ja.«

»Leonie hatte Probleme mit ihrem Vater. Sie haben in letzter Zeit häufig gestritten.«

»Worüber?«

Die Falte auf ihrer Stirn verhieß nichts Gutes, und Farner war darauf gefasst, dass sie gleich abbrach.

»Geht das noch lange so? Ihre Fragerei geht mir ziemlich auf die Nerven.«

»Tut mir leid, das muss sein.«

Sie fuhr sich mit der Zungenspitze über die Lippen. Bei Alkoholikern sieht man das oft, ging es ihm durch den Kopf. Sie trank den Rest des Kaffees und beruhigte sich wieder. Und diesmal musste sie eine Sprechader erwischt haben und begann von vorn.

»Leonie hatte Probleme mit ihrem Vater. Das heißt, eher umgekehrt. Es hat ihm nicht gepasst, wie sie sich gekleidet hat, dass sie die Hotelfachschule abbrechen wollte und dass sie sich für die Miss-Südtirol-Wahl angemeldet hat. Außerdem war er mit ihrem Freund nicht einverstanden.«

Sie rückte ihren Stuhl ein Stück zurück und hob die Serviette auf, die zu Boden gefallen war. Farner ließ ihr Zeit.

»Um sie aus der Schusslinie zu nehmen, bin ich mit ihr am letzten Samstag nach Marienberg gefahren. Wir wollten eine Woche bleiben, aber ich bin wegen des Konzerts gestern zurückgekommen.«

»Weiß sie, dass ihr Vater tot ist?«

»Nein. Bisher noch nicht.«

Terranostra mischte sich ein. »Wie heißt der Freund?«

»Werner Hofer.«

»Sagen Sie uns auch, wo wir ihn finden ...«

»Er ist Chefkoch im Burggräflerhof.«

Farners Handy klingelte.

»Entschuldigung.«

Er stand auf und ging die Treppe hinunter in den Garten.

Es war Reisinger.

»Kannst du reden?«

»Ja.«

»Furlan hat angerufen. Sie haben Waldners Armbanduhr gefunden, die ihm vom Arm gefetzt wurde. Sie ist um 23:47 Uhr stehen geblieben. Damit dürfte die Tatzeit feststehen.«

»Montag?«

»Ja. Noch was. Hier ist eine junge Frau, die sagt, dass Waldner sie am Montagabend besucht hat und gegen halb zwölf gegangen ist.«

»Und 15 Minuten später war er tot. Wo wohnt sie?«

»In der Zenobergstraße oberhalb der Zenoburg. Wenn er den Wagen, warum auch immer, an der Burg geparkt hat, passt das mit der Zeit.«

»Glaubst du ihr?«

»Ja. Warum soll sie herkommen und so was erzählen. Sie sagt, dass sie mit Waldner verlobt ist.«

»Wie bitte? Wir sind doch gerade bei seiner Frau.«

»Angeblich wollte er sich scheiden lassen, um sie zu heiraten.«

»Das ist ja 'n Hammer. Wie heißt die Frau?«

»Franziska Dahlberg. Sie hat einen Schmuckladen in den Lauben.«

»Danke.«

Er steckte das Handy ein und ging in den Wintergarten zurück.

Aber da hatte sich inzwischen was getan. Giovanni saß jetzt neben Monica Waldner. Er hielt seine Nase über ein Glas Rotwein und trank dann genüsslich wie ein Weinverkoster.

Monica Waldner sah ihm gespannt dabei zu.

»Ti piace?«*

»Buonissimo.«

»Questo è il nostro vino.«

»Da dove viene?«

»Dalle Langhe, vicino a La Morra.«

»E dove hai conosciuto tuo marito?«

Sie zögerte einen Moment, als müsse sie erst sortieren.

»A Milano, a una sfilata di moda, dove ho avuto il mio primo lavoro come modella. Lui stava studiando all'università Bocconi.«

Giovanni deutete auf die halb volle Karaffe, die vor ihm stand.

»Den musst du probieren.«

»Jetzt nicht.«

»Scemo.«*

Farner setzte sich wieder auf seinen Stuhl. Er musste zugeben, dass Giovanni den Nerv der Dame offenbar besser getroffen hatte als er. Aber ihm war auch klar, dass er jetzt härter zur Sache gehen musste, weil sie es mit der Wahrheit nicht so genau genommen hatte.

»Darf ich mal unterbrechen? Tut mir leid, ich muss unser Gespräch noch mal zurückdrehen. Was Sie uns vorhin gesagt haben, stimmt nicht. Ihre Ehe war am Ende. Ihr Mann wollte sich scheiden lassen.«

Das erstaunte Gesicht von Terranostra war fast noch sehenswerter als der Zorn, der Monica Waldner packte. Sie stieß mit dem Fuß heftig gegen den Tisch und funkelte ihn an.

»Wer sagt das?«

»Kennen Sie eine Franziska Dahlberg?«

»Nein.« Das kam wie ein Peitschenhieb.

»Bei einer Scheidung hätte es vermutlich schlecht ausgesehen für Sie, nehme ich an.«

»Was reden Sie denn da?«

»Ich gehe davon aus, dass es einen Ehevertrag gibt. Gütertrennung. Und dass so etwas nicht zu Ihrem Vorteil gewesen wäre.«

»Das ist kompletter Unsinn. Es ist grotesk, mit mir über Geld zu sprechen.«

Farner insistierte. »Gibt es einen Ehevertrag?«

»Sie haben sich in den Kopf gesetzt, dass ich ein Motiv habe, meinen Mann umzubringen. Das ist lächerlich. Sagen Sie Ihrem Kollegen, er soll sich zurückhalten, sonst muss ich meinen Anwalt anrufen«, wandte sie sich an Terranostra.

Sie hätten sie leicht in die Zange nehmen können, aber Terranostra beteiligte sich nicht daran.

»Wo waren Sie am Montagabend?«

»Das habe ich Ihnen doch schon gesagt. Ich bin am Samstag mit meiner Tochter nach Marienberg gefahren und gestern Nachmittag zurückgekommen.«

Sie zog, ganz demonstrativ, an einer Kordel das Rollo herunter, als wollte sie ihnen signalisieren, dass die Vorstellung zu Ende ist.

»So, und jetzt gehen Sie bitte. Ich habe Ihnen nichts mehr zu sagen. Camilla«, rief sie laut.

Die Haushälterin erschien in der Tür zum Wintergarten. Monica Waldner stand auf. Ihre Hände zitterten und ihre Stimme vibrierte.

»Porta fuori i signori.«

Terranostra steckte seine Notizen ein und Farner schob den Stuhl, auf dem er gesessen hatte, unter den Tisch. »Wir werden das überprüfen. Bitte halten Sie sich zu unserer Verfügung.«

Der Abgang war eine mittlere Beerdigung. Als sie wieder auf der Straße waren, gab ihm der Maresciallo den Vogel, den er ihm vorhin gezeigt hatte, zurück.

»Darauf kannst du dir was einbilden«, höhnte er und tippte sich mit dem Finger an die Stirn. »Du hast es verbockt. Hast du nicht gemerkt, wie sie immer mehr zugemacht hat? Sie hätte dir nicht mal mehr geantwortet, wenn du sie nach ihrer Hausnummer gefragt hättest. Habt ihr nicht gelernt, wie man Leute verhört? Dilettanti.«

Farner spürte, wie ihn die Lust überkam, Giovanni eine reinzuhauen. In all den Jahren hatte sich nichts geändert. Als stünden sie sich wieder in ihren kurzen Hosen in der Pause auf dem Schulhof gegenüber und würden gleich aufeinander losgehen.

Jetzt nur nicht ausrasten.

»Du bleibst an der Familie dran. Da gibt es einiges zu klären. Check das Alibi von der Frau sowie von ihrer Tochter und dem Freund.«

Terranostra hatte sein Handy herausgeholt und begann zu telefonieren. Farner ließ sich davon nicht verunsichern.

»Wir treffen uns in einer Stunde vor der Bank. Hast du gehört?«

Keine Reaktion. Dieser Sturkopf war nicht zu ertragen.

Er stieg in seinen Wagen und fuhr los.

Das Einfachste wäre gewesen, den Maresciallo mit in die Stadt zu nehmen. Aber er dachte nicht daran, es ihm anzubieten, und Giovanni hätte sich, so wie er ihn einschätzte, lieber die Zunge abgebissen, als ihn darum zu bitten.

Auf der Rückfahrt widerstand er der Versuchung, sich in der Bar von Elena einen anderthalbstöckigen Grappa oder zwei hinter die Binde zu gießen. Er war schon an der

Tunneleinfahrt beim Thermenplatz, als ihm einfiel, dass er an dem Möbelgeschäft in der Cavourstraße vorbeigefahren war, in dem er sich eine Designerlampe ansehen wollte, die er in einer Zeitungsbeilage gesehen hatte. Muss ja nicht heute sein.

Die Beine ausstrecken und durchatmen. Was konnte er vom Verhalten von Monica Waldner ablesen? Sprach die Empörung, mit der sie auf seine Fragen reagiert hatte, für oder gegen sie?

Sie hatte gelogen, als es um ihre Ehe ging. Das stand fest. War auch ihr Alibi eine Lüge? Terranostra würde das herausfinden. Schon um ihm zu zeigen, dass er der bessere Polizist ist.

Reisinger kam herein.

»Die Spurensicherung hat noch mal angerufen.«

»Sind die wieder zurück?

»Nein. Gilli wollte uns bestätigen, dass Waldner unterhalb der Zenoburg abgestürzt ist. Sie haben Fetzen seiner Kleidung an einem Felsvorsprung und an einem Strauch gefunden. Und wenn du da runterfällst, landest du direkt in der Passer. Wir sollten Taucher einsetzen.«

»Kümmerst du dich darum?«

»Ja.«

Das Telefon läutete. Farner sah, dass es ein weitergeleiteter Anruf von der Zentrale war.

»Wer?«

Er hörte.

»Nein. Sagen Sie, ich bin nicht da. Und Reisinger auch nicht.«

Er legte auf.

»Eine Presseagentur aus Frankfurt.«

»Die haben schon mal angerufen. Und ein halbes Dutzend andere. Alle wollen wissen, wer der Mörder ist. Als wenn wir den verheimlichen würden.«

»Und was hast du ihnen gesagt?«

»Ich hab sie an das Büro des Staatsanwalts verwiesen, wie wir es besprochen haben.«

»Was ist mit der Frau, die hier war?«

»Franziska Dahlberg. Sie ist Goldschmiedin und hat einen kleinen Laden in den Unteren Lauben, keine 100 Meter von hier. Absolut glaubwürdig. Sie sagt, dass Waldner am Montagabend bei ihr war, um sich für ein paar Tage zu verabschieden. Eine Geschäftsreise in die Schweiz. Einzelheiten wusste sie nicht.«

»Seiner Frau hat er nicht mal erzählt, dass er überhaupt verreisen wollte. Sie hat auch bestritten, dass Waldner sich scheiden lassen wollte. Und zur Tatzeit war sie angeblich nicht in Meran. Das muss überprüft werden. Ebenso die Alibis von der Tochter und deren Freund, die beide ein Motiv haben. Terranostra hat das übernommen.«

»Wie war's mit dem Maresciallo?«

»Wir leben beide noch. Aber eines sag ich dir, locker bleiben kostet verdammt viel Kraft. Anderes Thema. Was hältst du davon, wenn wir uns mal mit Waldners Anwalt unterhalten?«

»Keine gute Idee. Die dürfen nichts sagen. Nicht mal, wenn der Mandant verstorben ist. Die Schweigepflicht gilt auch post mortem. «

Reisinger ging ans Fenster, schaute kurz auf den Kornplatz, wo eine Menge Betrieb war, und wandte sich wieder Farner zu.

»Ich hab eine bessere Quelle.«

»Das hätte mich auch gewundert ...«

»Ich treff mich mit jemandem, der sich in der Bank und in der Familie Waldner bestens auskennt.«

Eller kam herein.

»Hallmeier hat angerufen. Er ist seit gestern aus Sardinien zurück und fragt, ob wir ihn brauchen.«

»Das nenn ich Einsatz. Desmond Hallmeier. Wie kommt der Junge zu diesem Vornamen?«

Reisinger steckte das Notizbuch, das er die ganze Zeit in der Hand gehalten hatte, in seine Jackentasche.

»Kennst du die Geschichte nicht?«

»Nein.«

»Seine Mutter war als Au-pair-Mädchen in England und hat den kleinen Desmond als Souvenir mit nach Hause gebracht. Ich darf das ruhig erzählen, weil er selber kein Geheimnis daraus macht. Im Gegenteil. Ich glaube, er bildet sich sogar was darauf ein, ein halber Engländer zu sein.«

»Desmond has a barrow in the marketplace*.«

»Was sagst du?«

»Ach nichts. Das ist eine andere Geschichte.«

Eller wurde ungeduldig. »Was ist jetzt?«

»Sag ihm, er soll sich ein schönes Wochenende machen und Montag früh gewaschen und gebügelt antreten.«

»Hast du dann mal zwei Minuten …? Das Video aus dem Krankenhaus.«

»Ja, gleich.«

Eller schwirrte ab, und Reisinger war auch schon auf dem Weg nach draußen. In der Tür drehte er sich noch einmal um. »Falls du es noch nicht weißt, in der Toilette sind Handwerker. Geh in die untere Etage, wenn du musst.«

»Danke für den Tipp.«

Eller hatte die Kassette bereits eingelegt, als Farner sich neben ihn stellte. Die Bilder der Überwachungskamera zeigten den Flur, die Tür zur Intensivstation, Ärzte und Pflegepersonal auf dem Gang. Ein Patient wird durch die offene Tür in die Intensivstation geschoben, ein Arzt kommt heraus.

»Das ist Dr. Beermann, der uns Auskunft über den Zustand von Elisabeth Stöckl gegeben hat«, kommentierte Eller.

Eine Frau, zuerst nur von hinten zu sehen, geht auf den Arzt zu und spricht mit ihm. Der schüttelt den Kopf und geht aus dem Bild. Die Frau dreht sich um und spricht anschließend mit einer Schwester.

»Stopp. Spul noch mal zurück.«

»Kennst du die Frau?«

»Ich glaube, ja.«

Beim zweiten Hinsehen war er sicher, dass es die Frau war, die ihm Ariane Falk gestern vorgestellt hatte, Brigitte Debus, ihre Sprechstundenhilfe.

»Danke.«

Er sah den offenen Karton, der neben Ellers Schreibtisch stand.

»Sind das die Sachen aus Waldners Wagen?«

»Ja.«

»Sag mir Bescheid, wenn dir was auffällt.«

»Du wolltest wissen, ob Stöckl eine Lebensversicherung hatte. Fehlanzeige.«

Farner ging zu Fuß zur Bank und kam an dem Schmuckladen von Franziska Dahlberg vorbei. An der Tür hing ein Schild, das die Kunden darauf hinwies, dass das Geschäft wegen eines Trauerfalls geschlossen ist. In der Freiheitsstraße waren Männer dabei, das Transparent für die Meraner Musikwochen, das fünf Wochen lang vor dem Kurhaus quer über die Straße gespannt war, abzunehmen.

Er schlängelte sich durch die vielen Menschen, die ihm entgegenkamen oder vor ihm schlenderten. Es war so laut, dass er den Klingelton seines Handys fast nicht gehört hätte.

Es war Eller.

»Sekunde.«

Er stellte sich, mit dem Handy am Ohr, in einen Hauseingang und hielt sich das andere Ohr zu, um etwas verstehen zu können.

»Was gibt's?«

»Bist du schon in der Bank?«

»Nein, kurz davor.«

»Der Maresciallo hat angerufen. Er hat noch zu tun. Wenn er kann, kommt er nach.«

»Verstanden.«

Er steckte das Handy wieder ein und marschierte weiter. Hat auch was Gutes, wenn Giovanni nicht dabei ist.

Der Publikumsverkehr in der Bank war, wie schon beim letzten Mal, überschaubar. Ein Mann saß in der Sitzecke am Fenster und las in einer Zeitung. Mehr war nicht. Farner schwankte noch, ob er den Umweg über die Anmeldung oder gleich zu den Büros in der oberen Etage gehen sollte, als Koeberlin in Begleitung eines Besuchers die Treppe herunterkam. Am Ausgang verabschiedete sich Koeberlin von dem Mann und kam auf ihn zu.

»Sie wollen zu mir?«

»Ja.«

»Kommen Sie.«

Im ersten Stock angekommen, las er das Namensschild an Koeberlins Büro, aber der klopfte an der Tür gegenüber, und das war, wie Farner wusste, das Reich von Natascha Rieger.

Koeberlin hielt sich nicht lange mit Höflichkeit auf und trat ein. Farner folgte ihm.

Natascha Rieger erhob sich hinter ihrem Schreibtisch und begrüßte ihn mit Handschlag.

»Wenn Sie nicht gekommen wären, hätten wir uns gemeldet.«

»Ach ja?«

»Weil wir möglicherweise etwas zur Aufklärung beitragen können.«

»Interessant. Gestern waren Sie noch weitgehend ahnungslos.«

Koeberlin, der sich ans Fenster gestellt hatte, wies auf das Sofa.

»Setzen Sie sich doch.«

»Danke. Ich bleib lieber stehen.«

Natascha Rieger setzte sich wieder und spielte nervös mit einem Lineal. Wie's aussah, wollte sie Koeberlin das Reden überlassen.

»Die Situation hat sich geändert. Frau Rieger und ich sind zu der Überzeugung gelangt, dass wir Ihnen alles sagen sollten, was wir wissen.«

Mein Gott, wie gestelzt. Sein Blick fiel auf das Aquarium und auf den Fisch, der tot an der Oberfläche trieb.

Mehr Symbolik geht nicht.

Koeberlin begann zu dozieren.

»Sie wissen, was der Scudo Fiscale ist?«

»Eine Steueramnestie des Finanzministeriums.«

»Exakt. Waldner wollte in St. Moritz einen Detektiv treffen, der ihm eine CD mit den Namen von Steuersündern aus Südtirol verkaufen wollte, die dieses Angebot nicht angenommen und weiterhin viel Geld auf Schweizer Bankkonten gebunkert haben.«

Das kann dauern, schwante es Farner, wenn Leute, die sich gern reden hören, erst mal Fahrt aufgenommen haben, und entschloss sich nun doch, auf dem Sofa Platz zu nehmen.

»Möchten Sie etwas trinken?« Natascha Rieger holte eine Flasche Wasser aus dem Kühlschrank.

»Danke, nein.«

»Waldner erhoffte sich davon ein gutes Geschäft für die Bank«, nahm Koeberlin den Faden wieder auf. »Er wollte den Betroffenen anbieten, ihr Geld bei unserer Bank anzulegen oder, wenn sie sich weigerten, ihre Namen öffentlich zu machen.«

»Das nennt man dann wohl Erpressung.«

»Seh ich nicht so. Er hat ihnen ja die Wahl gelassen. Andere Bankhäuser haben sogar Anzeigen geschaltet, in denen sie potenziellen Heimkehrern, sagen wir mal, Asyl angeboten haben.«

»Gibt es Namen?«

Natascha Riegers Handy, das vor ihr auf dem Tisch lag, klingelte und vibrierte, und weil sie es nicht sofort abstellte, warf ihr Koeberlin einen unwilligen Blick zu.

»Ich bitte dich.«

»Entschuldigung.«

Koeberlin ging zur Tür und schaute auf den Flur, als fürchtete er, dass sie belauscht würden.

»Ob es Namen gibt, haben Sie gefragt. Ich glaub, schon, zwei oder drei, die der Detektiv ihm vorab als Köder gegeben hat.« Er nahm seine Brille ab, hauchte auf die Gläser, wischte mit einem Taschentuch darüber und setzte sie sich wieder auf. Exakt wie beim letzten Mal, stellte Farner fest, dem dieses Gehabe nicht gefiel. Einstudierte Pose oder Zeichen von Unsicherheit? So oder so, ziemlich lächerlich für einen, der sich gern souverän gab.

»Erzählen Sie weiter.«

Koeberlin nickte und fuhr fort. »Aber Waldner wollte mehr, und deshalb war er so scharf auf diese CD. Den Namen dieses Detektivs hat er uns nicht genannt.«

»Der hat sich auch nicht bei Ihnen gemeldet?«

»Nein. Vielleicht war ihm das Geschäft selber zu heiß. Denn ganz legal, kann ich mir vorstellen, kommt ein Detektiv ja wohl nicht an diese Informationen.«

»Und warum glauben Sie, dass dies alles mit dem Mord an Waldner zu tun hat?«

Koeberlin ließ sich wieder Zeit mit der Antwort. »Da war in der vergangenen Woche ein anonymer Anruf auf Waldners Mobiltelefon. Waldner war irgendwo im Haus und hatte sein Handy auf dem Schreibtisch liegen lassen. Der Anrufer hat, ohne zu fragen, wer dran ist, gesagt, nein geschrien: Ti prendo, maiale. Ich krieg dich, du Schwein.«

»Ein Italiener?«

»Allem Anschein nach, ja.«

»Haben Sie ihm das erzählt?«

»Natürlich. Aber er hat das mit einer Handbewegung abgetan und gesagt, der soll sich hinten anstellen.«

»Das heißt, es hat schon häufiger solche Drohungen gegeben.«

»Ja. Banker sind heutzutage nicht sehr beliebt.«

»Dann war entweder einer an der Reihe oder ein anderer hat sich vorgedrängt. Hat er diese Anrufe nicht der Polizei gemeldet?«

»Nein. Er hat gesagt, das bringe ja doch nichts.«

»Sehr schmeichelhaft.«

»Es gab allerdings einen Fall, aber der liegt schon einige Wochen zurück. Da hat er sich an den Staatsanwalt gewandt, den er privat kannte.«

»Welchen Staatsanwalt?«

»Martell. Sie werden ihn kennen. Der Mann, um den es ging, hieß Heitmann, glaube ich, ein Bauunternehmer aus Bozen. Die Carabinieri haben gegen ihn ermittelt und ihn vorübergehend auch festgenommen. Aber sie haben ihm nichts anhängen können und mussten ihn wieder freilassen. Ihr Kollege, der Maresciallo Terranostra, kann Ihnen mehr dazu sagen.«

»Wie bitte?«

»Der hat, soviel ich weiß, die Ermittlungen geleitet.«

Farner glaubte, in einer Clique von Falschspielern gelandet zu sein. Zwei Dinge wurden ihm schlagartig klar: warum Terranostra Waldners Adresse kannte und warum der Staatsanwalt darauf bestanden hatte, dass die Carabinieri in die Ermittlungen mit einbezogen würden. Weil sie in den Fall Waldner längst involviert waren. Warum spielt dieses Arschloch von Staatsanwalt nicht mit offenen Karten, dachte er. Und Giovanni hatte ja schon immer seine eigenen Spielregeln.

»Das war's.«

Natascha Rieger stand auf, um ihn hinauszubegleiten. Aber Farner war schon an der Tür. »Nicht nötig, ich kenn den Weg.«

Und in einer plötzlichen Eingebung: »Hubert Stöckl. Sagt Ihnen der Name was?«

»Nein.«

Die Antwort von Natascha Rieger kam prompt, während Koeberlin es für angebracht hielt, das Fenster zu öffnen und so zu tun, als ginge ihn die Frage nichts an.

»Herr Doktor Koeberlin …«

»Sie meinen den Mann, der sein Haus angezündet hat? Ich hab das in der Zeitung gelesen. Eine schreckliche Geschichte.«

»Ja. Hätte ja sein können, dass er ein Kunde von Ihnen war.«

»Nein. Tut mir leid.«

Farner verließ das Bankgebäude. Auf der Straße war es nicht mehr so laut und so voll wie vor einer knappen Stunde.

Angefressen bis zum Stehkragen stand er da und schluckte seinen Ärger herunter. Ein gütiges Schicksal hielt Giovanni erst mal von ihm fern. Denkste.

Er wollte gerade die Straßenseite wechseln, um in der Trafik schräg gegenüber eine Geburtstagskarte für seinen Neffen zu kaufen, als unmittelbar neben ihm ein Wagen hielt. Er erkannte Sandro Valetta am Steuer und neben ihm auf dem Beifahrersitz den Maresciallo.

Farner reagierte instinktiv. Wenn er nicht schneller in den Wagen stieg, als Terranostra draußen war, würde es hier auf dem Gehsteig gleich einen heißen Tanz geben. Blitzschnell öffnete er die hintere Wagentür und haute sich auf den Rücksitz.

»Was wird das?« Giovanni drehte den Rückspiegel so, dass er Farner sehen konnte.

»Ich könnte dir auch auf offener Straße in den Arsch treten, wenn dir das lieber ist.«

Valetta unterdrückte ein Kichern, und Giovanni zog, so, als würde es gleich losgehen, den Kopf ein.

Farner versuchte seinen Zorn im Zaum zu halten.

»Dich haben sie wohl … Wir ermitteln in einem Mord. Es gab eine Bedrohung Waldners, von der du gewusst hast, und eine Spur. Und du behältst das alles für dich.«

Terranostra blieb erstaunlich ruhig.

»Du meinst diesen Heitmann.«

»Ich meine, dass du die verdammte Pflicht gehabt hättest, uns darüber in Kenntnis zu setzen.«

»Reg dich ab. Die Spur kannst du vergessen. Der Mann ist seit über einer Woche bei einer Segelregatta in Kroatien. Ich hab gestern Abend mit ihm telefoniert. Der hat mit dem Mord an Waldner nichts zu tun.«

»So was kann man auch in Auftrag geben.«

»Ich habe angenommen, dass dich der Staatsanwalt eingeweiht hat.«

Das war kümmerlich. Nicht mal eine gescheite Ausrede war er diesem Lackmeier wert.

»Das kannst du deinem kalabresischen Großvater erzählen.«

»Lass meine Familie aus dem Spiel«, schnaubte Terranostra. Er stieß Valetta an: »Mach die Scheibe hoch. Muss ja nicht jeder hören, was für eine Kanaille wir an Bord haben. Hast du dich jetzt ausgekotzt?«

Er holte seine Notizen aus der Jackentasche und schaute kurz drauf, als müsse er ablesen, wie es weitergeht.

»Ich war noch mal bei der Waldner. Sie hat zugegeben, dass sich ihr Mann scheiden lassen wollte. Außerdem hat sie mir den Ehevertrag gezeigt. Gütertrennung. Es gibt keine gegenseitigen Ansprüche. Kapiert? Damit ist das Motiv, das du ihr anhängen wolltest, Asche. So, und jetzt lauf nach Hause und erzähl Mama, dass du den bösen Giovanni getroffen hast.«

»Du kannst mich mal.«

Er stieg aus.

»Ach ja, Valetta, wir machen um fünf ein Briefing. Sagen Sie das Ihrem Chef.«

Terranostra schickte ihm noch ein unfreundliches *Cazzone* nach, dann ließ Valetta den Motor an und fuhr los.

In der Tür zu der Trafik stieß Farner mit einem Mann zusammen. Er bückte sich, um die Zeitung, die dem anderen aus der Hand gefallen war, aufzuheben. Als er wieder hochkam, bedankte sich der Mann.

»Ah, Sie sind's. Dass man sich so bald wiedersieht.«

Jetzt erkannte er ihn auch. Es war einer der beiden Männer, denen sie gestern aus dem Graben geholfen hatten. Der Ältere.

Wie hieß er noch …

»Herr Ebeling?«

»Nein, Thormann. Ebeling ist mein Partner. Und Sie sind …?«

»Lukas Farner.«

»Wir sitzen da drüben im Forsterbräu. Wenn Sie uns bei einem Bier Gesellschaft leisten würden. Sie haben ja noch was gut.«

Tut mir leid, wollte er sagen. Aber dann besann er sich anders. Eine Ablenkung würde ihm helfen, wieder runterzuschalten und diesen ganzen Mist, den er heute schon erlebt hatte, wenigstens vorübergehend aus dem Kopf zu kriegen.

»Einverstanden.«

Sie gingen über die Straße und durch das Lokal in den Innenhof.

Thormann steuerte auf den Tisch zu, an dem sein Partner saß. Der erhob sich und reichte Farner die Hand.

»Hannes Ebeling.«

»Lukas Farner.«

»Aus den Augen verliert man sich hier nicht.«

Thormann legte die Zeitung auf den Tisch und forderte Farner auf, Platz zu nehmen. »Wir haben uns drüben bei dem Zeitungshändler getroffen«, erklärte er.

Farner setzte sich, und Thormann bestellte bei der Kellnerin zwei Bier.

Ebeling, der ein halbvolles Glas vor sich stehen hatte, schaute sich um. »Ich fühl mich fast wie zu Hause. Ein richtiger Biergarten, mitten in Meran.«

»Nicht der einzige. Hier gibt's sogar einen Fanclub des FC Bayern.«

»Da sind Sie bei ihm an der falschen Adresse. Ebeling ist ein Sechziger. Stimmt's?«

»Ja. Und Fan vom FC Pipinsried.«

Die Kellnerin brachte das Bier. Sie hoben die Gläser und prosteten sich zu.

Ebeling schob ihm eine Visitenkarte rüber.

»Ich habe schon eine.«

»Ich hab noch mehr.«

Farner las: Thormann & Ebeling, THOREB München Unternehmensberatung

»Kennen Sie sich in der Hotelbranche aus?«, wollte Ebeling wissen.

»Nein.« Er zögerte. »Ich bin bei der Polizei.«

»Ach herrje.«

»Keine Sorge. Für Parksünder sind die Kollegen zuständig.«

Im Laufe des Gesprächs erfuhr er, warum die beiden in Meran waren.

»Wir beraten große Hotelunternehmen, die auf der Suche nach attraktiven Standplätzen sind.«

Thorman erzählte, dass sie mit einem Mann verabredet waren, der ihnen ein Grundstück für ein Hotelprojekt verkaufen wollte.

»Wir waren gestern da oben und haben es uns angeschaut. Mal abgesehen von der Brandruine, ist die Lage wirklich einmalig. Ideal für ein Hotelresort mit allen Schikanen.«

Farner fiel ein, was ein alter Nachbar auf dem Ritten mal zu seinem Vater gesagt hat. Aus einem Bauernhof kann ein Hotel werden, aber nie wieder ein Bauernhof.

»Das Geschäft ist wohl geplatzt«, seufzte Thormann. »Wir sind sozusagen zum zweiten Mal im Graben gelandet.«

Er tippte mit dem Finger auf die Zeitung.

»Der Mann ist tot. Ermordet, steht hier.«

»Sie meinen den Bankier Waldner.«

»Ja. Wir haben heute Morgen in der Bank angerufen und mit seinem Partner gesprochen. Aber der war anscheinend nicht eingeweiht. Er hat gesagt, er wisse von nichts. Jammerschade.«

Ebeling hielt der Kellnerin sein leeres Glas hin.

»Noch eins, bitte.« Er sah Farner an. »Sie auch?«

»Nein. Ich muss los.«

»Wir haben noch eine Option. Das Thermenhotel soll zum Verkauf stehen, und das könnte für unsere Auftraggeber auch interessant sein.«

»Viel Glück.«

Farner verabschiedete sich.

In der Trafik gegenüber kaufte er die Glückwunschkarte für Leo.

Von Reisinger wusste er, dass der kleine Laden das Mekka der Zigarrenraucher war und der Besitzer, ein Meraner Original, für seine prominente Kundschaft berühmt war.

Der Himmel hatte sich zugezogen. Aber mit Regen war vorerst nicht zu rechnen. Auf dem Weg ins Kommissariat verfiel er schnell wieder in die Gangart des Ermittlers. Fakten sammeln, abwägen, kombinieren. Nach diesem Gespräch mit den beiden Männern drängten sich die Fragen nur so auf.

Was hatte Waldner mit dem Stöckl-Hof zu tun? Und was wusste Natascha Rieger darüber? Dass sie Stöckl angeblich nicht kannte, nahm er ihr jetzt nicht mehr ab. Und, als Waldners rechte Hand muss sie auch gewusst haben, dass dieses T. in seinem Terminkalender für die Verabredung mit Thormann und Ebeling stand.

Der Turm der Pfarrkirche schlug ein Uhr, als Farner auf dem Kornplatz ankam. In den letzten zehn Minuten hatte er zwei Anrufe seiner Mutter ignoriert und danach sein Handy abgestellt.

An der Ecke Meinhardstraße sah er Franz Reisinger, der mit einem Mann im Gespräch war. Er wollte weitergehen, aber als er sah, dass die beiden sich verabschiedeten, wartete er auf den Kollegen.

Reisinger war gut drauf.

»Auf geht's. Die Arbeit ruft.«

»Dann lass dich nicht aufhalten.«

»Warst du in der Bank?«

»Ja.«

»Was haben die gesagt?«

»Erzähl ich dir oben. Wer war der Mann?

»Paul Engelhard. Ein alter Freund. Er war viele Jahre Prokurist bei der ESB-Bank. Wir sind zusammen zur Schule gegangen.«

Farner fühlte sich sofort angesprochen. Und als ob das als Wink mit dem Zaunpfahl nicht schon gereicht hätte, ließ Reisinger noch den Oberlehrer raus. »So geht's auch mit alten Schulfreunden.«

»Schon gut, ich hab's verstanden.«

Auf den Stufen zum Eingang blieb Reisinger stehen und schaute zurück. »Eigentlich wollte ich ja noch was einkaufen. Bei dem Stand da vorn gibt es einen ausgezeichneten Bergkäse.«

Sein Blick ging über den belebten Platz.

»Das ist ein Schmuckstück, ein kleiner Campo de' Fiori.«

»Du hast wieder deine rosarote Brille auf.«

»Und du hast kein Gespür für die Seele einer Stadt.«

Als sie Farners Büro betraten, war Furlan gerade dabei, ausgedruckte Fotos an die Magnetwand zu heften.

»Was wird das? Eine Fotoausstellung?«

»Kann man so sagen.«

»Ihr habt euch viel Zeit gelassen da oben.«

»Dafür hat es sich auch gelohnt. Schau her, anhand der Fotos kann man den Tathergang ziemlich gut rekonstruieren.«

Ivo Gebhard kam herein und stellte sich dazu. Furlan ging die einzelnen Fotos durch und gab jedes Mal einen Kommentar dazu ab.

»Auf Waldner ist dreimal geschossen worden. Diese Hülse hier lag in der Nähe der Burgeinfahrt, daneben Reifenspuren, die nicht von Waldners Wagen stammen. Haben wir überprüft. Gilli meint, wahrscheinlich von einem Jeep. Dieses

Projektil steckte in Mannshöhe in einer Fichte. Weiches Holz, deshalb kaum deformiert. Ein Fehlschuss.«

Reisinger mäkelte. »Geht's auch etwas schneller?«

Aber Furlan ließ sich nicht hetzen.

»Hautfetzen und Blutspuren an dem Zaun, der das Burggelände von der Straße abgrenzt. An der Stelle ist Waldner über den Zaun, und von da hat der Täter auch die weiteren Schüsse abgegeben. Hier die beiden Hülsen.«

»Ich versteh nicht, dass die Schüsse keiner gehört hat«, sagte Reisinger und ging näher ran.

»Kaliber 6,5 mm. Ich tippe auf ein altes Militärgewehr. Könnte sich um ein Carcano handeln.«

Er nahm ein Foto von der Wand.

»Definitiv ein Carcano.«

Er zeigte Farner das Foto, auf dem eine Schaftkappe zu sehen war.

»Siehst du diese geschmiedete Schaftkappe mit der Putzzeug-Klappe? Die ist typisch für ein Carcano-Gewehr.«

»Wir suchen also ein Carcano-Gewehr, Kaliber 6,5, bei dem die Schaftkappe fehlt.«

»Genau.«

Furlan fuhr fort.

»Die Stofffetzen markieren die Absturzstelle unterhalb der Burg. Artistisch, wie Gillis Männer die Spuren in der Felswand gesichert haben.«

»Da ist schon mal jemand abgestürzt«, merkte Reisinger an. »Der hat allerdings überlebt.«

Gebhard wollte es genauer wissen.

»Wann soll das gewesen sein?«

In Reisingers Augen blitzte der Schalk.

»Da warst du noch nicht bei der Polizei. Vor zwölfhundert Jahren. Der Knabe hieß Arbeo, war acht Jahre alt und wurde später Bischof von Freising.«

Farner setzte sich an seinen Schreibtisch. »Der Mann steckt voller alter Geschichten. Wahrscheinlich fällt dir zu dem Gewehr auch noch was ein.«

»Ja. John F. Kennedy ist 1963 bei dem Attentat in Dallas mit einem Carcano-Gewehr erschossen worden.«

»Ich sag's ja. Wer dich hat, braucht kein Archiv.«

Er wandte sich an Furlan. »Sein Handy habt ihr nicht gefunden?«

»Nein.«

»Trotzdem gute Arbeit, Gianni.«

»Ich werd's an Gilli weitergeben. Ich muss noch mal zu ihm. Er sagt, er hat noch was.«

»Und anschließend gehen wir zwei in die Bank. Die haben sicher auch noch was für uns.«

»Wann?«

»Sagen wir, in einer halben Stunde.«

Gebhard, der am Fenster gestanden und nach jemandem Ausschau gehalten hatte, meldete sich zu Wort.

»Darf ich auch mal was sagen?«

»Hier gibt's keine festen Redezeiten.«

»Aber lange ...«

Er reichte Farner ein Blatt Papier, das in einer Klarsichthülle steckte.

»Das sind die Verbindungsdaten von Waldners Handy in den letzten zwei Monaten. Einige hab ich schon gecheckt. Die Namen hab ich dazugeschrieben. Die meisten sind privat. Gespräche mit Franziska Dahlberg, mit seiner Tochter, mit einigen Leuten aus seinem Golfclub, unter anderem auch mit unserem Herrn Staatsanwalt.«

»Die beiden sind im selben Golfclub?«

»Ja. Der Mann, den Waldner in St. Moritz treffen wollte, ist leider nicht dabei.«

Reisinger, der sich an den Besprechungstisch gesetzt hatte, schlug vor, die Taucher abzuziehen.

»Länger nach dem Handy zu suchen, macht ja keinen Sinn, wenn wir die Verbindungsdaten schon haben. Im Wasser hat er bestimmt nicht mehr telefoniert.«

Gebhard widersprach. »Besser weitersuchen. Ich sag dir auch gleich, warum. Fällt dir was auf?«, fragte er an Farner gewandt.

»Der Mann hat wenig telefoniert.«

»Mit der Nummer, ja. Ich vermute, dass er noch ein zweites Handy hatte, für geschäftliche Gespräche, oder – noch wahrscheinlicher – eine zweite SIM-Karte in demselben Handy. Von einem anderen Provider.«

»Gibt's das?«

»Ja. Du kannst zwei SIM-Karten in einem Handy haben und zwei verschiedene Telefonnummern. Ein sogenanntes Dual-System.«

Reisinger blieb skeptisch.

»Was willst du denn mit einem Handy, dass vier Tage oder noch länger im Wasser lag? Das kannst du doch gleich in den Müll werfen.«

Gebhard wollte widersprechen. Eller erschien in der Tür, mit einer Papiertüte in der Hand.

»Ivo, Nahrungsaufnahme. Einmal Griechisch-Römisch.«

Aber Gebhard ließ sich nicht stoppen und sprach weiter mit Reisinger.

»Wenn du wüsstest, wie oft man ertrunkene Handys wieder zum Sprechen gebracht hat.«

Farner unterbrach ihn.

»Geh erst mal was essen. Was ist Griechisch-Römisch?«

»Gyros mit Aurora-Sugo.«

Farner verzog das Gesicht. »Ich denke, du bist Vegetarier.«

»Nur wenn ich selber bezahlen muss. Eller hat eine Wette verloren.«

»Ich versteh. Und was habt ihr gewettet?«

»Dass wir diesen Fall in drei Tagen gelöst haben. Eller hat gesagt, in vier.«

»Die beiden sind Hellseher«, spottete Reisinger.

»Du nicht?«, konterte Gebhard. »Ach ja, du guckst ja nur in den Rückspiegel.«

»Werd nicht frech«, gab Reisinger zurück.

Eller an der Tür drückte aufs Tempo. »Jetzt komm endlich. Der Grieche ist gleich kalt.«

»Und wer ist der Mörder?«, wollte Farner noch wissen.

»Da hat die Leitung geklemmt.«

Gebhard und Eller verkrümelten sich.

Farner stand auf und setzte sich zu Reisinger an den Tisch.

»Wir brauchen einen Durchsuchungsbeschluss für die Bank und für Waldners Wohnung.«

»Was haben die gesagt?«

Er fasste in wenigen Sätzen zusammen, was er in der Bank und von den beiden Investoren aus München erfahren hatte. Vom Grund für Waldners Geschäftsreise in die Schweiz, von den Drohungen gegen ihn, dass Terranostra und der Staatsanwalt davon gewusst haben und von seinem Verdacht gegen Hubert Stöckl. »Kann sein, dass die beiden Fälle zusammenhängen.«

Reisinger griff den Gedanken auf.

»Du meinst, Stöckl hat Waldner erschossen und sich dann selber umgebracht?«

»Kann sein, ist mir aber ein bisschen zu einfach.«

»Darum sollten wir auch die andere Möglichkeit nicht außer Acht lassen.«

»Dass es einer von diesen Steuerflüchtlingen war.«

»Ja. Wenn der Mörder verhindern wollte, dass Waldner in den Besitz der CD kommt, weil sein Name darauf ist, dann ist diese CD auch für uns interessant.«

»Und wie willst du an dieses Scheißding kommen?«

Reisinger überlegte. »Vielleicht wissen die in der Bank ja doch mehr, als sie gesagt haben.«

»Mit einem Durchsuchungsbeschluss tun wir uns leichter.«

»Ich kümmere mich darum. Aber denk dran, durchsuchen lassen sich nur Räume und keine Köpfe. Mit Beschlüssen und Anordnungen erst recht nicht.«

Farner stand auf. »Ich brauch jetzt erst mal 'n Kaffee.«

»Bring mir einen mit.«

Auf dem Flur traf er Gebhard, der sich den Mund abwischte.

»Hat's geschmeckt?«

»Nicht die Bohne.«

»Beim nächsten Mal wieder vegetarisch?«

»Ja.«

Farner kam mit den beiden Kaffeebechern und stellte sie auf den Tisch.

»So, und jetzt du.«

»Paul Engelhard war 20 Jahre bei der ESB-Bank. Nein, noch länger. Die letzten zehn Jahre als Prokurist. Vor drei Jahren ist er ausgestiegen, weil er sich mit Waldner nicht verstanden hat. Seitdem pensioniert er in seiner Hütte auf der Plose und kommt nur noch ab und zu nach Meran. Aber der Reihe nach.«

Er trank einen Schluck aus dem Becher.

»Zuerst zu deinen beiden Freunden, Rieger und Koeberlin. Beide sind fast zur gleichen Zeit zur ESB-Bank gekommen. Engelhard hat die beiden noch erlebt. Die Rieger, sagt er, kommt aus Innsbruck und ist ein anständiges Mädchen mit guter Ausbildung und besten Referenzen. Sie hatte von Anfang an das Vertrauen von Waldner.«

»Ist da was gelaufen?«

»Das hab ich ihn auch gefragt. Er sagt, eher nicht, jedenfalls nicht zu seiner Zeit. Aber er könne nicht die Hand dafür ins Feuer legen.«

Reisinger warf ab und zu einen Blick auf seine Notizen.

»Bei Koeberlin war's komplizierter. Darauf komm ich noch.

Was hat Monica Waldner gesagt, wo sie ihren Mann kennengelernt hat?«

»In Mailand.«

»Das stimmt wohl. Als Hermann Waldner Student in Mailand war, stand die Bank seines Vaters kurz vor der Insolvenz. Und Monica Waldner, geborene Tessari, die von allen Tessa genannt wird, stammt von einem der größten und angesehensten Weingüter im Piemont. Eine Winzer-Dynastie. Das heißt, die Familie Tessari hat nicht auf das Geld der Waldners spekuliert, die ja keins hatten, sondern wollten ihr eigenes Geld schützen.«

»Es gibt einen Ehevertrag.«

»Das weißt du?«

»Ja. Terranostra hat das rausgefunden.«

»Darin steht Gütertrennung. Der Vater von Monica Waldner hat darauf bestanden, weil er befürchtete, dass der arme Student aus Mailand ein Mitgiftjäger sein könnte. Vor circa acht oder neun Jahren ist Enrico Tessari gestorben, und Monica Waldner und ihr Bruder haben ihn beerbt. Ein Millionenerbe. Engelhard vermutet, dass ihr Vermögen größer ist als das von Waldner.«

Reisinger stellte den leeren Becher zur Seite.

»Zurück auf Anfang. Wie gesagt, damals, vor 25 Jahren, stand die ESB-Bank kurz vor der Pleite und brauchte dringend eine Finanzspritze. Da kam Rudolf Koeberlin, ein Bankier aus Wien, ins Spiel und kaufte sich mit 17 Prozent bei der ESB-Bank ein. Engelhard glaubt, dass es bei dieser Größenordnung bis heute geblieben ist. Rudolf Koeberlin ist vor dreieinhalb Jahren gestorben, und seitdem ist sein Sohn Anteilseigner und Juniorpartner von Hermann Waldner.«

»Und wann ist Waldners Vater gestorben?«

»Der lebt noch. Engelhard war mit ihm befreundet und besucht ihn manchmal. Der Mann ist seit fünf Jahren mit schwerer Demenz in Martinsbrunn*.«

»Für so eine Familiengeschichte brauchst du 'n Kompass.«

»Ja.«

Furlan kam herein.

»Hier, Waldners Brieftasche haben sie noch gefunden. Ausweis, Führerschein, Fahrzeugpapiere, Visitenkarten, Euro und Schweizer Franken und einige Telefonnummern.«

»Gib sie Reisinger. Der ist Brieftaschenexperte.«

Furlan drängte. »Komm, lass uns gehen. Wir könnten unterwegs noch 'ne Kleinigkeit essen. Oder?«

»Einverstanden.«

Die Sonne war wieder herausgekommen, und die Stadt war nicht mehr so voll wie am Vormittag.

Im Rossini bestellten sie ein Baguette Mafia mit Salami, Mozzarella und Tomaten und eine Piadina mit Mozzarella, Rohschinken und Rucola.

Furlan nuckelte an einer Cola Light. »Valetta hat mir von deinem Zusammenstoß mit dem Maresciallo erzählt.«

»Das musst du dir vorstellen. Vor ein paar Wochen hat es eine Bedrohung gegen Waldner gegeben. Die Carabinieri haben ermittelt, und dieser Oberstratege hält es nicht für nötig, uns darüber zu informieren.«

»Was ganz anderes. Wir haben Sonntag Nachmittag ein Spiel. Meinst du, ich kann mich mal für ein paar Stunden ausklinken?«

»Ich denke, schon. Warum bist du zur Staatspolizei gegangen und nicht zu den Carabinieri?«

»Oder zu Juve oder Inter Mailand? Spaß beiseite. Ich wollte Polizist werden, das stand fest, aber im Gegensatz zu meinem Freund Valetta wollte ich keine militärische Ausbildung machen.«

»Genau so war's bei Terranostra und mir.«

»Aber ihr wart nicht befreundet.«

»Kann man so sagen.«

Nachdem sie gezahlt hatten, überquerten sie die Straße und betraten das Bankgebäude.

»Ich versteh nicht, dass die nicht zusperren, wo der Chef gerade das Zeitliche gesegnet hat«, wunderte sich Furlan.

»Geschäft geht vor Pietät und Anstand. Das müsstest du doch inzwischen mitgekriegt haben.«

Farner ging an die Rezeption.

»Würden Sie uns bitte anmelden?«

Ohne zu fragen, wer sie sind, griff die Frau an dem Empfangstisch zum Telefon.

»Frau Rieger. Hier ist Weinberger. Hier sind zwei Herren von der Polizei … Ja, sag ich ihnen.«

Sie legte auf.

»Sie sind Frau Weinberger?«

»Ja.«

»Farner. Sie haben versucht, mich zu erreichen.«

»Das hat sich erledigt. Frau Rieger erwartet sie oben.«

Natascha Rieger kam ihnen auf dem Flur entgegen. Aber sie führte sie nicht in ihr Büro, sondern zwei Türen weiter.

»Ist das Ihr neues Büro?«

Sie strich sich leicht fahrig über das Haar und lächelte. »Nein, das ist das Büro von Herrn Waldner. Bitte, gehen Sie hinein. Ich habe damit gerechnet, dass Sie wiederkommen.«

Noch eine Hellseherin, dachte Farner.

»Herr Dr. Koeberlin ist nicht da?«

»Nein. Er hat sich für heute abgemeldet. Wenn Sie ihn sprechen wollen, würde ich es mal auf dem Golfplatz versuchen.«

»Er spielt auch Golf?«

»Das gehört hier zum Image.«

»Dürfen wir uns umsehen?«

»Ich nehme an, Sie haben einen Durchsuchungsbeschluss.«

Er nickte andeutungsweise und sparte sich eine längere Erklärung. Natascha Rieger blieb in der Tür stehen.

»Sie entschuldigen mich einen Moment. Ich bin gleich wieder zurück.«

Farner ließ seinen Blick durch das Büro wandern und stellte wieder mal fest, dass die Einrichtung eines Raumes, einer Wohnung, eines Hauses eine Menge über die Menschen verriet, die darin leben. Auffallend war der wuchtige Schreibtisch, die

Vitrine mit den Golfpokalen, das Spinning-Bike neben dem Schreibtisch, das Furlan sofort ins Auge stach und auf dem er umgehend zu einer Giro-Etappe startete, und die vielen Bilder an den Wänden. Farner ging näher ran, um die Signaturen erkennen zu können: Kuperion, Leo Putz, du Parc, Segantini.

»Alles Kopien«, sagte Natascha Rieger, als sie zurückkam. »Nur die beiden Zeichnungen von Paul Flora, über dem Sessel da drüben, sind Originale.«

Sie stellte die Keksdose, die sie aus ihrem Büro geholt hatte, auf den Schreibtisch. »Mein Frühstück. Bitte, wenn Sie auch mögen.«

Farner griff hinein, während Natascha Rieger ihr Jackett auszog und über die Stuhllehne hängte.

Sie wirkte lockerer und ungezwungener, als er sie bisher erlebt hatte. Vielleicht lag es daran, dass Koeberlin nicht im Haus war. Oder dass Waldner nicht mehr lebte?

Furlan stieg vom Rad und zeigte auf seine Uhr.

Und Farner gab Gas.

»Können wir gleich zur Sache kommen?«

»Natürlich. Sie haben Neuigkeiten?«

»Ja, und ich schlage vor, dass Sie mit offenen Karten spielen. Sonst geraten Sie selber in Verdacht, mit dem Tod von Waldner etwas zu tun zu haben. Sie haben Hubert Stöckl also gekannt?«

Natascha Rieger sah ihn an, und in ihrem Blick lag die Bitte um Nachsicht.

»Ja. Er war an dem Nachmittag, bevor er sich umgebracht hat, in der Bank und wollte Waldner sprechen. Aber der hat gesagt, ich solle das übernehmen.«

»Was wollte er?«

»Stöckl gehörte zu den Kunden, die ihren Kredit nicht bedienen konnten. Ich konnte ihm nicht helfen und hab ihn weggeschickt.«

»Wie hat er reagiert?«

»Er hat geflucht, geweint und gedroht. ›Ich bring ihn um‹, hat er gesagt.«

»Haben Sie Waldner davon erzählt?«

»Nein. Der war schon im Reisefieber. Er wollte am nächsten Tag ja in die Schweiz. Ich hab das, ehrlich gesagt, auch nicht so ernst genommen.«

»Aber jetzt halten Sie es für möglich.«

»Ja. Für sehr wahrscheinlich sogar. Waldner hat ihm die Existenz genommen, und in seiner Verzweiflung …«

Hinter einer Stadtansicht von Meran hatte Furlan einen Wandtresor entdeckt. Natascha Rieger zuckte mit den Schultern.

»Ich weiß nicht, wie man den aufmacht. Und ich kann Ihnen auch nicht sagen, was da drin ist. Ich vermute, persönliche Unterlagen.«

Sie nahm einen Keks aus der Dose, machte den Deckel zu und deutete auf den Konferenztisch vor dem Fenster.

»Wollen wir uns nicht setzen?«

»Wie Sie wollen.«

Sie setzte sich mit dem Rücken zum Fenster, und Farner nahm auf einem Stuhl, der über Eck stand, Platz. Das Gespräch stockte, und einen Moment lang hatte er das Gefühl, dass die Luft raus war. Natascha Rieger spielte mit ihrer Halskette und schien in Gedanken woanders zu sein. Aber dann gab sie sich einen Ruck.

»Wo waren wir stehen geblieben?«

»Bei der Verzweiflung von Stöckl. Gab es noch mehr solche Fälle? Kunden, die ihren Kredit nicht bedienen konnten, wie Sie es ausgedrückt haben, und dafür einen hohen Preis zahlen mussten?«

»Ja. Waldner betrieb das seit Jahren. Das Muster war immer dasselbe. Ein hohes Darlehen und den Hof als Sicherheit. Die ersten zwei Jahre keine Tilgung. Damit hat er sie geködert. Dann der Einstieg mit niedrigen Raten, langsam angezogen. Parallel dazu hat er nach Investoren Ausschau gehalten. Und dann, wenn er einen Interessenten hatte und das Geschäft absehbar war, hat er den Kredit gekündigt.«

Ihm fiel das Gespräch mit den beiden Männern aus München ein, die aus Stöckls Hof einen Hotelkomplex machen wollten.

»Wie viel war Stöckl der Bank schuldig?«

»Das weiß ich nicht auswendig.«

»Dann sag ich's Ihnen. 200.000 Euro. Eingezahlt vor zweieinhalb Jahren auf das Konto von Stöckls Vater.«

Das Staunen in ihrem Gesicht amüsierte ihn.

»Woher wissen Sie das?«

»Andere Frage: Wer ist Holzmann?«

»Waldner.«

»Hat Koeberlin von diesen Geschäften gewusst?«

»Nein. Das war sozusagen ein Geschäftszweig, den Waldner allein betrieben hat. Die sind auch nicht über den Rechner der Bank gelaufen.«

»Aber mit Ihrem Wissen.«

»Ja.«

»Darüber gibt es doch sicher Unterlagen.«

»Nein. Das heißt, ja. Aber die sind nicht hier.«

»Sondern wo?«

»In einem Banksafe in Bozen. Als ich in der Zeitung gelesen habe, dass Stöckl sich umgebracht hat, habe ich Böses geahnt und sämtliche Unterlagen, Aktenordner, seinen und meinen Laptop, Speichersticks et cetera weggeschafft.«

»Um ihn zu schützen.«

»Auch. Dass er da schon tot war, hab ich ja nicht gewusst.«

»Was heißt auch?«

»Einen Teil der Unterlagen, Kopien hauptsächlich, hatte ich vorher schon in dem Banksafe deponiert. Schauen Sie nicht so. Ich hab das gemacht, um mich abzusichern. Ich hätte, falls es irgendwann mal zu einem Zerwürfnis mit Waldner gekommen wäre, was gegen ihn in der Hand gehabt.«

Sie sah zu Gianni Furlan hinüber, der am Schreibtisch stand und den Telefonhörer am Ohr hatte.

»Wollen Sie telefonieren? Das geht nicht nach draußen. Der Apparat ist nur für hausinterne Gespräche.«

Furlan legte den Hörer wieder auf. »Und wie funktioniert die Verbindung zur Außenwelt?«

»Mit Handys und Smartphones.«

Sie stand auf, holte einen USB-Stick aus ihrer Jackentasche und reichte ihn Farner.

»Auf diesem Memorystick ist alles, was Sie brauchen.«

Sie setzte sich wieder und Farner erkannte eine stille Erleichterung in ihrem Gesicht.

Wie sich diese Frau innerhalb von wenigen Stunden verändert hatte. Von einem Extrem ins andere. Von bockig und verschlossen zu kooperativ und offen. Als hätte sie am helllichten Tag ein Damaskuserlebnis gehabt.

»Glauben Sie mir, es fällt mir nicht schwer, reinen Tisch zu machen, jetzt, wo ich nicht mehr für ihn geradestehen muss.«

»Für ihn oder vor ihm?«

»Beides.«

»Dann erzählen Sie uns doch noch was über diese CD, die Waldner in der Schweiz erwerben wollte.«

»Und wenn Sie mich teeren und federn würden, ich habe wirklich keine Ahnung.«

Farner stand auf.

»Wir möchten noch in Waldners Wohnung. Würden Sie bitte den Hausmeister anrufen?«

Sie erhob sich ebenfalls, steckte ihr Taschentuch ein und schaute ihn verlegen an.

»Das ist nicht nötig.«

»Sie haben einen Schlüssel?«

»Ja.«

»Da stellt sich die nächste Frage von selbst. Hatten Sie was mit Waldner?«

»Nein.«

»Gestern und heute Morgen hätte ich Ihnen nicht geglaubt, aber da Sie sich inzwischen für die Wahrheit entschieden haben, tu ich es.«

Sie lächelte. »Erste Bewährungsprobe bestanden.«

Auf dem Weg in die Wohnung erzählte sie ihm, dass Waldner es am Anfang mal versucht hat.

»Ich hab ihm klargemacht, dass da nichts läuft. Und er hat es akzeptiert. Ich glaube sogar, dass ich dadurch in seiner Achtung gestiegen bin.«

»Wie war sein Verhältnis zu Koeberlin?«

»Doktor Koeberlin.«

»Der legt Wert auf seinen Titel, das denk ich mir.«

»Ja. Doktor Koeberlin hat Waldner viel Arbeit abgenommen, und das hat er sehr an ihm geschätzt.«

In der Wohnung von Waldner bog Natascha Rieger erst mal in Richtung Toilette ab.

»Bad und Küche schenken wir uns.«

Während sich Farner in dem Wohnstudio umsah, vertiefte sich Furlan in die Aktenordner, die nummeriert in einem Regal standen.

»Ein ordentlicher Mensch.«

»Ist mir in seinem Büro schon aufgefallen.«

Farner nahm das Fernglas, das auf einem kleinen Tisch neben dem Fenster lag. »Damit kannst du von hier aus sehen, ob es am Schloss Thurnstein einen freien Parkplatz gibt.«

»Und was willst du da oben?«

Weiter links lag das Vigiljoch noch in der Sonne. Jetzt, Ende September, lagen die Ortschaften auf der anderen Seite der Etsch am späten Nachmittag schon im Schatten. Dafür war es dort morgens ein paar Minuten früher hell.

Er legte das Fernglas zurück und ging an den Schreibtisch. Wahllos griff er eines der Papiere, die in einem Briefhalter steckten. Es war die Rechnung einer Schiffswerft am Gardasee für die Reparatur einer Motoryacht namens Elisa.

»Er hat noch eine Hinterbliebene.«

»Ich tippe mal auf eine uneheliche Tochter«, sagte Furlan, ohne von seinem Aktenordner aufzuschauen.

»Falsch. Ein Motorboot.«

»Wenn ich Ihnen helfen kann …«, bot sich Natascha Rieger an, die wieder reingekommen war und mit verschränkten Armen neben der Tür stand. »Wonach suchen Sie?«

»Nach allem, was uns auf die Spur des Mörders bringt.«

Er zeigte ihr die Rechnung, und sie nickte. »Er wollte es verkaufen und sich ein größeres Boot anschaffen.«

»Woran haben Sie gedacht, als Sie von Waldners Tod erfahren haben? Haben Sie das sofort mit jemand Bestimmtem in Verbindung gebracht?«

»Mit Stöckl, wie ich schon sagte. Aber der war ja nicht der Einzige. Es gab einige, die die Messer gegen ihn gewetzt haben.«

»Auch privat?«

»In seinem Privatleben kenn ich mich nicht aus. Seine Frau habe ich ein paarmal getroffen. Meistens bei öffentlichen Anlässen. Und es hieß mal, er hätte eine Geliebte. Aber auf Klatsch hab ich nichts gegeben. Und es hat mich auch nicht interessiert. Waldner war ein Mensch, der vielen Leuten auf die Füße gestiegen ist. So, wie ich ihn einschätze, auch privat.«

Furlan blätterte in einem Aktenordner. »Ich glaube, das hier ist was für uns.« Natascha Rieger fragte er: »Haben Sie mal 'ne große Tüte?«

Sie ging hinaus und kam kurz darauf mit einer Stofftasche zurück.

»Geht das?«

»Ja.«

Furlan nahm den Aktenordner und noch zwei andere dazu und packte sie in die Tasche.

»Ruf eine Streife. So kannst du nicht damit durch die Stadt laufen.«

Furlan ging nach nebenan und telefonierte.

»Ihre Telefonnummer brauche ich. Falls wir noch Fragen haben.«

Sie schrieb ihre Handynummer auf einen leeren Briefumschlag, der auf dem Schreibtisch lag, und gab ihn Farner.

»Kann ich sonst noch was für Sie tun?«

»Nein, das war's vorerst.«

Auf dem Weg nach draußen hielt sie ihn am Ärmel fest.

»Meinen Sie, Sie finden den Mörder?«

»Davon geh ich aus. Was wird aus der Bank?«

»Keine Ahnung. Ich werd mir wohl einen neuen Job suchen müssen.«

»Haben Sie mit Koeberlin, mit Doktor Koeberlin darüber gesprochen?«

»Ja.«

»Und was hat er gesagt?«

»Geduld, Geduld, hat er gesagt.«

»Dafür kann man sich nicht viel kaufen.«

»Gar nichts.«

»Eine Frau mit zwei Gesichtern«, stellte Furlan fest, nachdem sie sich von Natascha Rieger verabschiedet hatten. »Du hast dir viel Zeit genommen für die Lady.«

»Dafür wissen wir jetzt, wer an Stöckls Verzweiflungstat schuld war. In jedem Fall sollten wir den Maresciallo darüber informieren, dass es zwischen dem Selbstmord von Stöckl und dem Mord an Waldner einen Zusammenhang geben könnte.«

»Du willst nicht denselben Fehler machen wie Terranostra.«

»Nein. Allerdings, wenn Stöckl ihn erschossen hat, ist der Fall Waldner und die Zusammenarbeit mit den Carabinieri für uns erledigt. Gegen einen Toten wird nicht mehr ermittelt. Da hört die Strafverfolgung auf. Aber solange wir das nicht genau wissen, müssen wir weitermachen.«

Ein Streifenwagen hielt neben ihnen. Sie kannten die beiden Polizisten. Der eine auf dem Beifahrersitz war ein Freund von Eller. Sie stiegen ein.

»Hier fahr'n auch Taxis«, stichelte der Kollege am Steuer.

Furlan stieß Farner an. »Hast du das gewusst?«

»Nein.«

Franz Reisinger stand an Farners Schreibtisch und telefonierte.

»Nein … Wir sind ja erst am Anfang … Und wie sollte das gehen? … Gut, sag ich ihm. Wiedersehen. Arrivederci.«

Er legte auf. »So ein Hornochse.«

»Wer war das?«

»Der Staatsanwalt. Er sagt, du solltest die Carabinieri mehr an den Ermittlungen beteiligen.«

»Hat sich Terranostra bei ihm beschwert?«

»Das hat er nicht gesagt.«

»Von wem soll er das sonst haben?«

Farner hängte sein Jackett über die Stuhllehne und setzte sich.

Furlan zeigte auf die Tasche mit den Aktenordnern, die er in der Hand hatte.

»Was machen wir damit?«

»Wir tauschen.«

Er nahm die Aktenordner und gab Furlan den USB-Stick von Natascha Rieger.

»Schau mal, ob du noch was findest.«

»Ich mach mich gleich an die Arbeit.«

»Denk dran, um fünf kommen die Carabinieri.«

»Ist das eure Beute?«, wollte Reisinger wissen und machte es sich auf dem Stuhl vor Farners Schreibtisch bequem.

»Ja. Den Durchsuchungsbeschluss brauchen wir vorerst nicht. Natascha Rieger hat ausgepackt.«

Er schob die Notizen mit den Anrufen, die in seiner Abwesenheit in der Telefonzentrale eingegangen waren, zur Seite.

»Der Tatverdacht gegen Stöckl hat sich erhärtet. So wie's aussieht, hat Waldner ihn und andere mit faulen Krediten in den Ruin getrieben, und Stöckl hat mit ihm abgerechnet.«

»Vorsicht mit voreiligen Schlüssen. Die führen meistens in die Irre.«

»Aber manchmal sind sie auch richtig.«

»Das Problem ist, dass man das immer erst hinterher weiß. Du hast selber gesagt, dass dir das zu einfach ist.«

»Ich will nur verhindern, dass wir zu früh den Fuß vom Gas nehmen und den anderen Hinweisen nicht genug Aufmerksamkeit schenken. Was ist mit dem Gewehr?«

»Ich hab hier fünf Namen, auf die ein Carcano-Gewehr registriert ist, samt Adresse. Aber ich schätze mal, dass die Dunkelziffer viel höher ist. Erbstücke, Sammler, Wilderer. Viele wissen wahrscheinlich gar nicht, dass sie so einen alten Prügel von ihrem Großvater auf dem Dachboden haben.«

»Das hört sich nach ganz viel Arbeit an.«

»Ja, und ich denke, das ist eine fabelhafte Aufgabe für den Maresciallo und seine unterbeschäftigten Leute.«

»Womit wir gleichzeitig dem Herrn Staatsanwalt ein Stück entgegenkommen. Sag Eller und Gebhard Bescheid. Wir brauchen volle Mannschaftsstärke.«

Eher widerwillig nahm er sich die Telefonnotizen vor. Rückruf ja oder nein. Die meisten Zettel landeten gleich im Papierkorb. Ihm war jetzt nicht nach Telefonieren. Mit der Presse, die keine Ruhe ließ, sowieso nicht.

Und dann hätte es ihn fast vom Stuhl gehauen. Anne Felderer bittet um Rückruf. Die Buchhändlerin aus Bozen, der er vor einigen Jahren mal nähergekommen war.

Was könnte sie von ihm wollen?

Die Carabinieri kamen zu dritt. Terranostra, Valetta und ein Mann, den Farner nicht kannte – Simon Rupp, um die fünfzig, kräftige Statur mit leichtem Bauchansatz und einem gepflegten Schnauzbart. Terranostra stellte ihn als Neuzugang vom Landeskommando in Bozen vor. Haben sie dem Maresciallo einen Aufpasser ins Haus geschickt, fragte sich Farner. Kaum vorstellbar, und er verwarf den Gedanken auch gleich wieder.

Die drei setzten sich an den Besprechungstisch, Giovanni wie selbstverständlich ans Kopfende, wo Lukas Farner gewöhnlich saß. Gebhard und Eller kamen dazu und kurz danach auch Reisinger und Furlan. Gemischte Reihe. Als hätten sie die Kollegen aus der Petrarcastraße zu einem Kaffeekränzchen eingeladen. Reisinger musste dasselbe gedacht haben.

»Wer Kaffee will – Selbstbedienung draußen am Automaten.«

»Können wir mal. Wir sind nicht zum Vergnügen hier«, mokierte sich Terranostra.

Farner ließ sich nicht lange bitten. Er unterrichtete die Kollegen über den Stand der Dinge und speziell über den Verdacht gegen Hubert Stöckl.

»Stöckl ist tot, das haben wohl alle mitgekriegt, und wenn sich bestätigen sollte, dass er Waldner umgebracht hat, war das hier unsere letzte Besprechung. Aber so weit sind wir noch nicht.«

Valetta machte sich Notizen.

»Waldner ist vor seinem Tod mehrfach bedroht worden. Das sollten wir bei unseren Ermittlungen nicht außer Acht lassen.«

Das ging an die Adresse von Terranostra. Aber der ließ sich nichts anmerken. Bevor der selber loslegen konnte, stand Rupp, der Neue, auf, um sich einen Kaffee zu holen. Was Terranostra mit einem unfreundlichen Blick bestrafte, dem der nur dadurch entging, weil er sich in dem Moment nach einem Geldstück bückte, das ihm aus der Tasche gefallen war.

»Wir haben die Alibis von Monica Waldner, ihrer Tochter und deren Freund überprüft. Mutter und Tochter waren zur Tatzeit bei den Benediktinern im Kloster Marienberg. Und der Freund …«

Er übergab an Sandro Valetta.

»Valetta, du …«

Der besann sich einen Augenblick, weil er offenbar nicht damit gerechnet hatte, dass er was dazu sagen sollte, und blätterte in seinem Notizblock.

»Werner Hofer, der Freund der Tochter, Chefkoch im Burggräflerhof, hat den ganzen Abend in der Hotelküche gestanden. Anschließend sind er und seine Kollegen von der Hochzeitsgesellschaft, die sie bekocht haben, zum Mitfeiern eingeladen worden. Dafür gibt's etliche Zeugen.«

»Noch mal zu Monica Waldner«, hängte sich Terranostra wieder rein. »Ich habe mit einem Kollegen in Castellona gesprochen, der die Familie Tessari gut kennt. Er hat mich vorhin angerufen und alle ihre Angaben über ihre Familie bestätigt. Monica Tessari, ich meine Waldner, hatte kein Motiv, ihren Mann umzubringen.«

Farner wollte widersprechen, aber Terranostra ließ sich nicht unterbrechen.

»Das wollte ich dir noch sagen. Die Haushälterin Camilla, die auch aus dem Piemont stammt, ist eine Verwandte von Monica Waldner und hat eine enge emotionale Bindung zu ihr. Sie hat Hermann Waldner gehasst. Nur für den Fall, dass du noch eine zusätzliche Spur brauchst.«

Streiten wir jetzt, weil die Frau Italienerin ist oder weil Giovanni und er gar nicht anders können als streiten, überlegte Farner. Er erinnerte sich, was Giovanni mal gesagt hatte: »Wenn wir zwei im selben Raum sind, brennt die Luft. Also bleib lieber draußen.« Im Moment war es zwar ein bisschen heiß, aber es brannte noch nicht.

Und dann war Reisinger an der Reihe.

»Wir suchen die Tatwaffe. Vermutlich ein Carcano-Gewehr. Ich nehme an, dass den Carabinieri diese Waffe nicht unbekannt ist.«

Reisinger, der alte Fuchs. Sehr geschickt, Herr Kollege, ging es Farner durch den Kopf.

Terranostra sprang auch sofort darauf an. Er stand auf und sah sich die Fotos auf der Pinnwand näher an. Dann nahm er das Foto mit der Schaftkappe und kramte in seinem Gehirnkasten.

»Modell 91, ein Repetiergewehr. Mündungsgeschwindigkeit 700 Meter pro Sekunde, leichter Rechtsdrall. Die Standardwaffe der italienischen Infanterie bis 1945.«

Farner hakte nach. »Wie schwer?«

»Ungeladen circa vier Kilo.«

»Könnte demnach auch von einer Frau abgefeuert werden.«

Terranostra sah ihn scharf an. »Du bist immer noch bei Monica Waldner. Ich hab dir doch gesagt, die hatte kein Motiv, ihren Mann umzubringen.«

Farner wollte nicht noch mehr Öl ins Feuer gießen und beließ es dabei. Reisinger fuhr fort.

»Ich hab hier fünf Namen, auf die Carcano-Gewehre registriert sind. Aber wir werden nach sehr viel mehr Gewehren suchen müssen, nach nicht registrierten Waffen.«

»Das machen wir«, sagte Terranostra und nahm ihm den Zettel aus der Hand.

Reisinger konnte sich ein Schmunzeln nicht verkneifen. Der Maresciallo war ihm voll auf den Leim gegangen.

»Woher kriegt man die Munition für so ein altes Gewehr?«, wollte Gebhard wissen.

Terranostra blieb auch darauf keine Antwort schuldig.

»Im Internet. Im Versandhandel. Von einer serbischen Firma, von Händlern in der Schweiz ... «

»Da ist noch eine Sache«, wandte sich Reisinger an Terranostra. »Hat nichts mit diesem Fall zu tun. Eine Drogengeschichte. Ihre Leute haben einen Mann festgenommen, der für unsere Ermittlungen sehr wichtig ist. Er ist Barmann im Hillside und sollte uns zu den Hintermännern führen.«

»Nicht meine Leute. Eine andere Abteilung. Ich werde dem Kollegen sagen, er soll sich mit Ihnen in Verbindung setzen.«

Farner beendete die Besprechung.

Die Aufklärung des Falles war das eine. Aber er musste sich auch für den Umgang mit Giovanni etwas einfallen lassen, die alte Rivalität und den ganzen Dreck von früher vergessen, wenigstens so lange, wie sie an diesem Fall arbeiteten. Weil diese aufgeheizte Stimmung ja auch die Kollegen belastete. Er hatte das an den Gesichtern von Gebhard und Eller gesehen. Furlan fand diese Scharmützel eher komisch.

Die anderen waren gegangen. Jeder hatte zu tun. Nur Reisinger war geblieben.

»Hast du gesehen, wie er auf das Gewehr abgefahren ist?«

»Ja. Aber er wird sich schwertun. Wir sollten auch selber Augen und Ohren offenhalten.«

Farner blieb keine Zeit, über all das nachzudenken, weil Eller in der Tür erschien und Besuch anmeldete.

»Da ist ein Herr Steinhauer, der dich sprechen will.«

»Lass ihn rein.«

Reisinger verzog sich in sein Büro.

»Wir reden später.«

Rudi Steinhauer kam herein. Farner wies auf den Stuhl, der vor seinem Schreibtisch stand.

»Bitte nehmen Sie Platz. Sie sind der Cousin von Hubert Stöckl?«

»Ja.«

»Mein Beileid.«

»Danke.«

Steinhauer setzte sich.

»Mein Kollege hat mir gesagt, dass Sie mich sprechen wollten.«

»Ich wollte mit Ihnen über Ihren Cousin sprechen. Mehr über ihn erfahren.«

Farner setzte sich jetzt auch.

»Was war er für ein Mensch?«

»Einer, mit dem das Leben schlecht umgegangen ist.«

»Sie waren nicht nur miteinander verwandt, sondern auch befreundet, hat man mir gesagt.«

»Ja, und darum ist es für mich auch Ehrensache, dass ich mich um seine Beerdigung kümmere.«

»Wann ist die Beerdigung?«

»Morgen Vormittag. Auf dem Friedhof in Riffian.«

»Und wann?«

»Um halb elf.«

Farner notierte sich Ort und Zeit.

»Wussten Sie, dass er finanzielle Probleme hatte?«

»Ja. Er hatte jahrelang hohe Ausgaben, Arzt- und Krankenhausrechnungen für seine Eltern, die beide Krebs hatten und vor zweieinhalb Jahren kurz hintereinander starben.«

Er schluckte.

»Entschuldigung. Könnte ich ein Glas Wasser haben?«

Farner ging hinaus, kam mit einer Flasche Mineralwasser wieder, holte ein Glas aus dem Schrank und stellte beides vor Steinhauer auf den Tisch.

»Danke.«

Steinhauer goss sich ein und trank.

»Und in letzter Zeit?«

»Er war sehr bedrückt. Aber er wollte nicht darüber sprechen. Ich hab mit seiner Frau gesprochen. Elisabeth hat gesagt, jemand wolle ihnen ihren Hof wegnehmen.«

»Und das hat Sie nicht alarmiert?«

»Doch. Aber ich konnte nichts machen. Ich habe nicht gewusst, wo ich hätte ansetzen sollen, um ihnen zu helfen. Und ob ich es überhaupt gekonnt hätte.«

»Könnte es sein, dass Ihr Cousin, wenn er verzweifelt war, zu einer Waffe greift und jemanden umbringt?«

»Gott bewahre. Hubert ist kein Mörder. So ein Typ war er nicht. Der bringt sich lieber …« Er stockte. »Das hat er dann ja auch getan.«

»Selbstmord ist keine Straftat. Aber Mord. Hatte er ein Gewehr?«

»Nein. Er war keiner, der auf irgendetwas schießen konnte, weder auf Menschen noch auf Tiere.« Er nahm einen Schluck aus seinem Glas. »Möchten Sie sonst noch was wissen?«

»Nein. Danke, dass Sie gekommen sind.«

Er begleitete Steinhauer hinaus.

Das war eine Steilvorlage in die falsche Richtung. Selbst wenn er die Beteuerungen des Cousins nicht als objektiv einstufte, waren Zweifel an Stöckls Täterschaft angebracht.

Er ging an seinen Schreibtisch zurück und erledigte die Anrufe. Im Schnellgang und ohne überflüssiges Gerede. Selbst der Rückruf bei seiner Mutter, die wissen wollte, wie es ihm ging, und ihn noch mal bat, den Geburtstag seines Neffen nicht zu vergessen, war diesmal keine Nervenprobe. Den Anruf bei Anne Felderer hatte er sich bis zuletzt aufgehoben.

»Hallo Fremder«, meldete sie sich.

»Anne Felderer, die Frau, die so gern Lakritzschnecken nascht.«

»Stimmt. Fein, dass du zurückrufst.«

»Reine Neugier. Warum ruft jemand nach so vielen Jahren an?«

»Das kann ich dir sagen. Vor ein paar Tagen war deine Schwägerin in meinem Laden.«

»Du kennst sie?«

»Nein. Sie hat ein Buch bestellt, und bei dem Namen Farner bin ich natürlich hellhörig geworden. Sie hat erzählt, dass du seit Kurzem bei der Polizei in Meran bist.«

»Hat sie sonst noch was erzählt?«

»Ja. Was du in den letzten Jahren gemacht hast.« Sie lachte. »Ich bin jetzt auf dem Laufenden. Eine Frage konnte sie mir aber nicht beantworten.«

»Sprich dich aus.«

»Wie geht es Huckleberry Finn? Du hast mir mal gesagt, dass Mark Twain dein Lieblingsautor ist.«

»Ist er immer noch.«

»Dann lieg ich ja richtig. Ich wollte dir sagen, dass demnächst seine Biografie herauskommt. 100 Jahre nach seinem Tod.«

»Deshalb hast du doch nicht angerufen.«

»Nein. Das war nur ein Vorwand. Ich wollte wissen, wie es dir geht.«

Sie zögerte, bevor sie weitersprach.

»Und ich wollte deine Stimme wieder hören. Wir sind damals ziemlich abrupt unterbrochen worden.«

»Lange her. Du warst die Freundin von Giovanni.«

»Das ist danach bald zu Ende gegangen. Lukas?«

»Ja.«

»Es würde mich freuen, wenn du mich mal besuchst, wenn du in Bozen bist ...«

»Würde ich gern, aber im Moment ...«

»... bist du zu beschäftigt. Ich versteh. Ruf mich mal an.«

»Mach ich.«

»Auf Wiedersehen, Lukas.«

Sie legte auf.

Farner saß da und verstand die Frauen nicht mehr. Erst Liesbeth, die ihn mit ihrem Anruf in Verlegenheit gebracht hatte, und jetzt Anne Felderer, die ihn nach acht Jahren wiedersehen wollte.

Furlan, der Frauenversteher, kam herein und riss ihn aus allen Erklärungsversuchen.

»Bist du mit den Aktenordnern schon durch?«

»Nein. Ich bin noch nicht dazu gekommen.«

»Ich hab was auf dem Stick gefunden. Erst mal die Überweisung von Holzmann sprich Waldner auf das Konto von Erwin Stöckl.

Fünf Fälle sind so wie bei Stöckl abgewickelt worden, Darlehen gegen Hof. Und zwei weitere Kredite laufen noch.«

»Das sollte Natascha Rieger ins Reine bringen. Koeberlin weiß ja nichts davon. Was die Sache für sie leichter macht.«

»Hast du ihre Telefonnummer?«

Farner gab ihm den Briefumschlag, auf den Natascha Rieger ihre Handynummer geschrieben hatte.

»Valetta hat angerufen. Er hat Neuigkeiten.«

»Radio Scarpa.«

»Ja. Scheint wichtig. Wir treffen uns in einer halben Stunde im Dopolavoro. Wenn du Zeit hast …«

Nachdem Furlan gegangen war, nahm er sich die Aktenordner vor. Verträge, Hotelrechnungen, Spendenquittungen, Versicherungspolicen, die Ergebnisse eines Gesundheitschecks, leicht erhöhter Blutdruck und Vitamin-D-Mangel, ein Verzeichnis der Golfplätze in der Lombardei und Venetien, die Einladung zu einem Seminar in München, auf die er mit der Hand uninteressant notiert hatte, und so weiter, und so weiter. Nach einer Viertelstunde hatte er genug.

Er zog sein Jackett an, schloss das Fenster und verließ sein Büro. Er hatte nicht vor, heute noch mal zurückzukommen.

Furlan und Valetta saßen im Garten des Dopolavoro und unterhielten sich mit der Kellnerin, die ihnen gerade einen Veneziano serviert hatte. Farner setzte sich an den Tisch und bestellte ein Weizenbier.

»Sie kommt aus Montegrotto, nicht weit von Monselice«, sagte Furlan.

»Da seid ihr zu Hause.«

»Ja. Wir haben sie aber hier erst kennengelernt.«

Farner schaute sich um. Es waren nur wenige Tische besetzt.

»Nicht viel los hier draußen.«

»Ideal für ein Agententreffen«, flachste Furlan.

Die Kellnerin brachte das Bier. »Segnala se vuoi qualcosa.«

»Sì, Tiziana.«

Farner sah ihr nach, wie sie wieder ins Haus ging.

»Ti-zi-a-na. Was für ein Name.«

Furlan stieg darauf ein.

»Was ist dir lieber? Eine schöne Frau mit einem gewöhnlichen Namen oder eine gewöhnliche Frau mit einem schönen Namen?«

»Eine schöne Frau mit einem Namen, der zu ihr passt.«

»Dio mio, bist du anspruchsvoll.« Er stieß Valetta an. »Leg los, ragazzo. Was für Neuigkeiten hast du?«

Valetta begann vorsichtig.

»Der Maresciallo hat heute Morgen gesagt, dass die Spur zu diesem Heitmann eine Sackgasse ist. Aber ...«

Er rührte mit dem Strohhalm in seinem Glas.

»Es gibt einen Vorfall, der mit dem Mord an Waldner zu tun haben könnte. Deshalb haben wir diese Spur wieder aufgenommen.«

»Und Terranostra ist zu feige, uns das selber zu sagen.«

Valetta ließ sich nicht anmerken, ob er Farners Bemerkung gehört hatte, und fuhr fort.

»Der Wagen von Heitmann ist am Montagnachmittag, also am Mordtag, auf der Mebo bei Vilpian geblitzt worden.«

»Das haut ja den Stecker aus der Dose«, machte sich Furlan Luft.

»Und das hat er heute Morgen noch nicht gewusst?«, wollte Farner wissen.

»Nein. Und ich auch nicht. Bei der Feststellung des Fahrzeughalters hat es bei einem Kollegen in Bozen, der mit Terranostra befreundet ist und von den Ermittlungen gegen Heitmann wusste, geklingelt. Heute Mittag, kurz nachdem wir wieder im Büro waren, hat er angerufen und uns über den Vorfall auf der Mebo informiert.«

Valetta trank aus seinem Glas.

»Danach haben wir versucht, den Mann in Kroatien zu erreichen. Aber der war den ganzen Tag auf dem Boot. Vor einer Stunde hat er zurückgerufen. Ja, es stimmt, hat er gesagt. Er hat den Wagen einem Mann aus seiner Crew geliehen, der dringend nach Meran gemusst hat. Der Mann ist ein Architekt aus Bozen und heißt Murer. Und Simon Rupp, den ihr vorhin ja kennengelernt habt, ist eingefallen, dass vor ein paar Tagen ein Artikel über diesen Murer in der Zeitung gestanden hat.«

»Das ist ja abenteuerlich. Kannst du die Zeitung besorgen?«

»Ich bring sie euch morgen früh rein. Noch was. Heitmann hat dem Maresciallo gesagt, dass sie morgen wieder zurück sind und Murer dann alles aufklären wird.«

Valetta trank das Glas leer und stand auf.

»Ich muss noch mal ins Büro.«

Furlan deutete auf das leere Glas.

»Ich übernehm das.«

»A domani.«

»Was denkst du?«, fragte Furlan nach einer Weile.

»Ich denke, dass Terranostra deinen Freund Valetta vorgeschickt hat, um zu testen, wie wir auf diese Geschichte reagieren.«

»Und was hältst du von der Geschichte?«

»Ich weiß nicht. Würdest du einen Mord in Auftrag geben und dem Mann, der ihn ausführen soll, deinen Wagen leihen? Deutlicher kannst du ja nicht mit dem Finger auf dich zeigen.«

»Hast du noch was vor?«

»Ich war schon lange nicht mehr im Kino.«

»Dann musst du weit fahren. In Meran haben sie vor einem Dreivierteljahr das letzte Kino zugesperrt.«

»Ist das wahr? Eine Stadt mit fast 40.000 Einwohnern und kein Kino? Das gibt's doch nicht.«

»Mach dir nichts draus. Spannung und Action haben wir ja in unserem Job.«

»Und manchmal auch ein Happy End.«

Nach einem weiteren Hefeweizen entschied er sich, den Wagen im Hof des Kommissariats stehen zu lassen und zu Fuß ins Hotel zu gehen.

Samstag, 26.9.

Die ersten Minuten nach dem Wachwerden verbrachte Lukas Farner – wenn er es nicht eilig hatte – meist damit, so viel wie möglich von seinen verrückten nächtlichen Träumen zu retten. Wenn ihm das nicht gelang, blieb es bei Fragmenten, bei Geschichten, die keinen Anfang und keinen Schluss hatten. Er hatte bei Burt Lancaster Russisch gelernt und mit Lady Di in den Abruzzen Wölfe gejagt. Manchmal fiel ihm auch der Orang-Utan noch ein, mit dem er einen Tanzkurs belegt hatte.

In dieser Nacht hatte er eine Mathe-Arbeit vergeigt, er hatte nicht eine einzige Aufgabe richtig gelöst und trotzdem eine Auszeichnung bekommen. Weil der Lehrer gemeint hat, 100 Prozent falsch sei eine Rarität und noch viel unwahrscheinlicher als 100 Prozent richtig. Und ganz nebenbei ein neuer Schulrekord. Na bitte. Liesbeth hatte ihm mal gesagt, er habe im Schlaf laut gelacht und sie sei davon wach geworden. Am nächsten Morgen hatte er vergeblich versucht, den lustigen Traum wieder zu rekonstruieren.

Träume sind immer auf der Flucht. Und wenn man sie nach dem Aufwachen nicht sofort festhält, sind sie weg. Schade. Den Traumfrauen würde man ja gern auch mal in der Wirklichkeit begegnen. Traumdeutung hielt er für Kaffeesatzleserei. Vielmehr würde ihn interessieren, warum er in seinen Träumen immer selber mitten im Geschehen und nicht nur Zuschauer ist. Den Namen und das Gesicht seines Traumlehrers hatte er schon wieder vergessen.

Er stand auf, stellte sich ans Fenster und begrüßte das erste Tageslicht über den Bergen. In dem morgendlichen Vogelkonzert fehlten bereits ein paar Stimmen. Die waren vermutlich schon im Anflug auf Afrika. Obwohl die Ornithologen festgestellt hatten, dass immer mehr Vögel im Winter in Mitteleuropa blieben.

Laufen, Schwimmen, Frühstücken. Er freute sich auf sein Morgenprogramm, das ihm die richtige Power für den Tag gab. Auf der Treppe zum Tappeinerweg schnaufte ein Jogger den Berg hinauf. Da war einer noch früher dran als er.

Unten an der Rezeption wurde der Nachtportier gerade von einer Dreiercrew abgelöst, und im Hoteleingang kam ihm Antonella, die junge Praktikantin, entgegen, die ihm vor zwei Tagen zu dem Thunfischsalat ohne Zwiebeln und Bohnen geraten hatte, und grüßte freundlich. Er hatte sich ihren Namen gemerkt, weil er als Pennäler mal für eine Antonella geschwärmt hatte. Antonella Ruggiero und ihre Band Matia Bazar waren in den Achtzigerjahren die großen Stars von San Remo. Ihr Hit *Vacanze Romane* war wochenlang in den Charts ganz oben und noch heute einer seiner Lieblingssongs. *Solo tu* und *Ti sento* nicht zu vergessen. Dass sein Vater zur gleichen Zeit auch für eine Antonella schwärmte, war schon lustig. Aber dessen Flamme hieß Antonella Lualdi und war eine bekannte Filmschauspielerin.

Als er eine Stunde später zum Frühstück wollte, glich das Foyer einer Abflughalle. Es war Abreisetag. Überall standen Koffer und andere Gepäckstücke, und vor der Rezeption drängten sich die Hotelgäste, die ihre Rechnung haben wollten. Im Frühstücksraum ging es zu wie beim Sommerschlussverkauf. Als er sah, dass die Zeitungen, die gewöhnlich zur morgendlichen Lektüre auf dem kleinen Tisch neben dem Eingang lagen, schon andere Leser gefunden hatten, machte er wieder kehrt und beschloss, sich unterwegs in einem der Cafés am Rennweg mit einem Frühstück di passagio zu begnügen.

Die ersten zehn Minuten in seinem Büro gehörten den Presseberichten. Reisinger setzte sich an den Besprechungstisch und las vor, was die Zeitungen über Waldner geschrieben hatten. Über seinen Werdegang, sein Studium in Mailand, den Einstieg in die Bank seines Vaters und die Hochzeit mit der Erbin eines der größten Weingüter im Piemont. Über seine Verdienste um Sport und Kultur, über seine Rolle in zahlreichen Vereinen, die er als Mäzen oder förderndes Mitglied uneigennützig unterstützte.

»Was für ein toller Mann dieser Waldner war. Und wir haben es nicht gewusst.«

»Die besten Menschen auf der Welt findet man immer erst in Nachrufen und Todesanzeigen.«

»Deshalb trifft man sie auch so selten.«

»Weil sie sich zu Lebzeiten nicht zu erkennen geben.«

Reisinger las weiter. »Stell dir vor. Hier steht, dass er auch den Notstandsfonds für die Südtiroler Bauern unterstützt hat.«

»Wie zynisch. Mit der einen Hand hat er sie geschröpft und mit der anderen den Wohltäter gespielt.«

»Ich zitiere: Hermann Waldner war einer der erfolgreichsten Südtiroler Manager und Unternehmer.«

»Du wirst sehen, der kriegt posthum noch den Verdienstorden.«

»Den hat er längst, steht hier.«

»Nichts über den Mord?«

»Nur Spekulationen und Gerüchte. Dieser hier vermutet einen Zusammenhang mit dem Bankencrash in Amerika.«

»Womit wir bei unseren eigenen Spekulationen wären. Gibt's was Neues?«

Reisinger legte die Zeitungen zusammen und schob sie zur Seite.

»Ja. Ich hab gestern Abend den Mann erreicht, mit dem Waldner in St. Moritz verabredet war.«

»Sag bloß.«

»In Waldners Brieftasche waren verschiedene Telefonnummern. Eine davon gehört einem Vinzenz Burger. Zuerst hat er so getan, als höre er den Namen Waldner zum ersten Mal. Aber ich habe nicht locker gelassen, und schließlich hat er zugegeben, dass er mit Waldner verabredet war. Zum Golfspielen. Von einer CD wisse er nichts.«

Pause. Eine wohlbedachte Unterbrechung. Farner wusste, das war eine von Reisingers Finessen, Dingen eine Bedeutung zu geben und sie wie eine Verlautbarung klingen zu lassen. Effekthascherei. Klar. Aber keiner von ihnen nahm es ihm übel, denn es war allemal spannender als monotones Ableiern. Und den Faden verlor er dabei nie.

»Er hat gelogen«, setzte Reisinger nahtlos fort.

»Wieso?«

»Weil ich die CD gar nicht erwähnt habe. Ich hab nur gefragt, ob es bei der Verabredung nicht auch um italienische Steuersünder gegangen sei. Man kann sich die entsprechenden Namen ja auch aufschreiben und per Fax oder SMS verschicken. Aber er hat gewusst, dass es um eine CD ging. Danach habe ich ein bisschen recherchiert. Der Mann wohnt in Zürich. Aber in Zürich gibt es zwei Vincent Burger. Der eine ist Journalist und der andere Bankkaufmann. Such dir einen aus.«

»Und wozu?«

Farner sah die Enttäuschung in Reisingers Gesicht.

»Sei mir nicht böse, aber ich gebe nicht viel auf diese Spur. Für den Mord an Waldner kommt weder der eine noch der andere in Betracht.«

»Aber die CD mit den Namen.«

»Das ist nicht unser Bier. Ruf von mir aus die Guardia di Finanza an. Dann haben die auch was davon.«

Reisinger stand auf und warf die Zeitungen in den Papierkorb.

»Stöckl oder wer?«

»Wir können uns den Mörder nicht aussuchen. Aber auch wenn Terranostra vehement anderer Meinung ist – wie du ja erlebt hast –, ist Monica Waldner für mich noch nicht aus dem Spiel.«

»Lass dich nicht vom Trotz gegen deinen alten Freund leiten.«

Farner nahm das Büchlein, das auf seinem Schreibtisch lag, und las den Titel.

»*Es fügt sich*. Ist das von dir?«

»Ja.«

»Bezieht sich das auf unseren Fall?

»Der fügt sich auch. Da mach ich mir keine Gedanken. Nein, Gebhard hat mir gesagt, dass du wissen wolltest, wie Oswald von Wolkenstein zu seinen Ohrringen gekommen ist.«

»Nun ja.«

»In dem Büchlein beschreibt er, wie ihm die Königin von Aragón mit ihren weißen Händen seine Ohren mit einem Messingnäglein durchstochen und ihm zwei Ringe daran gehängt hat.«

Farner verbarg, so gut es ging, sein Desinteresse.

»Sehr interessant.«

Er legte das Buch auf den Aktenstapel. »Ich nehme es mal als gutes Omen für unsere Ermittlungen.«

»Übrigens, Oswald von Wolkenstein ist nicht weit von hier in der landesfürstlichen Burg gestorben. Luftlinie 200 Meter.«

Farner nahm den Autoschlüssel vom Schreibtisch und steckte ihn ein.

»Ich fahr jetzt zu 'ner anderen Beerdigung. Hubert Stöckl wird heute beigesetzt.«

»Dann lass dich nicht aufhalten. Wenigstens gibt es keine Eselsbegräbnisse* mehr.«

Farner hatte sich verfahren. Er war zu früh von der Hauptstraße abgebogen und auf dem falschen Friedhof gelandet. Friedhofsmauern sehen alle irgendwie gleich aus. Und sind unsinnig, hat Mark Twain gesagt. Die, die drinnen sind, können nicht hinaus, und die, die draußen sind, wollen nicht hinein.

Als er beim Friedhof in Riffian ankam, war die Zeremonie am offenen Grab fast zu Ende. Er schätzte, dass es an die 100 Leute waren, die Hubert Stöckl die letzte Ehre erwiesen. Er blieb neben dem Eingang stehen. Ein älterer Mann entfernte sich von den anderen und kam langsam auf ihn zu. Es war Johann Gottwald. Stöckls Schwiegervater grüßte nicht, als er an ihm vorbeiging und den Friedhof verließ. Aber Farner glaubte ein leises »Kommen Sie« gehört zu haben und folgte ihm.

Gottwald hatte sich auf eine Bank in den Schatten der Friedhofsmauer gesetzt und war dabei, sich eine Zigarette zu drehen.

Farner setzte sich zu ihm und bestaunte die Fingerfertigkeit, mit der der Alte den Tabak in das Papierblättchen gab und es rollte, bis es wie eine Zigarette aussah. Danach befeuchtete er den Klebestreifen mit seiner Zungenspitze und zündete den selbst gebastelten Glimmstengel an.

Dann erst begann er zu reden.

»Jemand hat mir gesagt, dass der Hubert einen Mann erschossen haben soll.«

Jemand. Das konnte nur Rudi Steinhauer sein, Stöckls Cousin, der gestern in seinem Büro war.

»Stimmt das?«

Farner zögerte, weil er sich nicht sicher war, ob er jetzt und hier bei Stöckls Begräbnis darüber sprechen sollte. Im Grunde wusste er nicht einmal, warum er überhaupt hergekommen war.

»Sie antworten nicht. Also stimmt es.«

»Gerüchte.«

Gottwald zog wieder an seiner Zigarette und stieß kleine Wölkchen aus, denen er versonnen nachschaute.

»Man kann in die Menschen nicht hineinsehen. Aber man lernt, sie im Laufe der Zeit einzuordnen. Der Hubert war einer, der lieber weggerannt ist, als sich zu wehren. Und jemanden erschießen? Nein.«

So was Ähnliches hatte Steinhauer auch gesagt.

Gottwald warf die Zigarettenkippe auf den Boden und trat sie mit dem Schuh aus. »Wann ist dieser Mann erschossen worden?«

»In derselben Nacht, in der Hubert Stöckl seinen Hof angezündet hat. Hatte Ihr Schwiegersohn ein Gewehr?«

»Das weiß ich nicht«, kam es barsch zurück. »Ich weiß nur, dass er in dieser Nacht vor meinem Haus stand. Doch das habe ich Ihnen schon gesagt.«

»Aber nicht genau, wann.«

»Und Sie haben mir nicht gesagt, wann genau dieser Mann erschossen wurde.«

»Um kurz vor Mitternacht.«

»Dann kann er es nicht gewesen sein. Kurz nachdem er gegangen ist, hat es Mitternacht geschlagen. Daran erinnere ich mich genau. Ein Mensch kann nicht gleichzeitig an zwei Orten sein. Oder hat sich das inzwischen auch geändert?«

»Schon gut.«

Er merkte, dass Gottwald immer unleidlicher wurde, und beendete das Gespräch. Immerhin tröstlich, dachte er auf dem Weg zu seinem Wagen, dass der alte Grantler, der jahrelang nichts mit seinem Schwiegersohn zu tun haben wollte, nach dessen Tod eine Lanze für ihn gebrochen hatte.

Nach seiner Rückkehr traf er Ivo Gebhard auf dem Flur.

»Wo warst du?«

Gebhard schnalzte mit der Zunge. »Im Datenhimmel.«

»Ach ja?«

»Was da an Informationen unterwegs ist. Ein Paradies für jeden Ermittler, sag ich dir. Und du warst auf dem Friedhof, hat Reisinger gesagt.«

»Ja. Das Tor zum Paradies.«

In seinem Büro erzählte er Gebhard von dem Gespräch mit Gottwald und dass Stöckl zur Tatzeit nicht am Tatort gewesen sein kann.

»Der Alte kann dir ja viel erzählen, aber ich habe das bessere Alibi für seinen Schwiegersohn. Hubert Stöckl hat exakt um zehn Minuten nach Mitternacht von seinem Festnetz eine Nummer angerufen, die wir schon kennen.«

Er hatte sich die Nummer aufgeschrieben und las ab.

»348 / 36 47 287«

»Das ist …«

»Die Handynummer von Waldner. Ich weiß nicht, was er von ihm gewollt hat, aber wenn er gewusst hätte, dass Waldner da schon tot war, hätte er ihn bestimmt nicht angerufen. Damit können wir Hubert Stöckl wohl von unserer Liste streichen.«

»Wir haben gar keine Liste.«

Obwohl sie jetzt wieder bei null anfangen mussten, spürte Farner so was wie Erleichterung. Der Gedanke, dass Hubert Stöckl der Mörder von Waldner sein sollte, hatte ihm von Anfang an nicht gefallen.

»Weiß Reisinger das schon?«

»Ja.«

»Wo ist er?«

»Er trifft sich mit einem Capitano von der Finanzpolizei. Er hat gesagt, du wüsstest, warum.«

»Es geht um den Mann in der Schweiz, mit dem Waldner verabredet war. Reisinger hat ihn ausfindig gemacht.«

»Davon hat er nichts gesagt.«

»Da siehst du mal, im Verschweigen der eigenen Erfolge liegt die wahre Größe.«

»Aber wir sind hier nicht bei einem Bescheidenheitswettbewerb, sondern bei der Polizei, die einen Mord aufklären soll.«

»Da hast du auch wieder recht. Ich darf dir aber sagen, dass die Spur in die Schweiz nur ein Nebengleis ist.«

Gebhard holte die Zeitungen, die Reisinger in den Papierkorb geworfen hatte, wieder heraus und glättete sie mit der Handfläche.

»Die hab ich noch nicht gelesen.«

»Nimm sie mit.«

»Ich bin noch nicht fertig.«

»Noch mehr Informationen aus dem Datenhimmel?«

»Ja. Wir sind bisher davon ausgegangen, dass Elisabeth Stöckl etwa auf der Höhe von Klausen gewesen ist, als sie die SMS ihres Mannes gekriegt hat. Aber die Schwester muss sich geirrt haben. Wir haben mithilfe des Providers den Eingang dieser SMS lokalisiert, und demnach war sie zu der Zeit schon in Meran.«

Er versetzte dem Tisch einen leichten Tritt. »Das wirft neue Fragen auf.«

»Und zwar …?«

»Ich meine, dass es genauso gut Elisabeth Stöckl gewesen sein könnte, die Waldner erschossen hat.«

»Ich glaube, wir versteigen uns da. Gibt es Nachrichten aus dem Krankenhaus?«

»Nein. Aber ich hab noch was aus ihren Verbindungsdaten. Einige Stunden vorher hat sie eine Telefonnummer in Meran angerufen, einen Pfarrer in Obermais. Er hat das bestätigt, aber er wollte am Telefon nicht darüber sprechen. Er hat gesagt, wir sollen um drei vorbeikommen.«

»Wie gnädig. Aber versprich dir nicht zu viel davon. Pfarrer und Anwälte haben das Recht zu schweigen und machen auch gern Gebrauch davon.«

»Willst du noch was wissen?«

»Her damit.«

»Elisabeth Stöckl hatte Kontakt mit Monica Waldner. Sie haben ein paarmal miteinander telefoniert.«

»Wann?«

»Ist schon zwei Wochen her.«

»Sie wird versucht haben, über Waldners Frau den Zugriff auf ihren Hof abzuwenden.«

»Möglich.«

Gebhard klemmte sich die Zeitungen unter den Arm und ging. In der Tür hätte ihn Furlan fast umgerannt. Ohne sich weiter mit dem Kollegen aufzuhalten, rückte der Vizeinspektor einen Stuhl heran und hockte sich vor Farners Schreibtisch.

»Halt dich fest. Ich hab gerade mit Natascha Rieger telefoniert. Sie hat den betroffenen Bauern geschrieben, dass alle

Vereinbarungen mit Waldner nichtig sind. Heißt: normale Rückzahlungsraten, neue Laufzeiten und Verzicht der Bank auf die Sicherungsgarantien. Sie sagt, sie hätte das gleich nach unserem Weggang in Ordnung gebracht.«

»Vom Saulus zum Paulus. Die Frau ist ständig für neue Überraschungen gut.«

»Die Bank erhebt auch keinen Anspruch mehr auf den Stöckl-Hof beziehungsweise auf das, was davon übrig geblieben ist.«

Furlan fuhr sich mit der Hand durchs Haar und seufzte.

»Wenn das alles eine Woche früher passiert wäre, hätte Stöckl nicht ...«

»Hör auf. Es tut weh, wenn du das zu Ende denkst. Hat Valetta die Zeitung schon gebracht?«

»Ja. Ich hol sie dir gleich.«

Farner sah sich den Obduktionsbericht an. Er las und gähnte und bemerkte nicht, dass Reisinger in der Tür aufgetaucht war und ihn schon eine ganze Weile musterte.

»Jaja. Frühaufsteher sind morgens arrogant und mittags schon müde.«

»Du kannst einen ganz schön erschrecken.«

Reisinger kam näher. »Wie läuft's?«

»Wir treten sozusagen zügig auf der Stelle. Ein Scheißjob ist das. Du denkst, du hast einen Faden in der Hand und schon kommt einer, und nimmt ihn dir wieder weg.«

»Das wird schon. Ist zwar schon lange her, aber wir hatten auf der Polizeischule in Spoleto einen Ausbilder – ein ausgemachter Musikliebhaber –, der den Fortgang polizeilicher Ermittlungen mit dem Aufbau eines Klavierkonzerts verglichen hat. Demnach befinden wir uns gerade in einer Ritardando-Phase. Wir können also darauf hoffen, dass es bald presto und vivace weitergeht.«

»Man kann sich alles schönreden. Du warst bei den Finanzern?«

»Ja.«

»Und?«

»Sehr erfreut. Sie wollen sich umgehend mit den Kollegen in der Schweiz in Verbindung setzen. Und wenn sie die CD haben, werden sie uns die Namen geben. Falls wir unseren Fall bis dahin noch nicht gelöst haben.«

Furlan kam mit der Zeitung und schlug die betreffende Seite auf.

»Wieso lachst du?«

»Lies mal die Bildunterschrift. ›Der Scheich (li.) und der Bozner Architekt Armin Murer (re.) bei der Begrüßung im Foyer des Palace.‹ Gut, dass die links und rechts dazugeschrieben haben. Sonst hätte ich die beiden glatt verwechselt.«

Farner las und fasste anschließend für Reisinger zusammen.

»Der Murer hat die Ausschreibung für den Bau eines Einkaufszentrums in Abu Dhabi gewonnen. Einer von den Scheichs, der zurzeit auf Kur in Meran ist, hat ihn am letzten Montag im Palace empfangen. Die beiden haben den Vertrag unterschrieben und sich bei einem gemeinsamen Abendessen über die Einzelheiten, den Baubeginn, die voraussichtlichen Kosten etc., ausgetauscht.«

Farner machte eine kurze Pause.

»Und nach dem Abendessen ist dieser Architekt zum Zenoberg gefahren und hat den Banker im Auftrag seines Segelfreundes Heitmann abgeknallt.«

»Das steht da aber nicht …«

»Nein. Hört sich auch ziemlich dumm an. Oder?«

»Saudumm.«

»Aber genau das glaubt offenbar der Maresciallo.«

Furlan nahm die Zeitung wieder an sich.

»Valetta will sie wiederhaben. Er sagt, die brauchen sie noch.«

»Hat er gesagt, wie weit sie mit den Nachforschungen nach dem Gewehr sind?«

»Sie suchen noch.«

»Es wär auch besser, wenn sie sich darauf konzentrieren würden.«

Der Hunger regte sich. Für die Verabredung mit dem Pfarrer blieb noch genügend Zeit. Gebhard hatte vorgeschlagen, ins Relax zu gehen, weil das auf dem Weg lag und weil es dort eine gute Pizza Diavolo gab und zum Dessert Pannacotta mit Waldfrüchten.

Sie saßen draußen, im Schatten einer hohen Zeder. Drüben, auf der anderen Seite der Passer auf der Winterpromenade, wo jeden letzten Samstag im Monat ein Flohmarkt stattfand, waren die Händler dabei, ihre Stände abzubauen. Farner spürte die Entspannung und genoss den Augenblick. Wenn man den ganzen Tag unter Strom steht, braucht man ab und zu eine Pause. Sonst knallen die Sicherungen durch. Sie waren schon bei der gekochten Sahne, als Gebhard Farner anstieß.

»Guck mal, wer da kommt. Deine Freundin, die Ärztin.«

Ariane Falk kam über die Straße und direkt auf ihren Tisch zu. Sie trug ein dunkelgrünes Kleid, über den Knien etwas zu hoch geraten, fand er, und über der Schulter eine teure Designer-Tasche mit einem großen V darauf. Versace oder Valentino?

»Sieh mal an, die Herren in derselben Besetzung wie beim letzten Mal.«

Farner stand auf, wie sich das gehört. Seine Mutter hätte ihm jetzt vermutlich den Ritterschlag gegeben.

»Ich hab gern einen zweiten Mann dabei, wenn ich einer schönen Frau begegne.«

»Hast du Angst allein?«

»Ja.«

»Wie niedlich. Kann ich mich zu euch setzen?«

Farner zeigte auf die beiden freien Stühle.

»Bitte.«

Ariane Falk nahm den Stuhl neben seinem und stellte ihre Tasche auf den anderen Stuhl.

»Wie ich sehe, habt ihr schon gegessen? Ich will nur einen Espresso.«

Farner nahm auch wieder Platz. »Du hast mir quasi das Telefon aus der Hand genommen. Ich wollte dich anrufen …«

»In Meran muss man sich nicht verabreden. Hier trifft man sich sowieso.«

Die Bedienung kam an den Tisch und räumte das Geschirr ab. Ariane Falk bestellte einen Espresso.

Gebhard sah zu dem Hotel hinüber, wo gerade ein Rolls Royce durch das Tor auf die Straße bog.

»Ich habe Sie aus dem Palace kommen sehen. Haben Sie da übernachtet?«

Farner fand, dass ihn das nichts anging. Aber Ariane Falk nahm es lässig.

»Wird das ein Verhör?«

»Nein. Der Kollege ist von Natur aus neugierig.« Und das ist in seinem Beruf ja nicht schlecht, hätte er beinahe hinzugefügt. Aber das wiederum ging Ariane Falk nichts an.

»Ich hab mich angemeldet. Eine Woche Biontologie.«

»Nie gehört.«

»Das ist die Wissenschaft des optimalen Alterns.«

Der Versuch, an dieser Stelle ein Kompliment anzubringen, konnte nur schiefgehen, ermahnte sich Farner und ließ es.

Aber Gebhard trat mitten hinein in das Fettnäpfchen.

»Dann waren Sie wohl schon häufiger da.«

»Und Sie sollten nicht zu spät damit anfangen«, konterte sie lachend. »Ist auch was für Männer. Viele Prominente kommen hierher, Sänger, Schauspieler, Politiker.«

»Sogar Scheichs aus dem Orient.«

»Stimmt. Ich hab vorhin einen gesehen.«

Der Espresso kam. Ariane Falk wollte zahlen. Aber Gebhard, ganz Kavalier, war dagegen. »Lassen Sie nur. Das macht der Kollege.«

Sie trank den Kaffee und sah Farner an.

»Warum wolltest du mich anrufen?«

»Du hast sicher von dem Mann gelesen, der sich in seinem Haus umgebracht hat. Seine Frau liegt im Koma.«

»Eine Tragödie.«

»Deine Sprechstundenhilfe hat nach ihr gefragt.«

»Die Polizei weiß alles.«

»Ja. Und was sie noch nicht weiß, kriegt sie früher oder später raus.«

»Elisabeth Stöckl ist eine Patientin von mir. Brigitte Debus hat eine alte Tante im Krankenhaus besucht, und ich hab ihr gesagt, sie soll sich bei der Gelegenheit mal nach Frau Stöckl erkundigen.«

Nebenan vor dem Eingang zum Sissi-Park stand ein älteres Paar mit einem Hund an der Leine.

Ariane Falk rief laut: »Ronny!« Aber der Hund reagierte nicht.

»Kennst du den Hund?«

»Nein. Aber genauso einer hat sich im letzten Sommer auf Elba in mich verliebt.«

Sie kramte in ihrer Tasche.

»Was ist das für eine Rasse«, wollte Gebhard wissen.

»Ein Lagotto Romagnolo. Ronny, mein Held. Ein anderer Hund hatte mir mein Bikini-Oberteil gestohlen und war damit weggelaufen. Dann kam Ronny. Er ist ihm nachgerannt, hat es ihm wieder abgenommen und mir zurückgebracht. Und danach kam er jeden Tag auf meine Decke. Liebe auf den ersten Blick.«

Sie zeigte den beiden das Foto, das sie aus der Tasche geholt hatte.

»Wau.«

Gebhard wollte das Bild gar nicht wieder aus der Hand geben.

Dr. Ariane Falk oben ohne am Strand. Auf ihrem Arm der Hund, der an ihrem Ohr knabberte.

»Sehr schön«, sagte Farner und gab ihr das Foto zurück.

»So, ich muss wieder in die Praxis.«
Sie nahm ihre Tasche und stand auf.
»Heute ist Samstag«, warf Farner ein.
»Und morgen ist Sonntag. Der ganze Papierkram. Den schaff ich nur am Wochenende, wenn die Praxis geschlossen ist. Und morgen früh ist eh schon verplant.«
»Da gehst du in die Kirche.«
»Nein, ins Fitnesscenter. Komm doch mal mit.«
»Geht nicht. Unsere Praxis ist morgen nicht geschlossen. Und außerdem hab ich mein eigenes Fitnessprogramm.«
»Schade. Ich würde dich gern mal am Butterfly* schwitzen sehen.«
Sie verabschiedete sich mit einer Kusshand für beide und rauschte davon.
Gebhard musste seinen Kommentar dazu rauslassen.
»Mein lieber Schwan. Wenn du nicht aufpasst, hast du sie an der Backe.«
Farners Handy klingelte. Es war Valetta.
»Commissario?«
»Ja, was gibt's?«
»Der Murer ist jetzt da.«
»Ja, und? Schafft ihr das nicht allein?«
»Der Maresciallo sagt, Sie hätten was gegen Alleingänge.«
Das war hinterlistig. Jetzt rächt er sich, indem er mir meine eigenen Sprüche um die Ohren haut, dachte Farner.
»Ist gut, in zehn Minuten.«
Er steckte das Handy wieder ein.
»Das war Valetta. Die Carabinieri brauchen Verstärkung.«
»Und was wird mit unserem Pfarrer?«
»Mit deinem Pfarrer. Den schaffst du auch alleine. Dafür übernehme ich deine Spesen.«

Farner hielt vor dem Gittertor der Carabinieri-Kaserne, das sich wenig später lautlos öffnete. Das war sein erster Besuch in der Petrarcastraße. Zona Militare, stand auf dem Schild am Zaun neben dem Eingang. Der Brigadiere in der Wachstube beschrieb ihm den Weg. Zweiter Stock rechts.

Terra incognita. Das Erste, was ihm auffiel, als er Terranostras Büro betrat, waren die vielen Grünpflanzen. Der Maresciallo saß an seinem Schreibtisch, eingerahmt von zwei großen Porträts, links der Staatspräsident, rechts der Generalkommandant, und dazwischen, leicht erhöht, ein Kruzifix. Murer, der Architekt, ein Mann um die 40, saß leicht nach vorn gebeugt auf einem Stuhl vor dem Schreibtisch. Hinter ihm Valetta und Rupp auf einem schwarzen Kunstledersofa. Terranostra, der die aufgeschlagene Zeitung mit dem Foto aus dem Palace vor sich hatte, zeigte auf den Stuhl neben der Tür.

»Setz dich.«

Jawohl, Herr Lehrer.

»Weiter geht's«, wandte er sich wieder an Murer. Der ließ sich aber von Terranostras scharfem Ton nicht beeindrucken.

»Am Sonntag kam der Anruf von dem Scheich, der in Meran war und mich sehen wollte. Ich wusste vorher nichts von dem Termin. Der Vertrag sollte erst im November unterschrieben werden. Heitmann hat gesagt, da muss ich hin, und hat mir seinen Wagen angeboten.«

»Hier steht, dass Sie mit dem Scheich zusammen zu Abend gegessen haben. Was war danach?«

»Ich habe einen Freund angerufen und gesagt, er soll kommen. Wir wollten das feiern.«

»Avanti«, drängte Terranostra, weil Murer eine Pause machte. Aber der blieb bei seiner betulichen Erzählweise.

»Wir waren zuerst in der Hotelbar und sind später weitergezogen.«

»Wohin?«

»Wenn ich das noch wüsste ...«

»Name, Adresse und Telefonnummer des Mannes.«

Valetta schrieb alles mit.

»Und am nächsten Mittag bin ich nach Šibenik zurückgefahren.«

»Stimmt«, sagte Valetta, »ich habe hier die Telepass-Daten von der Mautstelle in Bozen-Süd.«

»Was wissen Sie über das Verhältnis von Heitmann zu dem Bankier Waldner?«

»Nichts.«

Diesmal kam die Antwort ohne Zögern. Man musste kein Psychologe sein, um zu sehen, und Giovanni sah das auch, dass der Mann log.

»Haben Sie ein Gewehr?«

Da Murer nicht antwortete, mimte Terranostra den Schützen.

»Ein Gewehr. Eine Waffe. Peng, peng.«

Rupp und Valetta hatten ihren Spaß an der Nummer.

»Ja. Eine Jagdflinte. Eine eingetragene Brenner BF 18.«

»Ist gut. Sie können gehen. Aber halten Sie sich zu unserer Verfügung. Wir müssen Sie jederzeit erreichen können. Ist das klar?«

Murer nickte und verließ den Raum.

Valetta und Rupp erhoben sich.

»Brauchst du uns noch?«

»Später.«

Terranostra nahm die Gießkanne, die auf dem Fensterbrett stand, und begann, seine Pflanzen zu gießen.

»Du kannst auch gehen. Oder willst du hier übernachten?«

»Kannst du mir mal sagen, warum ich herkommen sollte?«

»Damit du mal siehst, wie man ein Verhör führt.«

»Du hast ja 'n Schatten.«

Farner hatte das Auswärtsspiel bei Terranostra schnell abgehakt. Solange die Carabinieri mit Murer und der Suche nach der Tatwaffe beschäftigt waren, würden sie ihnen bei ihren eigenen Ermittlungen nicht zwischen den Beinen rumlaufen.

Am Eingang zum Kommissariat kam ihm Elmar Gilli, das Fässchen, entgegen, die Lebensfreude auf zwei Beinen. Man muss ihn nur anschauen, dachte Farner, und schon ist der Zug wieder auf den Gleisen.

»Die Spurensicherung verabschiedet sich ins Wochenende. Hast du unseren Bericht gelesen?«

»Noch nicht.«

»Lass dir Zeit. Ihr wisst eh schon alles. Ciao bello.«

Farner schaute ihm nach und sah, wie eine Frau auf Gilli zuging und ihn mit einem Kuss begrüßte und der Hund, den sie dabeihatte, wie narrisch an ihm hochsprang. Und augenblicklich fiel ihm der Hund wieder ein, den Ariane Falk auf dem Foto auf dem Arm hatte. Aufgenommen am Strand von Elba.

Elba? Halt mal. Plötzlich schoss ihm etwas durch den Kopf. Kaum dass er oben in seinem Büro war und das Fenster geöffnet hatte, um frische Luft reinzulassen, nahm er sich die Aktenordner aus Waldners Wohnung noch mal vor.

»Suchst du was Bestimmtes?«

Gebhard war hereingekommen. Farner sah ihm an, dass er Neuigkeiten hatte.

»Setz dich. Erzähl mal, wie war's bei dem Pfarrer?«

»Du hast recht gehabt. Niente.«

Farner suchte weiter, während Gebhard berichtete.

»Er hat mir einen langen Vortrag über die sieben Sakramente der katholischen Kirche gehalten. Ich hab gedacht, ich bin wieder im Firmunterricht. Lange Rede, kurzer Sinn: Er hat sich auf das Beichtgeheimnis berufen. Immerhin hat er zugegeben, dass Elisabeth Stöckl bei ihm gebeichtet hat. Und zwar sehr spät am Abend. An die genaue Zeit kann er sich nicht mehr erinnern. Und dass er ihr gesagt hat, sie solle damit zur Polizei gehen.«

»Das hat sie nicht getan.«

»Nein.«

»Wir können nur hoffen, dass sie bald aus dem Koma aufwacht.«

Farner schlug den nächsten Aktenordner auf.

»Mir ist vorhin was eingefallen. Auf dem Foto, das uns Ariane Falk gezeigt hat, stand auf der Rückseite ein Datum.«

»Hab ich nicht drauf geachtet.«

»Irgendwann im August voriges Jahr. Ich meine, der 9.8.«

»Aber mir ist was anderes aufgefallen. Hätte ich fast vergessen.«

Er ging nach nebenan und kam mit Eller im Schlepptau gleich wieder zurück.

»Schau dir mal diese Haarklammer an. Eine Eidechse. Die war bei den Sachen, die wir in Waldners Handschuhfach gefunden haben. Und genau so eine hat Ariane Falk auf dem Foto im Haar gehabt.«

»Davon gibt's wahrscheinlich Hunderte.«

»Franziska Dahlberg gehört sie nicht«, meldete sich Eller.

»Du warst bei Franziska Dahlberg?«

»Ja, drüben in ihrem Laden. Ich habe gedacht, im Ausschlussverfahren können wir herausfinden, wem das Ding gehört.«

»Weißt du, wie viele Frauen Waldner in seinem Wagen kutschiert hat?«

»Nein. Ich hab ja auch nicht gesagt, dass das leicht ist.«

»Stopp mal.«

Farner nahm eine abgeheftete Seite aus dem Aktenordner und las sie sich noch mal durch.

»Treffer. Eine Hotelrechnung für zwei Personen vom 4. bis 11.8.2008, Hotel Desiree, Procchio, Via Spartaia.«

Gebhard schnallte es als Erster.

»Du meinst, Waldner und Ariane Falk?«

»Ich meine noch gar nichts. Aber ich werde sie danach fragen. Gib mir die Eidechse. Versuchen wir's mal mit Ellers Ausschlussverfahren.«

Farner steckte die Hotelrechnung und die Haarklammer ein und gab Eller die Aktenordner.

»Die schenk ich dir. Ich wette, du findest noch was. Und dann macht Feierabend.«

Nachdem Eller und Gebhard gegangen waren, versuchte er Ariane Falk zu erreichen. Aber ihr Handy war ausgeschaltet, und auf der Festnetznummer meldete sich der Anrufbeantworter.

Reisinger brachte den Bericht der Spurensicherung.

»Bestätigt weitgehend, was Gianni Furlan uns schon gesagt hat. Waldners linken Schuh haben sie noch gefunden, die Fernbedienung für sein Auto und ein Schlüsselbund.«

»Und die Taucher?«

»Fehlanzeige. Das Handy würd ich mir endgültig abschminken.«

»Dann schick sie nach Hause.«

»Gebhard hat gesagt, dass du bei den Carabinieri warst.«

»Bei der Terranostra-Schau. Ja. Ich hab dir doch erzählt, dass die Carabinieri gegen einen Bauunternehmer aus Bozen ermittelt haben, der Waldner bedroht hat. Was Terranostra uns verschwiegen hat. Sosehr er diese Geschichte zuerst kleingeredet hat, so hoch hängt er sie jetzt.«

»Und? Glaubst du, dass er richtig liegt?«

»Vielleicht ja, vielleicht nein. Vielleicht landen sie wieder in derselben Sackgasse, in der sie schon mal waren. Aber Naserümpfen ist blöd, solange wir selber nichts haben.«

Reisinger verschränkte die Arme und blieb nachdenklich vor Farners Schreibtisch stehen.

»Je länger wir nichts haben, umso mehr glaube ich, dass wir in Waldners engerem Umfeld suchen müssen.«

»Ich bin ganz deiner Meinung. Natascha Rieger hat gesagt, dass Waldner ein Mensch war, der vielen Leuten auf die Füße getreten ist. Womöglich sind wir dem Mörder längst begegnet und haben nur nicht gemerkt, wer uns am besten belogen hat.«

»Manchmal hilft es, für ein paar Stunden loszulassen und an was anderes zu denken.«

»An was zum Beispiel?«

»An Schöpsernes mit Schwarzplenten*-Knödel und dazu einen Merlot Riserva Freiherr. Kommst du mit?«

»Ja.«

»Vorher machen wir noch einen Abstecher in die Kellerei. Da ist ein Freund, der macht eine Weinverkostung.«

»Volles Programm.«

»Ja. Lass deinen Wagen hier. Es wird ziemlich feucht. Wir nehmen besser ein Taxi.«

Blauburgunder, Lagrein, Vernatsch, Merlot, Cabernet, Gewürztraminer. Auf Farners Zunge tanzten die Geschmacksnoten Ringelreihen. Das kann man sich nicht alles merken.

Beschwingt und unternehmungslustig landeten sie nach der Weinverkostung im ›Mondschein‹. Georg, der Wirt, hatte ihnen einen Tisch in der vorderen Stube reserviert, unter einem Mannschaftsfoto des FC Obermais.

»Ist das der Verein von Furlan?«

»Nein, der spielt eine Klasse tiefer.«

Auf dem Tisch lagen ein Schlüsselanhänger und ein Feuerzeug.

»Hier sitzt schon einer.«

Reisinger setzte sich.

»Nein, nein. Hier sitzt keiner. Siehst du den Mann drüben in der anderen Stube?«

Er zeigte auf einen jungen Afrikaner, der über der einen Schulter eine große Tasche und über der anderen eine Gitarre hängen hatte.

»Er legt die Sachen auf die Tische, und wenn er damit durch ist, kommt er an jeden Tisch zurück und sammelt sie wieder ein oder kassiert. Wenn er mit seinem Umsatz zufrieden ist, stellt er die Tasche ab und zupft auf der Gitarre ein afrikanisches Potpourri. Der Mann ist wohlgelitten. Ich hab noch keinen hier getroffen, dem das nicht gefallen hat. Und manchmal kaufen ihm die Leute auch was ab, obwohl sie schon ein halbes Dutzend Feuerzeuge oder Schlüsselanhänger zu Hause haben.«

An einem der Tische saßen zwei Paare und bestellten in unverkennbar sächsischem Dialekt »Spaghetti aglio e olio, per favore«. Farner erinnerte sich, was seinen Großvater immer in Rage gebracht hatte. Kaum dass die Deutschen über den Brenner sind, fangen sie an, Italienisch zu sprechen.

Ein Mann mit einer blauen Schürze setzte sich zu ihnen.

»Darf ich vorstellen, das ist Vitus. Einer der vierzehn Nothelfer. Er hat einen Gasthof, nicht weit von hier. Das einzige Lokal, in dem die Gäste länger bleiben als der Wirt.«

»Übertreib mal nicht. Das ist einmal passiert.«

»Genier dich doch nicht. Es hat sogar in der Zeitung gestanden. Vitus hat in der Nacht seinen Laden zugesperrt und vergessen, dass da noch Leute drin waren. Stammtischbrüder beim Watten. In einer hinteren Ecke. Aber die hatten eine gute Überlebenschance. Weil sie sich selber in der Küche und am Zapfhahn bedienen konnten.«

»Ich hab ihnen das nicht berechnet.«

Als das Essen kam, stand Vitus auf und holte sich eine Zeitung.

»Ich setz mich an den Budl*. Pfüat enk und schönen Abend noch.«

Nach dem Essen setzte Reisinger seine Bekanntmachungen fort.

»Das Erste, was die Leute hier in der Zeitung lesen, sind die Todesanzeigen. Wenn sie sehen, dass sie nicht dabei sind, gehen sie zur Tagesordnung über.«

Er bestellte einen Treber.

»Du auch?«

»Nein, danke.«

»Hier erfährst du auch Dinge, die nicht in der Zeitung stehen. Hier wird geratscht und getratscht, was die Zunge hält. Am liebsten über Abwesende. Einige trauen sich nicht mal, zur Toilette zu gehen, weil sie wissen: Sobald einer aufgestanden ist, ziehen die anderen über ihn her.«

Reisinger deutete mit dem Kopf auf einen älteren Mann, der sich mit einem anderen verhakt hatte.

»Siehst du die beiden da?«

»Der ältere sieht aus wie Napolitano*.«

»Genau. Deshalb nennen sie ihn auch alle Il Presidente. Und der andere ist ein Kunstschlosser. Besonderes Kennzeichen: Der Mann spricht Kisuaheli, sogar wenn er nüchtern ist.«

Irgendwann schaute Farner auf die Uhr. Er hatte den Abend genossen, das Essen, den Wein und die Untermaiser Szene, wie Reisinger das hier genannt hatte, eine Gesellschaft von Käuzen und Schluckspechten in ihrem Vorstadtbiotop. Völlig entspannt und mit leicht federnden Knien setzte er sich eine halbe Stunde vor Mitternacht in ein Taxi und ließ sich ins Hotel fahren.

Sonntag, 27.9.

Sonntag. Die frühe Sonne versprach, dem Tag alle Ehre zu machen. Lukas Farner hatte keine Eile. Er verließ sich darauf, dass Ariane Falk mit ihrem Fitnessprogramm in der Therme nicht vor zehn fertig sein würde.

Auf halbem Weg in die Stadt klingelte sein Handy. Wenn es meine Mutter ist, geh ich nicht dran, beschloss er.

»Hallo, Frau Farner.«

»Denkst du an die Geburtstagsfeier?«

»Ja. Wann geht's los?«

»Um drei.«

»Das schaff ich.«

»Zieh dir was Anständiges an. Da kommen einige Leute, und ich will nicht, dass du dich blamierst.«

Er schickte einen Herr-erbarme-dich-Blick nach oben. Hörte das denn nie auf?

»Bis später.«

Er schaute an sich runter und fand, dass er anständig genug angezogen war. An der Ecke beim Theaterplatz steckte er einem Stummen Verkäufer zwei Euromünzen in den Schlitz und nahm eine Sonntagszeitung aus dem Kasten. Die Schlagzeile auf der Titelseite galt dem Großen Preis von Meran, der heute auf der Rennbahn stattfand, und dem Favoriten Sharstar, der schon im vergangenen Jahr gewonnen hatte.

In der Therme war es um diese Uhrzeit noch verhältnismäßig ruhig. Durch die große Glasscheibe entdeckte er Ariane Falk, die, mit einem Handtuch um den Hals, von ihrem Laufband stieg. Neben ihr ließ ein Sportkamerad eine Hantel fallen, und Ariane machte reflexartig einen Hüpfer zur Seite.

Könnte alles ganz lustig sein, wenn er ihr nicht ein paar unangenehme Fragen stellen müsste.

Sie sah ihn und kam lachend auf ihn zu.

»Hast du das Attentat auf mich gesehen?«

»Ist ja noch mal gut gegangen.«

»Ich hab gesehen, dass du angerufen hast. Bestellst du mir schon mal eine Apfelschorle. Ich geh schnell unter die Dusche.«

Während er vor dem Thermencafé in der Sonne saß und die Wärme in seinem Rücken fühlte, telefonierte er mit Leo, seinem Neffen, und gratulierte ihm zum Geburtstag.

»Als ich zehn geworden bin, musste ich in die Schule.«

»Heute ist Sonntag.«

»Das haben sie extra deinetwegen so eingerichtet.«

»Das glaub ich nicht.«

»Ganz bestimmt. Mach's gut, Großer. Wir sehn uns heute Nachmittag.«

Er schlug die Zeitung auf und überflog die Neuigkeiten des Tages. Weltherztag war heute und Bundestagswahl in Deutschland, und in der Schweiz hatten sie einen Hollywoodregisseur wegen Vergewaltigung festgenommen.

Ariane Falk setzte sich und goss sich von der Schorle ein, die er für sie bestellt hatte.

»Was gibt's? Du bist dienstlich hier?«

»Wie kommst du da drauf?«

»Man sieht es dir an.«

Er wollte nicht lange darum herumreden und holte die Haarklammer aus seiner Tasche.

»Ist das deine?«

Sie nahm ihm die Eidechse ab und betrachtete sie genauer.

»Ja. Woher hast du die?«

»Bist du sicher, dass sie dir gehört?«

»Hundertprozentig. Siehst du, hier fehlt ein kleiner Stein.«

Das war keinem von ihnen vorher aufgefallen. »Wo könnte ich die herhaben?«

Sie zuckte mit den Schultern.

»Wenn ich es wüsste, würde ich es dir sagen.«

»Aus dem Wagen von Hermann Waldner.«

»Ach ja?«

»Sie war in seinem Handschuhfach. Und ich möchte wissen, wie sie da hineingekommen ist.«

Ariane Falk zögerte nicht eine Sekunde.

»Ich werde sie da reingelegt haben.«

Das klang völlig unbefangen, als sei es ganz normal, dass sie in Waldners Wagen gesessen hatte.

»Du warst auch im letzten Jahr mit ihm auf Elba.«

»Ja, war ich.«

»Daraus schließe ich, dass Waldner und du …«

»Das stimmt«, unterbrach sie ihn.

Farner war einen Augenblick lang sprachlos. Ihre Offenheit überraschte ihn. Oder es war eine Masche, um sein Misstrauen an sich abprallen zu lassen.

»Wie lange ging das?«

»Drei Jahre. Bis vor einem halben Jahr.«

»Und seine Frau hat nichts davon gewusst?«

»Nein. Zuerst nicht. Erst nachdem es zu Ende war.«

»Das hättest du mir sagen müssen. Du weißt, dass wir in einem Mordfall ermitteln.«

»Dann hätte ich mich ja selber belastet.«

»Allerdings. Wo warst du am letzten Montag?«

»Jetzt geht's los.«

»Ich muss dich das fragen.«

»In München, auf dem Oktoberfest.«

»Zeugen?«

»Eine Freundin. Eine ehemalige Studienkollegin.«

»Wie heißt sie?«

Farner machte sich auf dem Zeitungsrand Notizen.

»Gerda Reinhart.«

»Ich brauche ihre Telefonnummer.«

»Hör mal. Es ist mir unangenehm, wenn die Polizei bei ihr anruft. Frag lieber in dem Hotel nach, in dem ich gewohnt habe.«

»Und wie heißt das Hotel?«

»Pertramer. Ein Hotel in der Nähe der Theresienwiese.«

»Wir müssen das überprüfen. Tut mir leid.«

»War's das?«, kam es jetzt schnippisch.

»Deine Autonummer brauche ich noch.«

»EJ 366 XM – ein schwarzer Audi A4, falls dich das auch interessiert.«

Er nahm die Zeitung und stand auf.

»Du hörst von uns.«

Eine Stunde später wusste er, dass die Angaben von Ariane Falk stimmten. Das Hotel in München hatte ihren Aufenthalt vom 20. bis 22. September bestätigt. Am Sonntagnachmittag eingecheckt und am Dienstagmorgen wieder abgereist.

Alibi hin, Alibi her. Sein Bauchgefühl sagte ihm, dass an der Geschichte irgendein Haken war.

Er holte das Computerspiel aus seinem Schreibtisch und schrieb die Glückwunschkarte für Leo.

Aber dann kam Reisinger und stellte mit einer ganz und gar hirnrissigen Ansage sein Tagesprogramm total auf den Kopf.

»Du musst nach Bozen. Der Staatsanwalt hat für 18 Uhr eine Pressekonferenz angesetzt.«

»Ist der noch bei Trost? Was will er der Presse denn erzählen? Außerdem ist heute Sonntag.«

»Das schert ihn nicht. Du sollst ihn vorher noch mal anrufen und auf den neusten Stand bringen.«

»Der neuste Stand ist der von gestern und vorgestern. Die wollen einen Täter, und den können wir ihnen nicht bieten.«

»Und du sollst dich mit dem Maresciallo in Verbindung setzen.«

»Auch das noch.«

Martell musste Giovanni dasselbe gesagt haben, denn kurz darauf war er am Telefon.

»Ich schätze, jetzt bist du am Arsch.«

Farner sah ihn vor sich, die Häme in seinem Gesicht.

Aber Terranostra änderte plötzlich den Tonfall.

»Ascolta. Unsere Wagen sind alle im Einsatz. Du musst mich abholen.«

»Und wo?«

»In der Via Armonia, letztes Haus. Sagen wir, um fünf.«

Farner verschlug es für einen Moment die Sprache.

»Du wohnst …«

»In der Via Armonia. Was ist daran komisch?«

Giovanni Terranostra, der Streithammel, wohnt in der Harmoniestraße. Was spielte das Leben für Spielchen.

Jetzt hieß es erst mal den Staatsanwalt füttern. Eine Zusammenfassung der bisherigen Ermittlungen, dazu den Obduktionsbericht und den Bericht der Spurensicherung. Mehr war nicht.

Er gab Reisinger die Notizen zu lesen.

»Hab ich was vergessen?«

»Dass Terranostra eine eigene Spur verfolgt.«

»Das soll er ihm selber schreiben.«

Anschließend schickte er alles, was es über den Ermittlungsstand zu melden gab, per Fax an Martells Büro, nicht ohne anzufügen, dass er eine Pressekonferenz zum jetzigen Zeitpunkt für verfrüht halte.

Noch schwerer lag ihm die Absage zu Hause im Magen. Seine Mutter würde er auf gar keinen Fall anrufen. Die Vorwürfe wollte er sich ersparen. Er wählte die Nummer seines Bruders. Und der zeigte Verständnis.

»Du kannst nicht.«

»Nein.«

»Versteh ich. Wenn man mitten in einem Mordfall steckt.«

»Sag Leo, dass wir das nachholen, sobald ich die Geschichte hier vom Tisch habe. Und grüß alle.«

»Mach ich. Und viel Erfolg.«

Er stand auf, um sich am Automaten einen Kaffee zu holen. Aber da kam schon der Rückruf des Staatsanwalts, der sich, man höre und staune, für das Elaborat bedankte. Und er versuchte Farners Bedenken zu zerstreuen.

»Hören Sie, Farner. Das ist mein Geschäft und mein Risiko und nicht Ihres.«

Womit klar war, dass er ihn und Terranostra nur als Staffage brauchte.

»Es geht nicht darum, ob wir den Fall schon aufgeklärt haben, sondern dass wir der Presse, der Öffentlichkeit das Gefühl geben, dass wir transparent arbeiten und nichts unter den Tisch kehren.«

Ende der Durchsage. Verstanden, Herr Staatsanwalt. Und den Täter entlarven die Hobbits, fügte er in Gedanken hinzu.

Als er, fast pünktlich, in der Harmoniestraße ankam, stand Giovanni schon vor dem Haus. Aber statt einzusteigen, zeigte der komische Kauz zum ersten Mal Interesse am Spider, ging langsam um den Wagen herum und strich dabei mit der Hand fast liebevoll über den blauen Lack.

»145 PS?«

»Ja.«

»Der letzte der legendären Sei Cilindri. Bis 1965 sind nur 2000 Stück davon gebaut worden.« Beim Einsteigen hörte er ihn sagen: »Troppo buono per te.«

Auf der Fahrt eröffnete ihm Terranostra, dass sie den Mann, der mit Murer im Palace war, erreicht hatten.

»Wir müssen auf der Rückfahrt über Lana.«

»Wenn du glaubst, dass das was bringt.«

Terranostra blieb still.

Die Pressekonferenz war eine Farce. In einer knappen Stunde redete sich Martell, der zwischen Farner und Terranostra saß, ein halbes Dutzend Mal damit raus, dass er die Fragen aus kriminal- oder ermittlungstechnischen Gründen nicht beantworten könne. Und die Journalisten hakten, bis auf zwei oder drei Ausnahmen, nicht nach. Als hätte ihnen vorher jemand ein Beruhigungsmittel verabreicht.

Einer wollte wissen, ob es einen Zusammenhang zwischen den polizeilichen Ermittlungen vor einigen Wochen gegen den Bauunternehmer Heitmann und dem Mord an Waldner gebe, was den Staatsanwalt vorübergehend in Erklärungsnot brachte. Aber mit einer Larifari-Antwort: »Zum jetzigen Zeitpunkt können wir nichts ausschließen«, umschiffte Martell auch diese Klippe.

Und es wurde noch einmal heikel, als ein Reporter ihn nach seiner persönlichen Beziehung zu Waldner fragte.

»Ich habe ihn gekannt«, sagte Martell. »Aber wer nicht«, schob er jovial nach.

»Womit wurde Waldner erschossen?«

»Mit einem Jagdgewehr.«

Dass er die Frage nach der Tatwaffe nicht präziser beantwortete, rechnete ihm Farner immerhin als Pluspunkt an. Das hätte noch gefehlt, wenn er dem Mörder leichtfertig verraten hätte, dass sie nach einem Carcano-Gewehr suchten.

Und dann war diese dämliche Veranstaltung zu Ende. Einer Nachbesprechung entgingen Farner und Terranostra nur, weil eine junge Reporterin und ihr Kameramann den aufgekratzten Staatsanwalt mit Beschlag belegten. Ein Statement im Fernsehen war einem Selbstdarsteller wie Martell allemal wichtiger als eine interne Bestandsaufnahme.

»Wir telefonieren«, rief er den beiden nach, als die schon in der Nähe des Ausgangs waren.

Terranostra hatte es eilig.

»Denk an den Mann in Lana.«

Farner juckte das Fell. Statt auf direktem Weg aus der Stadt rauszufahren, fuhr er einen kleinen Umweg an ihrer alten Schule vorbei.

Giovanni begriff sofort. »Was soll das?«

»Es gab mal Zeiten, da haben wir uns hier an der Ecke die Fresse poliert.«

»Kannst du jederzeit wiederhaben.«

Danach gab es nichts mehr zu reden. Jeder hing seinen Gedanken nach. Es gab wenig Verkehr, und allmählich setzte die Dämmerung ein.

Hinter Frangart gab es einen entfernten Knall, der sich wie eine Fehlzündung anhörte. Aber Terranostra beharrte auf seiner Wahrnehmung. »Das war ein Schuss.«

Kurz darauf noch einer. Und auf halber Höhe, hinter einem Fichtenwald, brannte es. Farner bog von der Hauptstraße ab und fuhr in die Richtung des Feuers, während Terranostra einen Notruf absetzte.

Da, wo das Waldstück anfing, stand ein weißer Transporter auf der linken Straßenseite, mit der Nase in Talrichtung. Farner hielt an. Vor ihnen rannten zwei Männer aus dem Wald über die Straße auf den Lieferwagen zu, der eine – humpelnd und leicht gekrümmt – hielt sich den Unterleib, und der andere hatte einen Revolver auf sie gerichtet. Kaum dass sie eingestiegen waren, sprang Terranostra aus dem Wagen und stellte sich mit gezogener Waffe vor den Lieferwagen, um den Fahrer am Wegfahren zu hindern. Aber der gab Gas und hielt auf ihn zu. Giovanni sprang zur Seite. Nicht weit genug. Der Außenspiegel des Transporters erwischte ihn voll am Kopf und haute ihn um.

»Bist du verletzt?«

Keine Antwort.

Farner wollte den Motor abstellen und Giovanni, der benommen am Boden saß, zu Hilfe eilen. Aber dazu kam er nicht mehr. Auf der Kuppe, 200 Meter weiter oben, tauchte ein Motorradfahrer auf, der in einem Höllentempo näher kam. Wenn der Giovanni in dem Dämmerlicht nicht sah …

Es blieb keine Zeit mehr zu überlegen. In einem kurzen Vor-und-zurück-Manöver stellte er den Wagen quer auf die Straße und duckte sich.

Keine Sekunde zu spät. Im nächsten Moment prallte das Motorrad, fast ungebremst, gegen den hinteren Radkasten.

Der Fahrer flog in hohem Bogen über den Wagen und landete, einige Meter von Terranostra entfernt, auf dem Asphalt.

Beim Aufprall hatte es den Spider fast komplett auf den Grasstreifen geschoben. Das Heck war mindestens dreißig Zentimeter schmaler als vorher, und das rechte Hinterrad hing wie ein müder Lappen an der gebrochenen Aufhängung. Die Fahrerseite war relativ unbeschädigt.

Farner rieb sich den Nacken. Und der linke Arm tat ihm weh. Schlimmer war der Schmerz, den er beim Anblick der zerbeulten Karosserie empfand. Nach dem ersten Schock stieg er aus und half dem immer noch benommenen Kollegen vorsichtig auf die Beine. Er setzte ihn seitlich auf den Fahrersitz, und Giovanni ließ das widerspruchslos mit sich geschehen. Ein schlechtes Zeichen.

Dann lief er zurück und zog den Motorradfahrer, der blutend auf der Straße lag, aber bei Bewusstsein war, von der Fahrbahn an den Straßenrand. Der Typ – er schätzte ihn auf Anfang zwanzig – hatte gekifft, Farner wusste, wie Gras riecht. Und das nicht zum ersten Mal, wie er an den geröteten Augen erkannte. Der Mann schrie vor Schmerzen auf, als er ihn unter den Achseln fasste. Ein Wunder, dass er den Crash überlebt hatte. Farner sah die vielen Schutzengel, die um den jungen Biker herumstanden.

Die Feuerwehrleute mussten erst das demolierte Motorrad zur Seite räumen, bevor sie zu dem Brand oben am Berg weiterfahren konnten. Gefolgt von einem Streifenwagen der Carabinieri.

Es waren nur Minuten vergangen, aber Farner war es wie eine Ewigkeit vorgekommen, bis der Notarztwagen zur Stelle war. Der Arzt und eine Rettungsassistentin übernahmen die Versorgung des Motorradfahrers, und ein zweiter Sanitäter kümmerte sich um Terranostra. Farner entfernte sich einige Schritte, um zu telefonieren.

Was tun? Sonntagabend war eine verdammt schlechte Zeit, um eine offene Autowerkstatt zu finden. Es kam sowieso nur

Alfa Tirolo infrage, wo er den Spider bis zu seiner Versetzung nach Den Haag immer hingebracht hatte, wenn er gewartet oder repariert werden musste.

Hinter dem Rettungswagen hielt eine zweite Carabinieri-Streife. Allmählich wurde es eng auf der schmalen Straße. Er steckte sein Handy wieder ein und ging auf die beiden Beamten zu.

»Ist das Ihr Fahrzeug?«, fragte der eine, dem die Mütze ziemlich schief über der Stirn hing.

»Ja.«

»Der Abschleppdienst ist auf dem Weg.«

»Wer ist der Mann in dem Wagen?«, wollte der andere wissen.

»Ein Kollege von Ihnen, der Maresciallo Terranostra.«

»Fehlt ihm was?«

Ohne eine Antwort abzuwarten, ging der Brigadiere zu ihm. Der Sanitäter gab ihm zu verstehen, um den Wagen herumzugehen.

Von der Beifahrerseite aus begrüßte er Terranostra mit Handschlag. Die beiden schienen sich zu kennen und redeten miteinander. Giovanni hatte sich anscheinend wieder erholt.

»Leichte Sprachstörungen«, konstatierte der Brigadiere, der sich jetzt vorstellte.

»Mauro Giuliani.«

»Lukas Farner.«

Giuliani zeigte auf den Kollegen. »Der da ist Walter Hoppe.«

Der schob die Mütze aus der Stirn und deutete flüchtig einen militärischen Gruß an.

Die beiden Verletzten wurden abtransportiert, und Farner gab den Unfallhergang zu Protokoll. Dabei fiel ihm ein, dass hier irgendwo noch Terranostras Dienstwaffe liegen musste, die ihm bei dem Schlag gegen seinen Kopf aus der Hand geflogen war. Zu dritt suchten sie alles ab. Hoppe fand die

Beretta in einem Entwässerungsgraben und legte sie in den Streifenwagen. Als der Abschleppwagen kam, musste der Carabinere sein Dienstfahrzeug ein Stück zurücksetzen, weil der sperrige Dreiachser Platz zum Rangieren brauchte. Ein Kunststück auf der schmalen Straße.

Farner ging auf den Fahrer zu, einen graubärtigen Hünen, der sich nach dem Aussteigen erst mal bückte und sich an dem Auspuff seines Wagens zu schaffen machte.

»Der klappert schon die ganze Zeit. Bin gleich bei Ihnen.«

»Kennen Sie die Werkstatt Alfa Tirolo?«

»Ja.«

»Können Sie den Wagen da hinbringen?«

»Kann ich. Aber da ist heute niemand.«

»Ich regel das morgen früh.«

Der Mann holte ein Formular aus seinem Wagen, das Farner unterschreiben musste.

Die beiden Carabinieri hatten ihm angeboten, ihn in die Stadt mitzunehmen. Aber bevor sie losfahren konnten, bekam Giuliani einen Anruf. Hoppe quakte ihm währenddessen die Ohren voll. Über Fußball. Sein FC Südtirol hatte am Nachmittag das Heimspiel gegen Crociati Noceto 3 : 0 gewonnen. Als Pennäler war er oft im Drusus-Stadion gewesen, aber nicht auf dem Spielfeld oder als Zuschauer, sondern auf der Aschenbahn.

»Die Kollegen fahnden nach dem weißen Lieferwagen«, verkündete Giuliani, nachdem er sein Gespräch beendet hatte.

»Und nach den beiden Männern. Sie gehören zu einer Drogenbande, die da oben ihr Marihuana-Depot hat. Hatte. Der Stadel, in dem sie das Zeug versteckt hatten, ist abgebrannt. Vorher hat es eine Schießerei gegeben. Entweder ein Streit untereinander oder mit einer rivalisierenden Bande. Das ist noch nicht raus.«

»Dann gehört der Biker vermutlich auch dazu«, sagte Farner.

Giuliani nickte. »Anzunehmen. Aber der läuft uns nicht weg. Wir werden jemanden als Aufpasser ins Krankenhaus schicken.«

Danach fuhren sie los. Für die Rückfahrt nach Meran nahm sich Lukas Farner einen Leihwagen. Auf der Fahrt kam alles noch mal hoch. Ein Scheißsonntag war das. Die Einvernahme von Ariane Falk, die ihnen nicht wirklich weitergeholfen hatte, die verpasste Geburtstagsfeier, diese saublöde Pressekonferenz und – die Krönung des Ganzen – sein schöner Spider im Eimer.

Als er in Untermais von der Mebo abbog, kam ihm die Idee, sich im ›Mondschein‹ den Rest zu geben. Den Frust runterspülen. Diesen Sonntag feucht zu begraben. Aber jemand hatte was dagegen. Im Kreisel bei der Pfarrkirche fuhr er falsch ab – und nahm das als Wink, besser gleich ins Hotel zu fahren.

Montag, 28.9.

Der Schlaf hatte ihm gutgetan. Der gestrige Tag war abgehakt. Noch vom Hotel aus rief er in der Werkstatt an. Stephan Arnoldi, der Chef, war am Apparat.

»Sind Sie wieder im Land?«

»Ja, seit vier Wochen.«

»Fein.«

»Haben Sie den Wagen gesehen?«

»Ja, und gleich wiedererkannt.«

»Und? Was sagen Sie?«

»Den kriegen wir wieder hin. Wird aber ein bisschen dauern.«

»Egal. Hauptsache, ich muss mich nicht von ihm verabschieden.«

»Ich ruf Sie an.«

Danach tat ihm auch der Arm nicht mehr weh.

Farner sah auf die Uhr. Es war schon zehn. Er war spät dran.

Aber vorher musste er noch die Rückgabe des Leihwagens organisieren. Er hinterlegte Schlüssel und Papiere an der Rezeption und bat Antonella, die Mietwagenfirma anzurufen, die eine Filiale in Meran hatte.

»Und ein Taxi bitte.«

»Sehr gern, Dottore.«

Die junge Frau war immer eine Freude.

Im Büro empfing ihn Franz Reisinger mit einem Knaller.

»Du wirst es nicht glauben.«

»Ihr habt den Mörder.«

»Nein, aber die Tatwaffe. Jedenfalls spricht einiges dafür.«

»Die Carabinieri?«

»Denkst du. Ein Arbeiter hat das Gewehr in einem trockenen Abflussrohr gefunden. Ein Carcano ohne Schaftkappe.«

»Und wo?«

»In der Handwerkerzone an der Passer, gegenüber vom Lazagsteig. Das ist nicht weit von der Stelle, wo Waldner erschossen wurde. Gebhard und die Spurensicherung sind vor Ort.«

Farner setzte sich. »Na bravo.«

»Wie war die Pressekonferenz?«, wollte Reisinger wissen.

»Nervig. Steht was in den Zeitungen?«

»Ja. Der Staatsanwalt hält einen Auftragsmord für wahrscheinlich. Aus dem geschäftlichen Umfeld. Von jemandem, dem Waldner mit seinen Insiderkenntnissen als Bankier gefährlich werden konnte.«

Farner stand noch mal auf und zog sein Jackett aus.

»Die saugen sich was aus den Fingern. So deutlich hat er das nicht gesagt.«

»Das ist die Spur von Terranostra.«

»Seh ich auch so. Jedenfalls hat Martell bei dieser Selbstinszenierung keinen Schaden angerichtet.«

»Im Gegenteil.«

»He? Ich kann dir nicht folgen.«

»Wenn der Mörder, den wir ja – im Gegensatz zu Terranostra – in einer anderen Ecke vermuten, mitkriegt, dass die Polizei eine andere Spur verfolgt, wird er leichtsinnig und macht Fehler.«

»Ein frommer Wunsch. Du glaubst an das Dumme im Menschen.«

Reisinger lachte. »Wenn man den ganzen Tag von nichts anderem umgeben ist.«

»Das hat gesessen.«

Furlan kam herein. »Darf ich mitlachen?«

»Zu spät.«

»Du hast Terranostra das Leben gerettet, hab ich gehört.«

Reisinger, der schon gehen wollte, blieb an der Tür stehen.

»Ist das wahr?«

Farner hatte damit begonnen, Ordnung auf seinem Schreibtisch zu schaffen und die Aktenordner, die Eller ihm wieder hingelegt hatte, wegzuräumen.

»Wer sagt das?«, fragte er so beiläufig wie möglich.

»Valetta hat ihn heute Morgen im Krankenhaus besucht und einen Brigadiere aus Bozen getroffen, der ihm das erzählt hat.«

»Giuliani?«

»Kann sein.«

»Wie geht es dem Maresciallo?«

»Valetta sagt, er hat eine leichte Gehirnerschütterung und muss zur Beobachtung noch im Krankenhaus bleiben.«

Eine leichte Gehirnerschütterung. Vielleicht brauchen wir die alle mal, sinnierte Farner, wenn sich Dinge im Leben, Ansichten, Beurteilungen, Verhaltensweisen, in die falsche Richtung entwickeln und zurechtgerückt werden müssen, bevor sie sich verfestigen.

»Und dein schönes Auto ist hin, hat der Typ gesagt.«

»Der kommt schon wieder auf die Räder.«

Farner wechselte das Thema.

»Wie ist euer Spiel ausgegangen?«

»2 : 1. Valetta hat beide Tore geschossen.«

»Siehst du. Man braucht eben nur die richtigen Mitspieler.«

Furlan sah zur Tür. »Und da kommen deine Mitspieler.«

Eller und Hallmeier kamen herein. Und wieder dachte Farner unwillkürlich an Muckenstruntz und Bamschabl*, wenn er die beiden nebeneinander sah; Eller mit seinen eins siebzig und Hallmeier, das lange Gereck, mit einem Meter sechsundneunzig der Längste im Team.

»Morgen zusammen. Gianni, dein Telefon läutet.«

Furlan klatschte Eller im Vorbeigehen mit der Hand ab.

Farner stand auf und schloss das Fenster, weil es draußen zu laut wurde.

»Ihr wart schon aktiv?«

Eller holte ein zusammengefaltetes Blatt aus seiner Jacke.

»Ja. Sieh mal, hier.«

Er gab Farner das Papier.

»Das hab ich in einem der Aktenordner von Waldner gefunden. Eine handschriftliche Quittung über 5000 Euro. Unterschrieben von Mario Capaldi.«

»Wer ist das?«

»Ein Privatdetektiv in Algund. War gar nicht so leicht, den Mann ausfindig zu machen. Zurzeit aber abgängig.«

»Was heißt das?«

»Er ist verschollen. Hallmeier und ich haben mit seiner Frau gesprochen. Sie sagt, ihr Mann sei gestern Nachmittag nach Bozen gefahren und heute Nacht nicht nach Hause gekommen. Sorgen mache sie sich aber nicht. Er haue manchmal ab und mache einen drauf, hat sie gesagt.«

»Mit 5000 Euro im Sack. Weiß sie, wofür er das Geld gekriegt hat?«

»Ja. Für einen Auftrag. Waldner hat diesen Dr. Koeberlin beschatten lassen.«

Farner setzte sich wieder.

»Das ist interessant. Dann hat uns Frau Rieger nicht die Wahrheit gesagt. Sie hat gesagt, dass Waldner seinen Partner geschätzt hat. Oder sie hat nicht gewusst oder gemerkt, dass es in Wirklichkeit ganz anders war.«

»Und was machen wir jetzt?«

»Ihr bleibt an dem Mann dran.«

Der Dienstplan für diese Woche, den ihm Reisinger hingelegt hatte, interessierte ihn im Moment nicht. Solange sie an diesem Fall dran waren, galten eh keine geregelten Arbeitszeiten.

»Und?«, wandte er sich an Hallmeier. »Wie fühlt man sich am ersten Arbeitstag?«

»Wie wenn du nach drei Wochen Entzug deinen ersten Joint rauchst.«

»Mach keinen Quatsch.«

»Das war ein Witz. Ich hab gehört, dass du gestern einer Tickerbande das Handwerk gelegt hast.«

»Das ist auch ein Witz. Gerüchte verbreiten sich hier schneller als Zecken.«

Hallmeier machte sich einen Joke daraus und tat so, als würde er sich eine Zecke aus dem Unterarm ziehen. »Hier ist eine. Sie hat sogar einen Namen. Na, was meinst du?«

»Sag's.«

»Armgard natürlich.«

Die Nachricht, mit der Furlan nach seinem Telefonat zurückkam, überraschte ihn nicht wirklich.

»Valetta hat angerufen. Dieser Zeuge, den Murer benannt hat …«

Farner hatte völlig vergessen, warum Terranostra und er gestern Abend diesen vermaledeiten Umweg über Frangart gefahren waren.

»Was ist mit ihm?«

»Der Mann war vor einer halben Stunde bei den Carabinieri in der Petrarcastraße und hat bestätigt, dass Murer und er den ganzen Abend zusammen waren. Pikantes Detail, woran sich Murer nicht mehr erinnern konnte oder wollte: Die beiden Ehrenmänner waren nach ihrem Abgang aus der Hotelbar bei einer Hure in Bozen. Rupp, der Kollege von Valetta, hat das inzwischen bei der Dame gecheckt.«

»Damit hat sich diese heiße Spur ja wohl erledigt.«

Zwanzig Minuten später waren Lukas Farner und Franz Reisinger auf dem Weg ins Krankenhaus. Ein Arzt hatte angerufen und mitgeteilt, dass Elisabeth Stöckl in der Nacht aus dem Koma aufgewacht war und ein kurzer Besuch möglich sei.

Aber was wollten sie von der Frau, fragte sich Farner? Dass sie ihnen sagt, was sie dem Pfarrer gebeichtet hat und warum sie nicht zur Polizei gegangen ist, wie der ihr geraten hat? Dass ihre Beichte etwas mit dem Mord an Waldner zu tun haben könnte, war reine Spekulation. Andererseits konnten sie es sich bei dem jetzigen Ermittlungsstand nicht leisten, auch nur den kleinsten Hinweis zu vernachlässigen.

Der Arzt, der ihnen auf dem Flur der Intensivstation entgegenkam, war ein bärtiger langer Schlaks mit Segelohren. Farner erkannte ihn wieder. Es war derselbe, den er auf den Bildern der Überwachungskamera gesehen hatte. Wie hieß er noch?

»Dr. Beermann?«

»Ja.«

Er ließ sich ihre Dienstausweise zeigen und führte sie zu dem Krankenzimmer von Elisabeth Stöckl.

»Sie ist noch sehr schwach. Machen Sie es bitte kurz.«

»Weiß sie, dass ihr Mann tot ist?«

»Das war das Erste, wonach sie nach dem Aufwachen gefragt hat. Wir haben es ihr gesagt.«

Der Arzt klopfte und öffnete die Tür. Farner ließ Reisinger den Vortritt.

»Augenblick. Lassen Sie mich mal durch.«

Eine Krankenschwester mit beachtlicher Oberweite zwängte sich an ihnen vorbei ins Zimmer. Sie stellte den Kopfteil des Betts höher, was Elisabeth Stöckl das Sprechen erleichtern sollte, überprüfte kurz die Messgeräte und die Infusionsflasche, die hinter dem Bett aufgereiht waren, und dampfte wieder ab. Nicht ohne im Vorbeigehen unmissverständlich auf ihre Armbanduhr zu tippen.

Elisabeth Stöckl lag da, hilflos und blass, mit Schläuchen und Kathetern an verschiedene Geräte angeschlossen, den Kopf verbunden und einen Arm in der Schlinge, aber mit wachen, neugierigen Augen.

Ohne dass sie es abgesprochen hatten, übernahm Reisinger das Wort. Nachdem er sich und Farner vorgestellt hatte, rückte er einen Stuhl von der Wand an ihr Bett und setzte sich. Farner blieb am Fußende stehen.

»Wir haben nur ein paar Fragen und sind gleich wieder weg. Schaffen Sie das?«

Von Elisabeth Stöckl kam ein leises »Ja«.

»Was wissen Sie über den Mord am Bankier Waldner?«

»Ist er denn umgebracht worden?«

»Ja.«

Sie bekreuzigte sich und schloss die Augen. Farner kam es vor, als schicke sie ein Danke nach oben.

»Ist er erschossen worden?«

Woher konnte sie das wissen?

Und als Reisinger nickte, erzählte sie eine Geschichte, die sich wie eine Mischung aus Shakespeare-Drama und Seifenoper anhörte. Wie sich drei Frauen zusammengetan haben, um sich an dem Mann zu rächen, der ihnen – auf unterschiedliche Weise – Leid und Schmach angetan hatte.

Sie sprach schleppend, mit gelegentlichen Pausen, aber durchaus schlüssig. Und Reisinger ließ sie reden und stellte nur ab und zu eine Zwischenfrage.

»Ich sollte es tun. Seine Frau wollte mir 30.000 Euro dafür zahlen, wenn ich ihn erschieße. Und die Frau Doktor wollte das Gewehr beschaffen. So war es abgemacht.«

Sie schloss die Augen wieder und machte eine längere Pause.

»Aber ich konnte das nicht. Ich kann niemanden umbringen.«

»Der Pfarrer hat Ihnen gesagt, dass Sie zur Polizei gehen sollen.«

»Ja. Das wollte ich auch. Aber als ich aus der Kirche kam, habe ich die Nachricht auf meinem Handy gesehen. Ich bin sofort nach Hause gefahren. Da stand schon alles in Flammen. Was danach war, weiß ich nicht.«

»Sie haben versucht, Ihrem Mann das Leben zu retten.«

Jetzt weinte sie.

Reisinger ließ ihr Zeit.

»Wussten Sie, wann und wo Waldner erschossen werden sollte?«

»Nein.«

Die Krankenschwester kam wieder herein und erklärte mit strengem Blick die Besuchszeit für beendet. Reisinger stellte den Stuhl zurück und ging noch einmal zu ihrem Bett. »Alles Gute.«

Ein stilles, unglückliches Lächeln war die Antwort.

Farner zweifelte nicht eine Sekunde daran, dass Elisabeth Stöckl die Wahrheit gesagt hatte.

»Damit beantwortet sich auch die Frage, warum sich Ariane Falk beziehungsweise ihre Sprechstundenhilfe nach dem Befinden von Elisabeth Stöckl erkundigt hat. Sobald sie wieder sprechen konnte, bestand die Gefahr, dass sie das Komplott aufdecken würde.«

»Die Gefahr besteht immer noch«, spann Reisinger den Faden weiter, »weil sie ja nicht weiß, dass sie schon geredet hat.«

»Deshalb werden wir einen Mann vor dem Krankenzimmer abstellen. Wenn's sein muss, im Schichtdienst.«

Sie stiegen ins Auto, aber Farner fuhr nicht gleich los.

»Mit wem hat Ariane Falk nach dem Ausfall von Elisabeth Stöckl die Rolle des Mörders besetzt?«

»Und von wem hatte sie das Gewehr?«

»Du siehst, es gibt noch einiges zu tun.«

»Ich frage mich allerdings auch, ob sich Elisabeth Stöckl schuldig gemacht hat.«

»Weil sie nicht zur Polizei gegangen ist? Dafür gab es ja nun, weiß Gott, einen traurigen Grund.«

»Ich meine, vorher, als sie aus der Geschichte ausgestiegen ist.«

»Lass sie erst mal wieder gesund werden.«

Farner ließ den Motor an und fuhr los.

»Aber die beiden anderen Ladys mit ihren sauberen Alibis werden wir uns krallen. Du musst dir das vorstellen, die eine fährt zum Oktoberfest nach München, und die andere geht ins Kloster. Fein ausgedacht.«

An der Ecke Goethestraße/Andreas-Hofer-Straße hatte es einen Unfall gegeben, und er musste einen Umweg nehmen.

»Wir dürfen keine Zeit verlieren, bevor sich rumspricht, dass Elisabeth Stöckl aus dem Koma aufgewacht ist. Ich setz dich am Kornplatz ab. Du bestellst Ariane Falk ins Kommissariat und hältst sie fest, bis ich zurück bin.«

»Und du fährst zu der Waldner?«

»Ja. Schick mir einen Streifenwagen in den Winkelweg. Und kümmere dich um die Haftbefehle. Anstiftung und Beihilfe zum Mord.«

»Und Irreführung der Polizei.«

»Genau.«

Eine gemischte Streife traf kurz nach Farner bei dem Haus von Waldner ein. Das Tor war offen, und er wies den Mann am Steuer an, auf den Hof zu fahren und sich neben seinen Wagen zu stellen. Die Polizistin, die er schon einige Male im Kommissariat gesehen hatte, stieg als Erste aus und begrüßte ihn.

»Buongiorno Dottore. Rita Bassano und Agente Maierhofer zu Ihren Diensten.«

Er sah ihr an, dass sie den Spruch nicht so förmlich gemeint hatte, wie er sich anhörte.

»Sie wissen Bescheid?«

»Ja. Der Kollege Reisinger hat uns informiert.«

Eine junge Frau mit schrägen Fransen in der Stirn und rasierten Schläfen kam aus dem Haus und ging zu dem Mini Cooper, der in dem Carport stand. Sie grüßte nicht, wunderte sich aber offenbar auch nicht, dass die Polizei auf dem Hof war.

»Sind Sie die Tochter?«

Sie blieb stehen und musterte ihn frech von oben bis unten.

»Wenn Sie zu meiner Mutter wollen, die ist im Garten.«

»Und die Haushälterin?«

»Ist in der Stadt.«

Dann stieg sie ein und fuhr weg.

Farner war's recht. Besser, sie ist nicht dabei, wenn ich ihre Mutter festnehmen muss. Er wandte sich wieder an die beiden Polizisten.

»Ich spreche erst mal allein mit der Frau.«

Nach den Erfahrungen, die er mit der Dame des Hauses gemacht hatte, wusste er, dass das kein Spaziergang werden würde.

Das Erste, was er von ihr sah, war ein großer Strohhut. Monica Waldner kniete, mit dem Rücken zu ihm, in einem Beet und setzte Blumenzwiebeln in die Erde. Tulpen, Narzissen und auch Krokusse, wusste er von Liesbeth, werden im Herbst gepflanzt, damit sie im Frühjahr blühen.

Sie musste seine Schritte auf dem Kies und sein Räuspern gehört haben, aber sie drehte sich nicht um.

Ganz wie Sie wünschen, Signora. Dann eben von der anderen Seite. Er ging um das Beet herum.

Sie sah kurz auf. »Was wollen Sie?«

»Ihnen sagen, dass der Mord an Ihrem Mann so gut wie aufgeklärt ist.«

Natürlich war das übertrieben. Sie waren noch längst nicht so weit, aber er wollte ihr von Anfang an so wenig Spielraum wie möglich für Lügen und Ausflüchte geben.

»So«, sagte sie mit mäßigem Interesse und erhob sich.

Der Strohhut, ein rot-weiß kariertes Sporthemd, verwaschene Jeans und darüber eine blaue Schürze – ein Bild von einer Gärtnerin. Mit einem steinernen Gesicht. Alles an ihr schien unter Kontrolle. Sie legte den kleinen Spaten, den sie in der Hand hatte, auf die Bank neben dem Beet.

»Erzählen Sie.«

»Eine wichtige Zeugin ist aus dem Koma aufgewacht und hat geredet. Elisabeth Stöckl. Schon mal gehört?«

»Die Marktfrau.«

»Sie hat gesagt, dass Sie ihr 30.000 Euro geboten haben, wenn sie Ihren Mann erschießt.«

»Questa è spazzatura.«

»Und Ariane Falk, die Sie ja auch kennen ...«

»Sie ist meine Ärztin.«

»Doktor Ariane Falk hat das bei ihrer Vernehmung bestätigt«, log er.

»Sparen Sie sich Ihre Tricks. Ariane würde das ...«

Auf einmal zuckte es in ihrem Gesicht. Sie wischte sich die Hände an der Schürze ab und beförderte mit einem wütenden Tritt den Spaten von der Bank.

»50.000. Ja, verdammt noch mal, ich habe ihr 50.000 Euro geboten, wenn sie es macht.«

Damit hatte er nicht gerechnet. Dass sie von einer Sekunde auf die andere aus ihrer Deckung kam und alles zugab.

»Und dafür haben Sie sich ausgerechnet mit der Frau zusammengetan, mit der Ihr Mann Sie betrogen hat.«

»Er hat uns beide betrogen.«

Sie bückte sich und hob den Spaten wieder auf.

»Dieser Mann hat mich jahrelang mit seinen Frauengeschichten gedemütigt. Irgendwann ist Schluss.«

Farner winkte die beiden Polizisten heran.

»Wissen Sie, wer Ihren Mann erschossen hat?«

Sie sah ihn an und spielte ihren letzten Trumpf.

»Ja, aber ich werde es Ihnen nicht sagen. Ich sage überhaupt nichts mehr. Basta.«

»Monica Waldner, Sie sind vorläufig festgenommen wegen Anstiftung und Beihilfe zum Mord. Capito?«

Ganz cool schaute sie ihm über die Schulter an.

»Darf ich mir vorher was anderes anziehen?«

Er nickte und wandte sich an die Polizistin.

»Begleiten Sie die Signora ins Haus. Und sagen Sie ihr, dass ein Untersuchungsgefängnis kein Catwalk ist.«

Was ihm den verächtlichen Blick der einen und das Grinsen der anderen eintrug. Während sie warteten, telefonierte der Agente Maierhofer mit seinem Einsatzleiter. Farner setzte sich auf die Steinbank und dachte darüber nach, was passiert war. Vielleicht hätte ihm ein Psychologe erklären können, warum Monica Waldner so plötzlich ihre trotzige Haltung aufgegeben und sich bekannt hatte.

Vielleicht war ihr bewusst geworden, dass Abstreiten und Lügen entwürdigender ist, als die Beteiligung an einem Mord zuzugeben. Und anstrengender sowieso. Wie auch immer. Das änderte nichts daran, dass sie weiter nach dem Mörder suchen mussten.

Der Agente Maierhofer hockte inzwischen auf dem Rasen und versuchte, den kleinen Mähroboter in Gang zu setzen. Aber der gehorchte nicht und blieb stumm.

Farner stand auf, als er die beiden Frauen aus dem Haus kommen sah. Die Umkleidearie von Monica Waldner hatte keine Viertelstunde gedauert. Sie hatte sich für ein Lodenkostüm entschieden, Modell graue Maus, und einen Beutel über ihrer Schulter hängen. Im Gärtnerlook hatte sie ihm besser gefallen.

Maierhofer wollte ihr Handschellen anlegen.

»Lassen Sie. Das wird nicht nötig sein.«

Ihr Stolz würde sie daran hindern, Ärger zu machen oder zu fliehen. Die beiden Polizisten nahmen sie in ihre Mitte und brachten sie zu dem Streifenwagen. Monica Waldner drehte sich noch mal nach ihm um und zeigte ihm unverhohlen ihre Feindseligkeit. Farner reagierte mit einem nonchalanten Achselzucken. È la vita, dachte er.

Auf der Rückfahrt hielt er bei dem Würstelstand an der Postbrücke und stärkte sich mit einer Bratwurst. Jetzt galt es, Ariane Falk zum Reden zu bringen. Wenn es keine Komplikationen mehr gab, konnten sie den Fall Waldner heute noch abschließen.

»Circa ein Meter siebzig groß, schlank, dunkelblonde Haare, glatt, halb lang, Kleidung nicht bekannt.«

Reisinger saß an seinem Schreibtisch und notierte, was Gebhard ihm ansagte. Sie hatten Farner nicht gehört, der an der Tür stehen geblieben war.

»Was wird das?«

Reisinger legte den Stift zur Seite und stand auf. »Die Beschreibung von Ariane Falk. Wir müssen eine Fahndung rausgeben. Die Frau Doktor hat sich, wie soll ich sagen, dem Zugriff entzogen, verdünnisiert, vom Acker gemacht.«

»Das ist nicht dein Ernst.«

»Ihr Handy ist ausgeschaltet, die Praxis ist geschlossen, an der Tür hängt ein Schild, und zu Hause ist sie auch nicht. Niemand hat sie gesehen. Ich nehme an, jemand aus dem Krankenhaus hat sie angerufen und ihr gesagt, dass Elisabeth Stöckl aufgewacht ist. Und da haben bei ihr die Alarmglocken geläutet.«

»Und was sagt die Sprechstundenhilfe?«

»Wissen wir noch nicht. Furlan ist dabei, sie ausfindig zu machen. Aber ich glaube nicht, dass sie was damit zu tun hat. Sonst hätte Elisabeth Stöckl sie bei ihrer Generalbeichte erwähnt.«

»Habt ihr das Autokennzeichen von der Falk?«

»Ja.«

»Ein schwarzer Audi A4.«

Er ging in sein Büro. Reisinger folgte ihm.

»Du hast nicht zufällig ein Foto von ihr?«

»Nein, hab ich nicht. Woher auch?«

Er war sauer. Mit einem Mal waren die Aussichten auf eine schnelle Aufklärung, die er eben noch für möglich gehalten hatte, wieder dahin. Aber natürlich war das plötzliche Abtauchen von Ariane Falk auch ein Eingeständnis ihrer Schuld.

Reisinger versuchte, ihn wieder aufzurichten.

»Kopf hoch, Alter. Die wird nicht weit kommen. Was ist mit der anderen?«

»In Gewahrsam. Monica Waldner hat zugegeben, dass sie an den Mordplänen beteiligt war. Aber sie hat nicht gesagt, wer geschossen hat.«

Farner setzte sich und begann in seinen Schreibtischschubladen zu kramen.

»Woher zum Teufel hatte Ariane Falk dieses alte Militärgewehr? So eine Knarre kriegt man ja schließlich nicht an jeder Straßenecke.«

»Was suchst du?«

Farner schob die Schubladen wieder zu.

»Ein Telefonbuch.«

»Das haben wir gleich.«

Nachdem Reisinger ihm seines gebracht hatte, blätterte er darin und erklärte nebenbei dem Kollegen, wonach er suchte.

»Tierarzt Dr. Falk, ihr Vater. Ich glaube, in Marling. Sie hat mal erwähnt, dass er ein passionierter Jäger ist.«

»Und du glaubst ...«

»Könnte sein. Es gibt Jäger, die schießen mit allem, was peng macht. Warum nicht auch mit einem alten ... wie heißt das Ding?«

»Carcano.«

»Hier ist er. Dr. Wendelin Falk, Tierarzt in Marling. Sprechstunden 9 bis 12 und 14 bis 19 Uhr.«

Er schrieb sich die Adresse auf und gab Reisinger das Telefonbuch zurück.

»Das nächste Mal wirfst du deinen PC an, gibst den Namen ein und schon hast du die Nummer.«

Farner überhörte den Spott in Reisingers Kommentar. »Hast du was von Eller und Hallmeier gehört?«

»Ja. Sie haben diesen Detektiv aufgegabelt. Rate mal, wo?«

»Sag schon.«

»Bei den Carabinieri in Bozen. In einer Ausnüchterungszelle.«

»Na dann.«

Furlan kam von seiner Mission zurück und legte gleich los.

»Niente, Colleghi. Brigitte Debus weiß von nichts. Sie sagt, sie sei heute Morgen ganz normal wie immer um neun zum Dienst erschienen, habe das Schild an der Praxis gesehen, sei trotzdem reingegangen. Aber da sei niemand gewesen, auch kein Hinweis oder eine Notiz. Die Frau Doktor hätte ihr auch vorher nichts gesagt, und alle Versuche, sie telefonisch zu erreichen, seien vergeblich gewesen.«

»Ein lautloser Abgang. Bist du in Form?«

»Und wie.«

Farner steckte den Zettel mit der Adresse ein und stand auf.

»Dann komm mit.«

Auf der Fahrt nach Marling erzählte er ihm, was er bei dem Tierarzt wollte. Am oberen Ende der Gampenstraße, kurz vor dem Untermaiser Bahnhof, mussten sie anhalten, weil auf dem Zebrastreifen vor ihnen drei Reiter auf dem Weg von der Rennbahn in die Stallungen die Straße überquerten.

»Hast du schon mal ein Zebra auf einem Zebrastreifen gesehen?«, flachste Furlan.

»So ein Blödsinn. Weißt du, wer gestern hier gewonnen hat?«

»Zufällig ja. Valetta wettet bei Pferderennen, und gestern hat er total danebengelegen. Er hat nicht geglaubt, dass der Sieger vom letzten Jahr noch mal gewinnt. Sharstar heißt der Gaul.«

»Wenn wir unseren Geschichtslehrer und Stadtchronisten dabeihätten ...«

»Du meinst Reisinger.«

»Ja. Dann würde er uns jetzt sagen, dass auf dieser Straße schon mal Autorennen stattgefunden haben. Vor über 50 Jahren. Mein Vater hat ein Foto auf seinem Schreibtisch, auf dem er als junger Pennäler vor einem Alfa Romeo 6C 3000 CM Spider steht und neben ihm der Sieger, Juan Manuel Fangio, ein argentinischer Rennfahrer, der auch Formel 1 gefahren ist und mehrfach Weltmeister wurde.«

»Den Namen hab ich schon mal gehört.«

»Der ist Weltmeister geworden und hatte gar keinen Führerschein.«

»Und heutzutage glaubt man, dass die Leute, die einen Führerschein haben, auch fahren können.«

Sie blieben ein paar Minuten im Wagen sitzen und schauten zu dem Haus hinüber, in dem Dr. Wendelin Falk seine Praxis hatte.

»Das ist er.«

Farner zeigte auf den älteren hochgewachsenen Mann, der vor dem Haus stand und mit einer Frau sprach, die ihm gestenreich etwas erklärte.

»Ich hab mir überlegt, wie wir es machen.«

»Ich höre.«

»Wir sind von der Polizei, aber wir stellen uns dumm.«

»Das ist doch kein Widerspruch«, grinste Furlan.

»Burlone. Gehen wir.«

Beim Näherkommen sahen sie, dass der Doktor, ein grau melierter Bonvivant-Typ mit Oberlippenbärtchen und langen Koteletten, ein Huhn auf dem Arm hatte.

»In einer halben Stunde kannst du sie wieder abholen.«

Die Frau bedankte sich und ging über einen seitlichen Verbindungsweg zum Nachbarhaus. Eine Blondine in weißem Kittel, vermutlich seine Assistentin, kam aus der Praxis und nahm ihm das Huhn ab.

»Das Wartezimmer ist voll«, sagte sie.

»Ich komm gleich.«

Dann wandte er sich Farner und Furlan zu.

»Arme Susi.« Er schmunzelte. »Ich meine das Huhn. Sie hat Bronchitis. Normalerweise gackert sie nebenan bei den Nachbarn und sorgt dafür, dass ich jeden Morgen mein Frühstücksei kriege. Jetzt kann ich mich revanchieren und sehen, dass sie wieder gesund wird.«

Er stieß mit dem Fuß gegen einen Kieselstein.

»Gestern Pferde, heute Hühner, morgen Waschbären. Quot animalia, tot morbi, frei nach Horaz. Was haben Sie auf dem Herzen?«

Sie stellten sich vor. Als Farner seinen Namen nannte, stutzte er.

»Sind Sie vom Ritten?«

»Ja.«

»Dann kennen wir uns. Sie sind … warten Sie … Lorenz.«

»Nein, Lukas. Lorenz ist der Ältere.«

»Worum geht's?«

Farner holte tief Luft, um den Anfang nicht zu vermasseln.

»Sie sind Jäger und kennen sich mit Waffen aus.«

»Schon.«

»Ein Carcano …«

»Ein altes Militärgewehr, Standardwaffe der italienischen Armee in den beiden Weltkriegen. Eignet sich aber nicht für die Jagd.«

Er wurde immer langsamer und malträtierte dabei sein Ohrläppchen.

»Wenn das kein Zufall ist.«

»Was?«

»Dass Sie das Carcano-Gewehr ansprechen.«

»Ich versteh nicht.«

»Mir ist ein solches Gewehr abhandengekommen.«

Farner und Furlan wechselten einen kurzen Blick.

Falk sah zur Tür, wo die Assistentin wieder nach ihm rief.

»Ja doch. Ich bin gestern aus dem Urlaub zurückgekommen, und heute Morgen hab ich gesehen, dass es nicht mehr da war.«

»Ist eingebrochen worden?«

»Soweit ich feststellen konnte, nein. Es fehlt auch sonst nichts.«

»Wer hat einen Schlüssel zu Ihrem Haus? Zu der Wohnung?«

»Außer mir nur die Frau, mit der ich im Urlaub war. Und meine Tochter. Die schaut ab und zu nach den Blumen und Pflanzen, wenn ich mal länger weg bin. Ich hab schon den ganzen Vormittag versucht, sie zu erreichen. Aber sie geht nicht ans Telefon.«

Er ließ sich einen Augenblick lang von einem Mann ablenken, der mit seinem Hund an ihnen vorbeispazierte.

»Glauben Sie, dass sie was damit zu tun hat?«
Farner blieb bei seiner Strategie.
»Woher sollen wir das wissen?«
Furlan, der sich bisher rausgehalten hatte, fragte, ob die Waffe angemeldet war. Die Verlegenheit von Dr. Wendelin Falk hielt sich in Grenzen.
»Nein. Ich habe sie auch nie benutzt. Zwei-, dreimal ausprobiert, ja. Mehr nicht. Wie gesagt, das Gewehr eignet sich nicht zum Jagen. Als verantwortungsbewusster Jäger braucht man eine Flinte, auf die man sich verlassen kann. Und das Carcano, das weiß man ja, schießt gern mal ein paar Zentimeter daneben.«
Furlan war noch nicht zufrieden.
»Wozu hat man es dann? Ich meine, ist das nicht so, als hätte man einen Oldtimer in der Garage stehen, ohne damit zu fahren.«
Keine Frage, wem das galt.
»Sie sagen es. Ich habe das Gewehr vor einigen Jahren von einem Bauern bekommen, sozusagen als Honorar für die Behandlung seiner Kühe. Weil er nicht bezahlen konnte. Ich hab es behalten und es, sagen wir, wie ein Museumsstück in meinem Arbeitszimmer an die Wand gehängt.«
»Ungeladen?«
»Selbstverständlich.«
»Und Ihre anderen Gewehre?«
»In einem Waffenschrank verschlossen. Wie es sich gehört. So, jetzt muss ich aber. Ich sollte den Diebstahl wohl melden.«
»Hat sich hiermit erledigt. Danke, dass Sie sich die Zeit genommen haben«, verabschiedete sich Farner.
Falk ließ sie noch nicht gehen.
»Da fällt mir noch ein. Wenn das Gewehr irgendwo auftaucht. Im Schaft sind, kaum lesbar, Initialen eingeritzt. Die Buchstaben R und H.«
»Sehr gut.«

Und das Wetter passte auch dazu. Die Gewitterwolken, die vom Vinschgau hereingezogen waren, kurvten um die Texelgruppe herum in Richtung Passeier und machten der Sonne im Burggrafenamt wieder Platz. Ein Wetterphänomen, das man häufiger beobachten konnte.

Zurück im Wagen holte Furlan sein Handy raus, gab eine Nummer ein und stellte es auf laut.

»Pronto?«

»Ist Gilli da?«

»Am Apparat.«

»Ich hab dich nicht erkannt.«

»Ich habe meine Stimme verstellt.«

»Geheimpolizei?«

»Ja. Was gibt's?«

»Ihr habt doch einen Schussvergleich gemacht.«

»Ja. Der Bericht wird gerade geschrieben. Das Gewehr aus dem Abflussrohr ist definitiv die Tatwaffe.«

Gilli räusperte sich. »Noch was. Auf dem Kolben sind zwei Buchstaben eingraviert. R und H. Vielleicht hilft euch das.«

»Und ob. Danke.«

»Ist unser Job.«

Furlan steckte das Handy wieder ein.

»Gib Gas.«

Aber Farner fuhr nicht.

»Das ist erst die halbe Miete. Ariane Falk hat das Gewehr von ihrem Vater geklaut. Aber solange wir nicht wissen, wer geschossen hat …«

»Und wenn sie es selber war?«

»Dann müsste sie aus über 300 Kilometer Entfernung getroffen haben. Sie war am Tatabend in München. Das steht wohl außer Frage.«

»Und die andere?«

»Das Alibi von Monica Waldner hat der Maresciallo gecheckt. Hast du ja gehört.«

»Ja. Aber es ist nicht wasserdicht.«

»Und wieso nicht?«

»Weil wir keine Zeugen für ihre permanente Anwesenheit in dem Kloster haben.«

Er zog sich in aller Ruhe seine Jacke aus und legte sie sich über die Knie.

»Wie lange braucht man mit dem Auto vom Kloster Marienberg nach Meran? Eine Stunde, würde ich mal sagen. Und ich glaube nicht, dass die Patres da oben eine Aus- und Eingangskontrolle haben. Sie kann um 10 Uhr abends da weggefahren sein. Sie hat gewusst, dass ihr Mann bei der Dahlberg ist, hat ihm an der Zenoburg, wo sein Wagen stand, aufgelauert, ihn erschossen und ist wieder in ihre Abtei zurückgefahren, ohne dass das jemand mitgekriegt hat.«

»Wenn man keine Fakten hat, fängt man an zu fantasieren.«

»Aber wenn es so war ...«

»In dem Fall können wir uns alle weiteren Ermittlungen sparen und hoffen, dass die Dame irgendwann umfällt und ein Geständnis ablegt. Nein, mein Lieber, das ist Zeitverschwendung.«

»Ich brauch jetzt was Süßes«, sagte Gianni Furlan und stieg bei dem kleinen Schokoladenladen aus, der vor Kurzem gegenüber dem Theater aufgemacht hatte. Und Farner durfte raten, ob Furlan damit Schokolade und Pralinen meinte oder die fesche Ladeninhaberin, von der anlässlich der Geschäftseröffnung vor ein paar Tagen ein Foto in der Zeitung war.

»Grüß sie von mir.«

Auf dem Flur im Kommissariat traf er auf Hallmeier, der ihm in einer kurzen Zusammenfassung berichtete, wie sie den Detektiv Capaldi in Bozen ausfindig und von den Carabinieri losgeeist hatten.

»Der war ganz schön hinüber. Auf der Fahrt hierher hat er die Mutspitze für das Matterhorn gehalten, und seiner Frau hat er an der Tür seine Identitätskarte gezeigt. Aber inzwischen kann man wieder einigermaßen vernünftig mit ihm reden.«

Eller kam dazu und drückte Farner eine schwarze, schon stark abgegriffene Aktenmappe in die Hand.

»Die haben wir bei ihm zu Hause abgeholt. Er sagt, da ist alles drin, was wir brauchen.«

»Habt ihr da schon mal reingeschaut?«

»Ja. Sehr professionell. Ich glaube, wenn er nüchtern ist, ist er ein guter Detektiv.«

Sie gingen in Farners Büro. Aber Hallmeier machte gleich wieder kehrt.

»Ich muss erst mal meine Tabletten nehmen.«

»Was hat er?«

»Eine Pollenallergie.«

»Was denn? Im September?«

»Er hat ein Ganzjahresabo.«

Der Detektiv saß, ziemlich schräg und mit hängenden Schultern, vor Farners Schreibtisch und döste vor sich hin. In der Nachmittagssonne glänzten seine Glatze und die speckige Lederjacke um die Wette. Es gab Penner, die besser aussahen.

Farner legte die Aktenmappe auf den Tisch und setzte sich. Eller holte sich einen Stuhl und nahm neben Capaldi Platz.

»Darf ich vorstellen: Mario Capaldi, wohnhaft in Algund, Privatdetektiv, selbstständig. Heute nicht in bester Form.«

Dabei klopfte er dem Mann wie einem alten Kameraden auf die Schulter.

Capaldi schreckte auf und bemühte sich um korrekte Sitzhaltung.

»Scusi.«

»Nichts passiert.«

Farner öffnete die Aktenmappe.

»Hat Waldner Ihnen einen Grund genannt, warum Sie Koeberlin beschatten sollten?«

»Nein.«

»Wie lange lief der Auftrag?«

»Er hat gesagt, wenn er von seiner Geschäftsreise zurück ist, will er den Bericht haben.«

»Aber er hat Sie vorher schon bezahlt.«

»Das war eine Anzahlung.«

Farner überflog die eng beschriebenen Seiten, die alle datiert waren.

»Was bedeuten die Sternchen am Rand?«

Capaldi war jetzt voll bei der Sache.

»Dass es zu den Berichten Fotos gibt. Die stecken drunter.«

Farner nahm sich die Fotos vor. Auch die waren mit Datum und Uhrzeit beschriftet und chronologisch geordnet. Alle Achtung. So abgewrackt und desolat Capaldi auch aussehen mochte, so sauber und akkurat hatte er seine Beobachtungen zusammengestellt.

Er ging die Fotos durch. Koeberlin vor seinem Haus, beim Einkaufen in einem Supermarkt, vor der Bank, in einer Bar.

»Darf ich rauchen?«

»Ausnahmsweise.« Eller stand auf und holte einen Aschenbecher von nebenan.

»Seit Reisinger aufgehört hat, hat den keiner mehr benutzt.«

Capaldi zündete sich eine Zigarette an, nahm den Aschenbecher und stellte sich ans Fenster.

Eller beugte sich vor.

»Gib's zu, du hast ihn unterschätzt.«

»Ja.«

»Sind die Fotos interessant für uns?«

»Weiß ich noch nicht.«

Koeberlin beim Plausch mit einer Blumenverkäuferin, in einer Tiefgarage, im Golfclub, wieder in derselben Bar, vor dem Bahnhof, wo er einen Mann begrüßte, der offenbar gerade mit dem Zug angekommen war. Sogar bis vor eine öffentliche Toilette hatte Capaldi sein ahnungsloses Opfer verfolgt.

Und dann riss es Farner fast vom Stuhl. Er hielt ein Foto in der Hand, auf dem Koeberlin und Ariane Falk beim Essen in einem Restaurant zu sehen waren.

»Kommen Sie mal.«

Capaldi machte die Zigarette aus und kam an den Tisch zurück.

Farner zeigte ihm das Foto.

»Wo ist das?«

»Im Trautmannsdorf.«

»Wissen Sie, wer die Frau ist?«

»Ja. Sie heißt Ariane Falk, eine Ärztin aus Meran. Er hat sich ein paarmal mit ihr getroffen.«

Farner interessierte vor allem das Datum. 20.9., 21 Uhr. Er rechnete zurück. Das war Sonntag vor einer Woche. Ein Tag vor dem Mord.

Auf dem letzten Foto, zwei Stunden später aufgenommen, war Koeberlin wieder in der Bar.

»Und danach?«

»Nichts mehr.« Der Detektiv zuckte bedauernd mit den Schultern.

»Der Job war zwar noch nicht zu Ende, aber ich hatte für den nächsten Tag einen anderen Auftrag angenommen.«

»Ärgerlich.«

»Sehn Sie, ich bin ein Einmannbetrieb, und da überschneiden sich die Dinge schon mal. Außerdem, Waldner hatte gesagt, dass er verreist, und da hab ich gedacht, dass es auf einen Tag mehr oder weniger nicht ankommt. Sie haben recht, das war nicht korrekt.«

Capaldi war richtig ins Reden gekommen.

»Ist gut. Wir werden Ihre Unterlagen einstweilen hierbehalten. Wenn der Fall abgeschlossen ist, bekommen Sie sie zurück.«

Capaldi stand auf. »Was soll ich damit? Ich habe keinen Abnehmer mehr. Mein Auftraggeber ist tot.«

»Das stimmt allerdings.«

Eller erhob sich ebenfalls.

»Kommen Sie, ich bring Sie nach Hause.«

Der Detektiv verabschiedete sich in Richtung Farner.

»Arrivederci. Ich hoffe, ich hab jetzt was gut bei der Polizei.«

»Haben Sie. Sicher werden Sie Ihr Guthaben bald einlösen.«

Nachdem die beiden gegangen waren, nahm Farner das Foto, das Koeberlin und Ariane Falk beim Essen zeigte, und ging nach nebenan, wo er Stimmen gehört hatte.

Reisinger saß am Computer. Gebhard und Furlan schauten ihm über die Schulter.

»Wir haben hier Fingerabdrücke, aber sie lassen sich nicht zuordnen.«

»Stopp. Fang mal von vorne an.«

Reisinger schaltete den Computer auf Stand-by.

»Was der Schussvergleich ergeben hat, weißt du ja schon. Gilli hat außerdem ein Paar Latexhandschuhe untersucht, die in der Nähe des Gewehrs gefunden wurden.«

»Und?«

»Außen waren Schmauchspuren, innen Fingerabdrücke. Von wem, wissen wir nicht. Es ist naheliegend, dass sie vom Täter stammen.«

Farner schnipste mit den Fingern. »Und damit hat sich soeben ein neuer Verdächtiger in unser Blickfeld geschoben.«

Er gab Furlan das Foto.

»Wow. Den hatten wir noch nicht auf unserer Liste.«

Furlan reichte das Foto an Reisinger weiter. Und Gebhard verabschiedete sich.

»Ich hab eine Verabredung mit meinem Zahnarzt.«

»Schon wieder?«

»Ja. Zwei-Acht kommt heute endgültig raus.«

»Da war ich schon länger nicht mehr«, kommentierte Reisinger das Foto.

»Du weißt, wo das ist?«

»Ja. Im Restaurant Trautmannsdorf.«

»Hast du Fotopapier im Drucker?«

»Kann ich einlegen.«

»Dann mach bitte zwei saubere Kopien davon, auf 13 mal 9 cm verkleinern. Geht das?«

»Kein Problem.«

Farner ging an seinen Schreibtisch zurück. Furlan folgte ihm.

»Hast du eine Idee?«

»Ja. Wir beide machen noch einen Hausbesuch. Mal hören, was Herr Doktor Koeberlin zu dem Foto sagt.«

»Ich habe auch eine Idee. Wenn du Koeberlin verdächtigst, brauchen wir Beweise. Ich ...« Er brach ab. »Sag ich dir später.«

Reisinger kam mit dem Foto und den verkleinerten Kopien. Farner nahm eine Schere, schnitt Ariane Falk von Koeberlin ab und legte das halbe Bild in sein Notizbuch. Die andere Kopie faltete er zweimal und steckte sie lose in seine Jackentasche.

Reisinger sah ihm schweigend zu. Farner schob ihm die Aktenmappe hin.

»Wenn du willst, kannst du dir Capaldis gesammelte Werke zu Gemüte führen.«

»Als ob ich nichts Besseres zu tun hätte.«

»Habt ihr was von Terranostra gehört?«

»Hab ich ganz vergessen«, bekannte Furlan. »Valetta hat mich angerufen ...«

»Als du im Schokoladenladen geflirtet hast.«

»Ja. Dem Maresciallo geht's besser. Valetta sagt, sie haben ihn aus dem Krankenhaus entlassen, und morgen ist er wieder im Dienst.«

»Uns bleibt auch nichts erspart.«

Vor Koeberlins Haus standen zwei Wagen, ein blauer BMW, obere Preisklasse, und ein Fiat Panda. Gianni Furlan brachte seine Kamera in Schussposition und drückte zweimal auf den Auslöser.

»Bist du jetzt bei der Stadtpolizei? Hier ist Parken erlaubt.«

»Ich hab es mehr auf die Reifen abgesehen.«

»Dann musst du näher rangehen.«

»Hab ich auch vor. Das war nur Probeschießen.«

Er deponierte die Kamera auf der Ablage und zog sich sein Jackett an.

»Gilli hat gesagt, dass die Reifenspuren oben am Tatort vermutlich von einem Jeep stammen. Siehst du hier einen?«

Farner deutete auf das graue Tor, das neben dem Haus am Ende der gepflasterten Einfahrt von einer Hecke halb verdeckt war.

»Versuch's mal in der Garage.«

Er zog den Zündschlüssel ab.

»Ich geh schon vor.«

Als er an der Haustür läutete, öffnete ein junger Mann, der Bob Marley die Frisur geklaut hatte. Rastalocken bis auf die Schultern.

»Sie wünschen?«

Farner wies sich aus. »Ich möchte zu Herrn Dr. Koeberlin.«

Der Mann ließ ihn eintreten.

»Sind Sie allein?«

»Nein, da kommt noch einer.«

»Dann lass ich die Tür besser auf.«

Er zeigte in den Flur und schaltete das Licht an.

»Ganz durch. Entschuldigen Sie mich bitte. Ich muss wieder in die Küche, sonst brennt mir was an.«

Am Ende des Flurs landete Farner in einem geräumigen Esszimmer, wo Koeberlin dabei war, den Tisch zu decken.

Er schaute kurz auf.

»Ah, der Kommissar. Sie kommen ungelegen.«

Das denk ich mir, du Pappnase.

»Ich habe nur ein paar Fragen.«

Koeberlin zeigte auf einen der Stühle.

»Ich bin gleich bei Ihnen. Sind Sie weitergekommen?«

»Ja.«

»Aber mehr dürfen Sie natürlich nicht sagen.«

»Stimmt.«

Farner setzte sich, und Koeberlin begann – während er Teller, Besteck und Servietten auf dem Tisch verteilte – von sich aus zu reden.

»Wir machen das einmal in der Woche, immer abwechselnd, einmal bei mir, das nächste Mal bei Hanno. Immer montags.«

»Letzten Montag auch?«

»Ja. Die Rezepte sind von seiner Mutter. Wir probieren sie aus, bevor sie in der Wochenendausgabe der Zeitung veröffentlicht werden.«

»Wie lange waren Sie am letzten Montag bei Ihrem Freund?«

»Warten Sie.« Er überlegte. »Bis zehn, halb elf hat das Essen gedauert. Und danach ... Man geht ja dann nicht gleich auseinander.«

»Also keine präzise Uhrzeit?«

»Nein, aber später als Mitternacht war es nicht.«

Furlan kam herein und mit ihm der Koch.

»Das ist Hanno Pircher«, stellte ihn Koeberlin vor. »Er ist heute der Capocuoco.«

»Extra aus Jamaika eingeflogen«, frotzelte Furlan.

»In einer halben Stunde wär ich so weit«, sagte der Koch. »Aber für so viele Leute wird es nicht reichen.«

»Keine Sorge, die Herren bleiben nicht lange«, beruhigte ihn Koeberlin.

Pircher verzog sich wieder in die Küche, und Koeberlin klärte sie darüber auf, dass sich Pircher seine exotische Haartracht nicht von Bob Marley, sondern von Bobby McFerrin abgeschaut hatte.

»Der war vor ein paar Jahren mal im Kurhaus. Seitdem läuft Hanno mit diesen Filzlocken rum.«

»Don't worry – be happy«, fiel Furlan passend dazu ein.

Er setzte sich neben Farner, und Koeberlin nahm ihnen gegenüber Platz.

»Legen Sie los.«

Farner nahm das Bild, von dem er Koeberlin abgeschnitten hatte, aus seinem Notizbuch.

»Kennen Sie die Frau?«

Koeberlin betrachtete das Foto und streckte die Hand danach aus.

»Darf ich mal?«

Farner hätte fast gesagt: Ich bitte darum.

»Das ist Ariane. Ariane Falk.«

»Woher kennen Sie sie?«

»Aus dem Golfclub. Sie war die Geliebte von Hermann Waldner. Bis vor einem halben Jahr, glaube ich.«

»Und danach waren Sie an der Reihe?«

»Nein, leider nicht. Ich hätte gerne. Aber sie hat mich abblitzen lassen.«

»Trotzdem haben Sie sich ab und zu mit ihr getroffen.«

»Ja. Ich hab sie ein paarmal zum Essen eingeladen. Aber es hat nicht geklappt.«

»Hat sie oder Waldner mal darüber gesprochen, warum es zwischen den beiden aus war und wer Schluss gemacht hat?«

»Nein. Aber ich glaube, Waldner hatte eine Neue. Kann ich das Foto haben?«

»Später. Wir brauchen das noch.«

Er nahm das Foto wieder an sich, wobei er es vorsichtig nur an einer Ecke anfasste, und legte es in sein Notizbuch zurück. Koeberlins argwöhnischen Blick ignorierte er.

»Wenn Sie mir noch sagen, wo Ihr Koch wohnt.«

Koeberlin sah ihn erstaunt an.

»In der Schafferstraße. Warum wollen Sie das wissen?«

»Vielleicht schauen wir nächsten Montag mal rein. Mein Kollege ist auch ein leidenschaftlicher Koch und interessiert sich für neue Rezepte. Stimmt's?«

Furlan konnte nur mit Mühe sein Lachen verbergen.

Sie verabschiedeten sich. Koeberlin begleitete sie hinaus. Vor dem Haus kam ihnen eine gut gekleidete Frau um die sechzig entgegen, die Pirchers Mutter sein musste, aber Koeberlin unterließ es, sie einander vorzustellen.

»Ich koch dir morgen was, aber ich kann nicht garantieren, dass du es überlebst«, sagte Furlan, als er zu Farner in den Wagen stieg.

»Das hat dir gefallen, was? Aber lass es dir gesagt sein: Kochen ist in, und die Männer sind auf dem Vormarsch.«

»Ich denk mal drüber nach. Kann ja nicht schaden, wenn man einer Frau am Herd hin und wieder unter die Arme greift.«

»Aber verbrenn dich nicht.«

Farner startete den Motor und fuhr los, und Furlan legte die Kamera auf den Rücksitz. »Besser, du fährst außen rum. Da ist jetzt weniger Verkehr.«

»Ja.«

»Der Jeep war übrigens in der Garage.«

»Erkundige dich mal nach diesem Wischmopp. Hanno Pircher, wohnhaft in der Schafferstraße. Könnte sein, dass wir ihn noch zur Bestätigung für Koeberlins Alibi brauchen.«

Er gab Furlan das Notizbuch mit dem Foto von Ariane Falk, auf dem Koeberlin seine Fingerabdrücke hinterlassen hatte.

»Wofür wolltest du die andere Kopie?«

»Wenn er gesagt hätte, er kennt die Frau nicht, hätte ich ihm gezeigt, wie er mit ihr im Restaurant war.«

Furlan hob anerkennend den Daumen. »Was denkst du? Hat er Waldner umgebracht?«

Farner ging vom Gas, weil vor ihm ein Linksabbieger die Straße so eng machte, dass er nur langsam an ihm vorbeifahren konnte.

»Noch ist er nur verdächtig. Solange wir nicht wissen, ob es seine Fingerabdrücke in den Handschuhen sind und ob die Reifenspuren am Tatort von seinem Jeep stammen, sind es nur Vermutungen.«

»Ich kann diese Typen nicht leiden, die so überheblich und abgeklärt tun und dahinter ihre Dummheit verstecken.«

»Nun schieß dich mal nicht auf ihn ein. Ruf Gilli an. Sag ihm, dass wir noch Arbeit für ihn haben.«

Es war schon nach sieben und die erste Abendstimmung kam auf, als sie den Wagen im Hof des Kommissariats abstellten. Furlan ging gleich zu den Kollegen vom Erkennungsdienst, um ihnen die Ausbeute ihres Besuchs bei Koeberlin zu bringen.

Farner musste sich ein paar Minuten gedulden, bis die Putzfrau die Treppe in den oberen Stock freigab.

»Attento, Signore, è scivoloso«, warnte sie ihn. Und als er sich bedankte, hätte es ihn schon fast hingehauen.

Reisinger war noch im Büro. Er hatte die Fotos aus Capaldis Aktenmappe auf seinem Schreibtisch ausgebreitet.

»Schau mal her.«

Er nahm eines der Fotos und hielt es Farner hin.

»Koeberlin in einer Bar. Hab ich gesehen.«

»Aber du kennst den Mann hinter der Bar nicht. Das ist unser Barmann.«

»Der mit dem Koks?«

»Ja. Kannst du lesen, was auf der Schachtel steht, die er Koeberlin gibt?«

Farner nahm die Lupe, die ihm Reisinger reichte.

»PRVI Partizan 6,5 x 52.«

»Es fügt sich. Hab ich's nicht gesagt. Das ist die Munition, die man für ein Carcano-Gewehr braucht. Ein weiteres Puzzleteil, das Koeberlin belastet.«

»Das ist eindeutig dieser Ennio Pasetti«, bestätigte Furlan, der inzwischen dazugekommen war und sich das Foto anschaute.

»Der dealt also nicht nur mit Rauschgift, sondern auch mit Munition.«

»Sitzt der Mann noch?«, wollte Farner wissen.

Reisinger schaltete seinen Computer aus.

»Ich hab noch nichts von den Carabinieri gehört.«

»Ruf da an. Die sollen ihn auf gar keinen Fall freilassen.«

Furlan setzte sich Reisinger gegenüber an Ellers Schreibtisch.

»Ich halt mal fest: Ariane Falk hat ein Gewehr, aber keine Munition. Nein, andersherum. Koeberlin hat das Gewehr von Ariane Falk und die Munition von unserem Barmann.«

»Wir werden sehen. Was sagt die Spusi? Hast du denen Dampf gemacht?«

»Ja, aber die haben den Dampf gleich wieder zum Fenster rausgelassen. Morgen früh kriegen wir das Ergebnis.«

»Na schön. Ich glaube, wir haben uns jetzt den Feierabend verdient.«

Farner machte sich zu Fuß auf den Weg ins Hotel. Das war ein dreimal gesegneter Tag. Nachdem es anfangs so zäh gelaufen war, standen sie jetzt kurz vor der Aufklärung. Aber er ermahnte sich. Nicht zu früh in die Hände klatschen. Der Ball lag auf dem Elfmeterpunkt, aber er war noch nicht im Tor.

In der Hotelbar gönnte er sich einen sauteuren Amarone, sah sich in seinem Zimmer den Rest eines Italowestern an, den er schon dreimal gesehen hatte – zuletzt in Den Haag mit holländischen Untertiteln –, und kippte, todmüde von dem anstrengenden Tag, ins Bett.

Dienstag, 29.9.

Ein doppeltes Laufpensum auf dem Tappeinerweg, einige Dehnübungen zwischendurch und im Swimmingpool ein paar Runden mehr als sonst – danach fühlte sich Farner für den neuen Tag gerüstet.

Beim Blättern in der Zeitung, die ihm die Bedienung mit einem freundlichen Lächeln auf den Frühstückstisch gelegt hatte, entdeckte er ein junges Mädchen im Badeanzug und stutzte. Das Gesicht kam ihm bekannt vor. Beim zweiten Hinsehen erkannte er Leonie Waldner. Sie war eine der Kandidatinnen, die am 9. Oktober im Kurhaus bei der Wahl zur Miss Südtirol antreten würden. Wie kann sie das tun? Der Vater ermordet, die Mutter im Gefängnis. Und ihr scheint das nichts auszumachen.

Er wischte sich den Unmut von der Stirn. Und ärgerte sich, zwei Seiten weiter, über sich selber, weil er nicht daran gedacht hatte. Der heilige Michael, Schutzpatron der Polizei, hatte heute Namenstag. Reisinger wäre das nicht passiert.

An der Rezeption lagen die Wandervorschläge für die nächsten Tage aus. Für einen Ausflug an die Spronser Seen musste man sich anmelden. Ebenso für die Greifvogelschau auf Schloss Tirol. Dahin könnte er auch mal seinen Neffen Leo mitnehmen. Als verspätetes Geburtstagsgeschenk. In seinem Schreibtisch lag ja auch noch das Computerspiel für ihn.

Er hatte einiges aufgeschoben und liegen lassen, seit sie mit diesem Mordfall beschäftigt waren. Am neugierigsten war er auf Anne Felderer. Und dann stand der Einzug in seine neue Wohnung an. Schluss mit dem Hotelleben. Sich endlich wieder in den eigenen vier Wänden ausbreiten können. Eine verlockende Aussicht.

Als er das Kommissariat betrat, bat ihn der diensthabende Polizist in der Wachstube näher heran. Es war Carducci, der

Mann, den seine Frau mitsamt dem singenden Papagei rausgeworfen hatte.

»Haben Sie einen Moment Zeit, Commissario?«

Hatte er nicht, aber er wollte auch nicht unhöflich sein.

»Worum geht's?«

»Warten Sie, ich komm raus zu Ihnen.«

Aber bevor Carducci bei ihm war, rief jemand vom anderen Ende des Flurs nach ihm.

»Nicht weglaufen, Farner.«

Er sah den kleinen dicken Gilli, der gemächlich auf ihn zukam und gar nicht daran dachte, einen Gang zuzulegen. Carducci, der erkannte, dass es im Moment nicht passte, machte wieder kehrt.

»Das erspart mir den Aufstieg«, bedankte sich der Chef des Erkennungsdienstes und reichte Farner einen DIN-A4-Umschlag.

»Unsere Expertise. Gratuliere.«

»Soll ich ihn gleich aufmachen oder sagst du's mir?«

»Die Fingerabdrücke in den Handschuhen sind von dem, der das Foto angefasst hat. Deine und die von Furlan sind da allerdings auch drauf.«

»War nicht zu vermeiden. Und die Reifenspuren?«

»Identisches Profil. Jetzt braucht ihr nur noch ein Geständnis.«

»Und einen Haftbefehl.«

»Dürfte bei der Beweislage nicht schwer sein.«

»Danke für die Hilfe.«

»Das machen wir doch mit links.«

Ein sympathischer Angeber, dieser Gilli, und irgendwie aus der Zeit gefallen. Die Welt, die Menschen miteinander, hätten weniger Probleme, wenn es mehr solche Typen gäbe.

Carducci unterhielt sich inzwischen in der Wachstube mit einer Kollegin und schien das abgebrochene Gespräch nicht wieder aufnehmen zu wollen. Farner winkte kurz und ging nach oben. Auf dem Treppenabsatz kam ihm Gianni Furlan entgegen.

»Hast du schon Feierabend?«

»Ich will wissen, wie weit die Spusi mit ihrem Abgleich ist. Da geht keiner ans Telefon.«

Farner deutete auf den Umschlag in seiner Hand.

»Frag mich.«

»Mach's nicht so spannend.«

»Treffer. Koeberlin ist unser Mann.«

»Sein Alibi ist auch falsch. Ich habe vorhin mit der Mutter von diesem Bobby-McFerrin-Verschnitt gesprochen. Der ist übrigens Student am Konservatorium in Bozen. Die Mutter sagt, dass Koeberlin die Fressparty am letzten Montag gegen halb elf verlassen hat.«

»Okay. Sag allen Bescheid. Einsatzbesprechung in meinem Büro.«

Reisinger trug Uniform und setzte sich zu den anderen an den Besprechungstisch.

»Steht dir gut«, stellte Farner fest. »Das ist das erste Mal, dass du wie ein Polizist aussiehst. Hast du was vor?

»Ja. Um zehn Uhr in die Messe und anschließend zum Empfang beim Bürgermeister.«

»Aber vorher besorgst du uns noch einen Haftbefehl.«

»Reichen die Beweise?«

»Dreimal.«

Farner fasste zusammen, was letztlich auf die Spur von Koeberlin geführt hatte, und Reisinger verglich alles mit seinen Notizen, die er vor sich liegen hatte.

»Und wenn Eller diesen Capaldi, den Detektiv, nicht ausgegraben hätte, würden wir garantiert noch im Dunkeln tappen. Also, meine Herren. Furlan und ich fahren zur Bank. Gianni, du rufst bei den Carabinieri an, ob der Maresciallo noch im Spiel ist. Wenn ja …« Er schaute auf seine Uhr. »Jetzt ist es halb … Um Punkt zehn vor der Bank. Aber unauffällig. Sie sollen dort auf uns warten. Gebhard und Hallmeier fahren zu Koeberlins Haus. Und Reisinger schicken wir als offizielle Abordnung in die Kirche und zum Bürgermeister. Und denk dran, dem heiligen Michael zu danken, dass er uns bei den Ermittlungen geholfen hat.«

»Wir können von Glück sagen, dass wir nicht in Kalabrien sind.«

»Wieso?«

»Da hilft er nicht nur der Polizei, sondern auch der Mafia.«

»Erzähl das mal Terranostra. Seine Großeltern stammen von da. Und Eller, du hältst hier die Stellung.«

Hans Eller verzog das Gesicht.

»Schade.«

»Warum?«

»Weil ich bei dem Finale gern dabei gewesen wäre.«

»Beim nächsten Mal wieder.«

»Vergiss die Beretta nicht«, ermahnte ihn Reisinger beim Hinausgehen.

Furlan saß am Steuer.

»Ich hab mit Valetta ausgemacht, dass wir uns bei dem Taxistand an der Postbrücke treffen. Von da aus brauchen wir nur über die Straße zur Bank. Wie viel Uhr ist es?«

»Kurz vor zehn.«

Farner hielt Ausschau. Terranostra und Valetta standen neben ihrem Wagen.

»Am besten du hältst hinter ihnen.«

Furlan zeigte auf das Bankgebäude, das man von hier aus sehen konnte. »Da oben ist jetzt 'ne Wohnung frei geworden. Ist das nichts für dich?«

»Nein, ist mir zu laut hier.«

In der Sekunde, in der Farner aussteigen wollte, klingelte sein Handy. Es war Gebhard. »Ivo, was gibt's?«

»Koeberlin ist gerade gekommen und in sein Haus gegangen.«

»Ist gut. Kein Zugriff. Auf Abstand bleiben. Wir sind gleich da.«

Während Farner im Wagen telefonierte, stieg Furlan aus und ging zu den beiden Carabinieri. Farner war einen Moment später bei ihnen.

»Umleitung, meine Herren. Koeberlin ist in seinem Haus.«

»Favoloso«, kam die bissige Bemerkung von Terranostra. »Das kann man auch besser organisieren.«

Trotz dieser alten Ruppigkeit hatte Farner den Eindruck, dass Giovanni nicht so aggressiv war wie sonst. Und spontan entschloss er sich, es darauf ankommen zu lassen.

»Furlan fährt mit Valetta und Giovanni mit mir.«

Terranostra wollte protestieren, aber Farner ließ ihn nicht zu Wort kommen. »Steig ein. Wir dürfen keine Zeit verlieren.«

In Gedanken schon weit voraus, hielt er ihm die Wagentür auf und schubste ihn auf den Beifahrersitz.

Giovanni schwieg. Aber Farner spürte, dass es im Maresciallo rumorte. Er weiß genauso wenig wie ich, wie man mit dieser Situation umgeht. Nur keinen falschen Zungenschlag. Terranostra holte sein Handy heraus und begann, jemandem eine SMS zu schreiben. Aber mittendrin brach er ab und steckte das Handy wieder ein.

»Wie seid ihr auf den Mann gekommen?«

»Hat dir Valetta nichts erzählt?«

»Doch, aber ich will es von dir hören.«

In wenigen Sätzen berichtete Farner, wie alles abgelaufen war. Terranostra brummte ein paarmal, sagte aber nichts.

»Und deine Unschuld aus dem Piemont hat ihre Beteiligung an dem Mord zugegeben.«

»Merda«, sagte Terranostra, und das klang fast wie das Eingeständnis eines Fehlers.

Farner versuchte sich vorzustellen, wie die Festnahme Koeberlins ablaufen könnte. Ein Geständnis würde er nicht ablegen, aber das brauchten sie bei der Beweislage auch nicht. Würde es bei einem verbalen Schlagabtausch bleiben oder zu einer tätlichen Auseinandersetzung kommen? Täter, die in der Falle sitzen und nichts mehr zu verlieren haben, sind unberechenbar. Und irgendwie – weiß der Teufel warum – war er auf einmal sogar froh, dass Giovanni, Arschloch hin oder her, bei dieser Aktion dabei war.

Auf einem Parkplatz an der Ecke zur Katzensteinstraße sah er den Wagen von Gebhard und Hallmeier. Gebhard saß allein im Wagen.

Farner hielt neben ihm. Von hier aus hatte man, zwischen zwei Bäumen hindurch, einen freien Blick auf Koeberlins Haus. Farner ließ die Scheibe runter, und Gebhard nahm die Ohrstöpsel raus und legte sie auf den Beifahrersitz. Terranostra hielt sich raus.

»Wo ist Hallmeier?«

»Hinter dem Haus. Er beobachtet die Rückseite.«

»Sehr gut.«

Über Funk sprach er mit Furlan und Valetta, die hinter ihnen waren.

»Ihr fahrt an Koeberlins Haus vorbei, in Sichtweite wenden und im Wagen sitzen bleiben.«

»Capito«, kam es von Valetta zurück.

Es war wenig los auf der Straße und zwischen den Häusern, und das war auch gut so, wenn sie das hier ohne großes Aufsehen hinter sich bringen wollten.

Terranostra entdeckte ihn zuerst.

»Da ist er.«

Koeberlin kam mit einem Trolley und einem Aktenkoffer aus dem Haus und ging zu seinem Wagen.

»Andiamo. Los geht's.«

Farner fuhr nur wenige Meter weiter und setzte den Wagen hinter den dunkelblauen BMW, in den Koeberlin sein Gepäck einlud.

Er musste sie längst bemerkt haben, aber er reagierte nicht.

Der Typ ist so was von abgebrüht, dachte Farner und zog den Zündschlüssel ab.

»Wenn er Zirkus macht, übernehme ich«, bellte Terranostra.

»Wir werden sehen.«

Sie stiegen aus und gingen auf Koeberlin zu, und erst als Farner ihm auf die Schulter tippte, schaute er auf und tat ganz überrascht.

»Ah, die Polizei.« Nebenbei schloss er die Heckklappe seines Wagens.

»Dass wir uns so schnell wiedersehen! Leider zu einem ganz ungünstigen Zeitpunkt.«

»Sie wollen verreisen?«

»Ja. Ich habe am Nachmittag einen Geschäftstermin in Mailand.«

»Das werden Sie nicht schaffen«, sagte Farner. »Sie haben einen Termin beim Staatsanwalt in Bozen.«

»So?«

Das war so was von verächtlich. Der Mann glaubte anscheinend immer noch, dass es keine Beweise gegen ihn gab. Terranostra ging das alles viel zu langsam, und Farner sah ihm an, dass er drauf und dran war, diesem arroganten Schnösel in den Allerwertesten zu treten.

Farner verschärfte den Ton. »Machen wir es kurz. Herr Doktor Koeberlin, gegen Sie besteht der dringende Verdacht, Hermann Waldner getötet zu haben.«

»Sie wollen mich festnehmen?«

»Darauf läuft es hinaus.«

Koeberlin äugte in Richtung Nachbarhaus.

»Muss das hier sein?«

»Keine Sorge wegen der Nachbarn. Sie werden so bald nicht wieder hierher zurückkommen.«

»Ich werde meinen Anwalt anrufen.«

»Das ist Ihr gutes Recht.«

»Darf ich mal?«

Koeberlin ging um den Wagen herum, öffnete die Beifahrertür und suchte in seinem Handschuhfach. Terranostra war sofort hinter ihm und drückte ihm seine Pistole in den Rücken.

»Keine Dummheiten.«

»Nicht so nervös.«

»Klappe halten.«

Koeberlin drehte sich um und zeigte dem Maresciallo das Handy, das er aus dem Handschuhfach genommen hatte.

»Das nehmen wir«, sagte Farner. »Und die Wagenschlüssel, wenn ich bitten darf.«

Jetzt sah es so aus, als hätte sich Koeberlin mit dem Unabänderlichen abgefunden. Widerspruchslos händigte er Farner sein Handy und die Fernbedienung für den Wagen aus.

»Na also.«

Terranostra steckte seine Waffe wieder ein und hatte im nächsten Augenblick eine Ladung Pfefferspray im Gesicht. Farner duckte sich, als Koeberlin die Spraydose nach ihm warf, verlor das Gleichgewicht und musste sich an der Bordsteinkante abstützen, um nicht hinzufallen. Blitzschnell war er wieder auf den Beinen. Und doch nicht schnell genug. Und auch Gebhard, Furlan und Valetta, die in Windeseile angerannt kamen, konnten nicht verhindern, dass Koeberlin ins Haus flüchtete und die Tür vor ihrer Nase zuschlug.

Valetta lief zur Straße zurück, um sich um den Maresciallo zu kümmern, der immer noch taumelte und hustete und sich die Augen rieb.

Gebhard wollte das Fenster einschlagen und suchte nach einem Stein.

»Stopp. Wir versuchen es mal auf der Rückseite.«

Farner erinnerte sich, dass es in dem Esszimmer eine Tür gab, die in den Garten hinausführte.

In diesem Moment hörten sie Schreie. »Stehen bleiben.« Und noch mal: »Stehen bleiben oder ich schieße.« Die Stimme von Hallmeier. Und dann einen Schuss.

»Nach hinten.«

Farner rannte los, Furlan und Gebhard hinter ihm her. Der Waal, den sie überspringen mussten, stellte kein Problem dar, und auf die Blumenrabatte konnten sie auch keine Rücksicht nehmen. Aber als sie hinter dem Haus ankamen, war Koeberlins Flucht schon zu Ende.

Der Mann lag bäuchlings auf dem Rasen, und Hallmeier kniete auf seinem Rücken und legte ihm Handschellen an. Farner bückte sich und hob den Schuh auf, den Koeberlin beim Laufen verloren haben musste.

»Ist das deiner?«

Hallmeier schüttelte den Kopf.

»Den Schuh zieh ich mir nicht an.«

»Dann gehört er wohl deinem Sparringspartner.«

Der giftige Blick, den ihm Koeberlin aus der Bodenlage zuwarf, entschädigte für den Flop auf der Straße.

»Hallmeier, du bist ein Volltreffer.«

»Weiß ich doch«, grinste der Lange und erhob sich. »Aber sag das mal meiner Freundin.«

»Kann er gehen?«

»Ja. Er ist nicht verletzt. Das war nur ein Warnschuss.«

»Dann hoch mit ihm.«

Zu zweit stellten sie Koeberlin auf die Beine. Dann winkte er Gebhard heran.

»Ihr beide, Hallmeier und du, bringt ihn nach Bozen.«

Es juckte ihn, dem Bankfuzzi noch eins mitzugeben.

»Sie haben Fehler gemacht, Herr Doktor Koeberlin. Fehler machen wir alle. Aber für einen, der sich so unendlich gescheit vorkommt, muss das sehr beschämend sein.«

»Sie können mich mal.«

»Wir sind gerade dabei. Los Jungs, ab die Post. Der Staatsanwalt wartet schon.«

»Das wird Sie teuer zu stehen kommen.«

»Klären Sie das mit Ihrem Anwalt.«

Er stand da, atmete ein paarmal tief durch und wartete auf das befreiende Gefühl, das sich eigentlich einstellen sollte, wenn man eine Sache geklärt und einen Mörder zur Strecke gebracht hatte.

Im Kino kam jetzt der Abspann. War aber nicht. Die Sache war noch nicht geklärt.

Furlan schien Ähnliches durch den Kopf zu gehen.

»Du weißt nicht, warum er Waldner erschossen hat.«

»Nein.«

»Wegen Ariane Falk?«

»Kann ich mir nicht vorstellen. Vielleicht kann uns Natascha Rieger noch was dazu sagen.«

»Du willst noch mal zur Bank?«

»Ja.«

Er sah, dass die Hintertür, durch die Koeberlin geflohen war, noch offen stand.

»Schau mal, ob der Schlüssel steckt, damit wir das Haus zusperren können.«

Er selber ging zu den Blumen, die sie niedergetrampelt hatten. Aber da war nicht viel wiedergutzumachen. Als er auf die Straße zurückkam, entdeckte er in einiger Entfernung ein paar Leute, die zusammenstanden und zu dem Haus herüberschauten. Aber alles in allem war Koeberlins Festnahme ohne großes Aufsehen über die Bühne gegangen. Gianni Furlan hatte sein Handy noch in der Hand, als er aus dem Haus kam.

»Valetta hat sich gemeldet. Er bringt den Maresciallo nach Hause.«

»Wie geht's ihm?«

»Besser. Er sagt, er hustet nicht mehr und kann wieder klar sehen.«

»Trotzdem. Der Mann muss schnellstens seine Kleidung wechseln, sonst wird er das Zeug nicht los.«

»Valetta kennt sich damit aus.«

»Und nicht reiben oder Creme draufschmieren.«

»Weiß er auch. Das lernt man in jedem Erste-Hilfe-Kurs, wie man mit Pfefferspray umgeht.«

»Ist ja gut, du Schlaumeier.«

»Irgendwie tut er mir leid, dein alter Schulfreund. Hat sich so auf die Zusammenarbeit mit dir gefreut.«

»Und im entscheidenden Moment verliert er den Durchblick.«

Furlan blieb neben dem BMW stehen. »Was passiert mit dem Wagen? Er wird ihn eine Zeit lang nicht brauchen.«

»Er wird ihn verkaufen und seinen Anwalt davon bezahlen. Aber vorher nehmen wir den Aktenkoffer an uns.«

»Das ist Diebstahl.«

»Nein. Sicherung von Beweismitteln.«

Farner öffnete den Kofferraum mit der Fernbedienung, die er Koeberlin abgenommen hatte. Furlan angelte sich den Aktenkoffer und warf Farner ihren Wagenschlüssel zu.

»Du fährst und ich knack das Zahlenschloss. Wie viele Kombinationen gibt es?«

»Frag deinen Mathelehrer.«

»Ich schätz mal, tausend.«

»Dann viel Spaß.«

Während der gesamten Fahrt versuchte Furlan vergeblich, hinter das Zahlengeheimnis des Aktenkoffers zu kommen. Als sie vor der Bank hielten, überlegte er kurz, ob er ihn im Wagen lassen sollte.

»Und wenn da nun ganz viel Geld drin ist?«

»Dann nimm ihn lieber mit.«

Natascha Rieger empfing sie wie zwei alte Bekannte.

»Bitte nehmen Sie Platz.«

Farner zog es vor, stehen zu bleiben, aber Furlan ließ sich nicht lange bitten, setzte sich auf das schwarze Ledersofa und begann sofort wieder mit seinem Zahlenspiel.

»Herr Doktor Koeberlin hat genau den gleichen«, bemerkte Natascha Rieger und nestelte wieder an ihrer Halskette.

»Sie meinen, den Aktenkoffer?«

»Ja.«

»Es ist seiner«, sagte Farner, jedes Wort betonend, und sah das Erstaunen in ihrem Gesicht.

»Ist was passiert?«

»Ja. Herr Doktor Koeberlin ist festgenommen worden. Er steht unter dringendem Mordverdacht.«

Sie nickte ein paarmal, wie jemand, dessen Ahnung zur Gewissheit geworden war.

»Das scheint Sie nicht zu überraschen.«

»Bis gestern hätte ich das noch für abwegig gehalten.«

»Aber?«

»Aber seit heute Morgen weiß ich, dass da seit Längerem was im Gange war.«

»Erzählen Sie.«

»Darf ich kurz ablenken? Ich brauche einen Kaffee. Sie auch?«

Furlan hob seine Hand, und Farner schloss sich an. »Ja, bitte.«

Natascha Rieger ging an ihr Telefon und drückte eine Taste.

»Barbara, bringen Sie bitte drei Tassen Kaffee in mein Büro. Danke.«

»Ich krieg's nicht hin«, knurrte Furlan.

»Versuch's mal mit seinem Geburtsdatum.«

»Muss man das im Kopf haben? Ich kenn ja nicht mal deins.«

»Dreiundzwanzig – zehn – achtundsiebzig«, kam es wie aus der Pistole geschossen von Natascha Rieger. »Skorpion.«

»Grazie.«

Furlan stellte die Zahlen ein und stöhnte erneut. »Passt auch nicht.«

»Dann nimm 'ne Zange.«

Natascha Rieger knüpfte da an, wo sie aufgehört hatte.

»Wie gesagt, seit heute Morgen weiß ich mehr. Koeberlin war vor seiner Abreise noch mal in der Bank, um einige

Dinge mit mir zu besprechen, die ich in seiner Abwesenheit erledigen sollte. Ich hab ihn wieder gefragt, was nun wird. Er hat gesagt: ›Wenn ich aus Mailand zurück bin, reden wir darüber.‹ Und dann hat er mir diesen Zeitungsausschnitt auf den Tisch gelegt. Aus einem Branchenblatt, nehm ich an.«

Farner las, erst leise für sich, dann an Furlan gewandt.

»Hör dir das an. *›Zuerst waren es nur Gerüchte. Jetzt scheint es festzustehen: Die ESB in Meran geht mit der Mailänder Consortiobank zusammen. Designierter neuer Bankchef in Meran ist Dr. Franz-Josef Koeberlin, der Juniorpartner des verstorbenen Hermann Waldner.‹*«

Natascha Rieger setzte sich und massierte ihre Schläfen. »Ich kann's nicht fassen. Sicher, es hat ab und zu Reibereien gegeben und einmal auch eine heftige Auseinandersetzung zwischen den beiden in Waldners Büro. So laut, dass man es bis auf den Flur hören konnte. Aber ich habe nicht gewusst, worum es ging.«

Der Kaffee wurde gebracht. Farner trank nur einen Schluck und verzog das Gesicht.

»Schmeckt er Ihnen nicht?«

»Doch«, log er. »Sie haben von Koeberlins Fusionsplänen nichts gewusst, Koeberlin hat von diesen Bauernkrediten nichts gewusst, und Waldner wusste nicht, dass Sie sich gegen ihn abgesichert und alle brisanten Unterlagen in einem Bozener Banksafe deponiert haben. Hier hat ja wohl jeder sein eigenes Süppchen gekocht.«

Natascha Rieger schwieg.

»Wussten Sie, dass Waldner einen Detektiv auf Koeberlin angesetzt hatte? Nein, vermutlich nicht.«

»Nein.«

»Eine Frage noch, dann lassen wir Sie in Ruhe. Ariane Falk. Kennen Sie sie?«

»Kennen nicht. Ich weiß von einer Freundin, dass sie eine Arztpraxis in der Sparkassenstraße hat, aber ich bin ihr nie begegnet.«

Hinter ihnen machte es zweimal klack.
»Ich hab's.«
Furlan hatte die richtige Kombination gefunden.
»Eins, zwei, drei – drei, zwei, eins. Wie originell. Aber kein Geld, nur Papiere.«
Natascha Rieger stand auf.
»Das interessiert mich auch.«
»Ein Vertragsentwurf für die geplante Fusion, datiert auf den 29. September. Das ist heute.«
»Deshalb wollte er nach Mailand.«
»Und ein Gesprächsprotokoll vom 28. Juli.«
Er las weiter.
»Mein lieber Herr Gemeinderat. Da wird dir schwindlig. Koeberlin hätte 50 Millionen Euro Provision kassiert, wenn der Vertrag heute unterschrieben worden wäre. 50 Millionen – wenn das kein Motiv ist.«
»Okay, pack die Sachen wieder ein. Damit werden wir dem Staatsanwalt eine Freude machen.«
Natascha Rieger begleitete sie hinaus und verabschiedete sie an der Treppe.
»Sie haben Ihren Fall gelöst, aber hier weiß keiner, was jetzt wird.«
»Ich nehme an, das regeln die Nachlassverwalter. Einstweilen wird wohl niemand etwas dagegen haben, wenn Sie die Bankgeschäfte weiterführen. Aber nageln Sie mich nicht fest. Ich kenn mich in der Branche nicht aus.«

»Der Kaffee in der Bank war hundsmiserabel.«
Farner nickte nur, aber Furlan war in Redelaune.
»Im Fernsehen lief vor ein paar Tagen eine Reportage über den Einsatz von Pestiziden beim Kaffeeanbau. Wenn du das siehst, willst du keinen Kaffee mehr trinken. Und dann sagen sie auch noch, sie liefern hauptsächlich nach Italien.«
»Du hast Sorgen.«

»Den besten Kaffee gibt's in der Carabinieri-Kantine in der Petrarcastraße.«

»Aber deswegen lauf ich da nicht jedes Mal hin.«

Farner und Furlan waren, nachdem sie den Wagen im Hof des Kommissariats abgestellt hatten, auf einen Sprung ins Blaue Schiff gegangen und auf ein einheimisches Getränk umgestiegen.

Ein Glas Lagreiner wird ja um diese Zeit wohl erlaubt sein, hatte ihn Furlan gelockt. »Schließlich haben wir es uns verdient.«

»Da war auch Glück dabei. Sagen wir, ein Drittel eigener Spürsinn, ein Drittel fremde Hilfe und ein Drittel Zufall.«

Furlan protestierte.

»Du musst unseren Erfolg nicht kleinreden.«

»Aber wir sollten uns auch nicht mit fremden Lorbeeren schmücken.«

»Das ist mir egal. Am Ende zählt nur das Ergebnis.«

»Sagte der Fußballer und freute sich über die vielen Eigentore des Gegners.«

»Haha.«

Im Büro überraschte sie Franz Reisinger mit der Nachricht, dass sich Ariane Falk in Riva del Garda der Polizei gestellt hat und zur Stunde von dort nach Bozen gebracht wird.

»Und Koeberlin?«

Farner verschränkte seine zehn Finger zu einem Gitter und hielt sich beide Hände vors Gesicht.

»Das Trio infernale hat fertig«, kommentierte Furlan.

Farner legte die Beretta in seinen Schreibtisch zurück, erleichtert, dass er von der Waffe keinen Gebrauch machen musste.

Eller, der nebenan telefoniert hatte, kam herein und setzte sich zu Reisinger und Furlan an den Besprechungstisch.

Farner fasste zusammen, angefangen bei Waldners dubiosen Krediten, die Hubert Stöckl in den Ruin und in den Selbstmord getrieben hatten, über das Komplott der betrogenen Frauen, die sich an ihm rächen wollten, bis zu Koeberlins Fusionsplänen mit der Mailänder Bank, bei denen ihm Waldner im Weg war.

Reisinger ergänzte seine Notizen.

»Für Koeberlin ging es außerdem um viel Geld.«

Er zeigte auf den Aktenkoffer, den Furlan neben den Tisch gestellt hatte.

»In dem Koffer da findest du alles schwarz auf weiß.«

Reisinger fühlte sich angesprochen.

»Wieso ich?«

»Na ja, für den Bericht an den Staatsanwalt.«

»Ich habe von Anfang an gewusst, dass du dich davor drücken würdest.«

»Und du hast wieder mal recht gehabt. Zum Schluss wär's beinahe noch schiefgegangen«, fuhr er fort.

»Koeberlin wollte abhauen. Aber Desmond Hallmeier hat ihn von seinem Vorhaben abgebracht. Auf die feine englische Art. Für ein Geständnis hat's noch nicht gereicht. Wenn dieser Fluchtversuch nicht schon eins war.«

Er nahm eine von den Salzstangen, die Eller auf den Tisch gestellt hatte, und zerbröselte sie in seiner Hand.

»Das war's auch schon. Hass, verschmähte Liebe, Rache, Geldgier – alles, was Menschen zu Mördern macht, ist gegen Waldner zum Einsatz gekommen.«

»Das Böse ist immer und überall«, brummte Reisinger.

Er stand auf und nahm den Aktenkoffer, den Furlan ihm rübergeschoben hatte.

»Jedenfalls haben wir uns den richtigen Tag ausgesucht, um den Fall abzuschließen. An Michaeli siegt das Gute über das Böse, hat der Pfarrer vorhin in der Kirche gesagt.«

Farner begann, die Fotos von der Magnetwand abzunehmen.

»Wohl dem, der Gut und Böse voneinander unterscheiden kann. Amen.«

»Du solltest auch mal wieder in die Kirche gehen.«

»Mach ich. Aber vorher erzählst du mir, wie der heilige Michael als Schutzpatron der Polizei und der Ndrangheta es schafft, Gut und Böse unter einen Hut zu kriegen.«

»Das musst du ihn schon selber fragen.«

»Sobald ich ihn treffe.«

Die nächsten zwei Stunden verbrachten sie in der Cortina-Bar. Gebhard und Hallmeier waren nach ihrem Koeberlin-Transfer direkt da hingekommen und hatten schon einen Vorsprung.

»Hat Koeberlin noch was gesagt?«, wollte Farner wissen.

»Nein. Er war zutiefst beleidigt.«

Sie tranken auf das Wohl von Hans Eller. Er hatte sie eingeladen, weil es was zu feiern gab. Seine Eltern hatten ihren Widerstand gegen seine schwangere italienische Freundin aufgegeben und einer Heirat zugestimmt. Und der Hochzeitstermin stand auch schon fest.

»An Weihnachten werden wir heiraten. Dann schaffen wir es noch, dass unser Kind nicht als Pankert* auf die Welt kommt.«

Reisinger, immer noch in Uniform, hielt eine kurze launige Rede auf den Edelvinschger und wünschte ihm einen Sohn, der später ja nicht auf die Idee kommen sollte, zu den Carabinieri zu gehen. Danach verabschiedete er sich, und Farner entschloss sich, mit ihm zu gehen. An der Ecke Matteottistraße blieb er stehen.

»Geh schon mal vor. Ich muss noch in die Bank.«

Es dauerte nur ein paar Minuten, bis er das Geld vom Automaten abgehoben hatte. Er beeilte sich, um Reisinger wieder einzuholen. Aber als er um die Ecke bog, rief jemand laut seinen Namen. Er drehte sich um und sah Terranostra, der aus der Apotheke kam. Unsicher, was Giovanni von ihm wollte, blieb er zunächst stehen, ging dann aber langsam auf ihn zu. Und Giovanni kam ihm entgegen. High Noon um Viertel nach vier.

In der Mitte der Straße trafen sie aufeinander. Der Maresciallo hatte immer noch gerötete Augen. Und seine Nase sah auch nicht viel besser aus.

»Komm da weg.« Er zog Farner am Ärmel, als ein Auto von der Romstraße in die Matteottistraße einbog. »Sonst fahren sie dir den Arsch ab.«

Da standen sie einander gegenüber, und Farner rätselte, was Giovanni von ihm wollte.

»Lukas Farner, sei e rimarrai una canaglia. Aber«, fuhr er langsam auf Deutsch fort, »mir wird was fehlen, wenn wir uns nicht mehr jeden Tag sehen.«

Und dann tat Giovanni etwas, was er noch nie getan hatte, solange Farner zurückdenken konnte, nicht in der Schule, nicht in der Klasse oder auf dem Schulhof und erst recht nicht, wenn sie später mal aufeinandergetroffen waren. Er gab ihm die Hand.

»Ciao ragazzo.« Weg war er und ließ Farner sprachlos zurück.

Was war das? Hatte Giovanni gerade das Kriegsbeil begraben? War das ehrlich gemeint oder Ironie?

Nicht jeden Tag – man muss ja nicht übertreiben –, aber ab und zu würden sie sich garantiert begegnen. Meran war nicht groß genug, um sich aus dem Weg zu gehen. Schon gar nicht, wenn man dieselbe Klientel hatte. Und wenn dieser Staatsanwalt beim nächsten Mord wieder auf die Idee kommt …

»Übrigens, das hab ich ganz vergessen«, sagte Reisinger, als er ihn eingeholt hatte. »Schönen Gruß von Carducci. Ich soll dir sagen, dass seine Frau ihn und den Vogel wieder bei sich aufgenommen hat. Du wüsstest schon …«

Noch ein Happy End, dachte er, für das man nicht ins Kino gehen muss. Mit der Aussicht auf einen entspannten Abend machte er sich auf den Weg ins Hotel. An der Rezeption stand eine Frau, die ihm auch von hinten irgendwie bekannt vorkam. Aber das konnte ja nicht sein. Als sie sich umdrehte, fiel ihm das Herz in die Hose.

Es war Liesbeth.

Anmerkungen

Pfadfinderschritt (Seite 9)	Abwechselnd 50 Schritte gehen, 50 Schritte laufen
Flinserl (Seite 11)	Ohrstecker, der von einem Mann getragen wird (Österreichisch)
Walsche (Seite 16)	Bezeichnung der deutschsprachigen Südtiroler für Italiener
Gitschen (Seite 32)	Junge Mädchen (Südtirol)
Schöpsernes (Seite 55)	Lamm- oder Hammelgericht (Südtiroler Spezialität)
Zieh mich hoch (Seite 77)	Wörtliche Übersetzung von Tiramisu
Ettore Tolomei (Seite 85)	Italienischer Politiker aus Rovereto, der im vorigen Jahrhundert die Italianisierung Südtirols betrieb
Ferdinand Gamper (Seite 85)	Serienmörder, erschoss in den 1990er-Jahren vermutlich aus nationalistischen Motiven sechs Menschen in Meran und Umgebung
Crucchi (Seite 86)	Spöttische Bezeichnung der Italiener für Deutsche und deutschsprachige Südtiroler
»Ti piace?«	»Schmeckt er Ihnen?«
»Buonissimo.«	»Sehr gut.«
»Questo è il nostro vino.«	»Das ist unser Wein.«
»Da dove viene?«	»Von wo kommt er?«
»Dalle Langhe, vicino a La Morra.«	»Aus der Langhe, aus der Nähe von La Morra.«
»E dove hai conosciuto tuo marito?«	»Und wo haben Sie Ihren Mann kennengelernt?«
»A Milano, a una sfilata di moda, dove ho avuto il mio primo lavoro come modella. Lui stava studiando all'università Bocconi.«	»In Mailand. Bei einer Modenschau, wo ich meinen ersten Job als Mannequin hatte. Er war Student an der Bocconi-Universität.«

Giovanni deutete auf die halb volle Karaffe, die vor ihm stand. »Den musst du probieren.« »Scemo.« (Seite 91)	Giovanni deutete auf die halb volle Karaffe, die vor ihm stand. »Den musst du probieren.« »Narr.«
Desmond has a barrow in the marketplace (Seite 96)	Erste Zeile des Beatles-Songs OB-LA-DI, OB-LA-DA
Martinsbrunn (Seite 113)	Privatklinik, Senioren und Pflegeresidenz in Gratsch, einem Ortsteil von Meran. Berühmtester Patient war im Jahre 1914 der Komponist Max Reger
Eselsbegräbnis (Seite 139)	Unehrenhafte Bestattung von Selbstmördern im Mittelalter, meist außerhalb des Friedhofs
Butterfly (Seite 149)	Fitnessgerät zur Stärkung der Brustmuskeln
Schwarzplenten (Seite 155)	Südtiroler Begriff für Buchweizen
Budl (Seite 156)	Theke bzw. Bartresen in Südtiroler Wirtshäusern
Giorgio Napolitano (Seite 157)	War von 2006 bis 2015 italienischer Staatspräsident
Muckenstruntz und Bamschabl (Seite 172)	Österreichisches Gesangsduo, bürgerlich Peter Traxler und Wolfgang Katzer, die durch ihre unterschiedliche Körpergröße auffielen: 1,56 m der eine, 1,98 m der andere
Pankert (Seite 217)	Im Obervinschgau Bezeichnung für ein uneheliches Kind

Der Meran-Krimi rund um Chefinspektor Lukas Farner und Maresciallo Giovanni Terranostra geht weiter …

Die Galeristin

Es ist ein Frage der Ehre, sagt die Galeristin Nicole Angerer, die ein wertvolles Gemälde von Antoine Watteau, dessen Provenienz unbekannt ist, seinen rechtmäßigen Besitzern zurückgeben will. Zum Teufel mit deiner Ehre, sagt ihr Geschäftspartner und Liebhaber Stefan Gaiser, der ein großes Geschäft wittert und angeblich schon einen Interessenten hat, der bereit ist, 3 Millionen für das Bild zu zahlen. Ist der Streit um das Bild das Motiv für den Mord an der jungen Frau, die am nächsten Morgen tot in ihrer Galerie aufgefunden wird?

ISBN 978-88-6839-624-4
ISBN 978-88-6839-625-1 (e-Book)